以她之名

苏童 著

浙江人民出版社

目录

茨 菰

姑妈回家先看见了两只芦花大公鸡，它们被网线袋包围着，一只蹲，一只站，但看上去都还乖巧。看见芦花大公鸡，姑妈就知道我表哥回家来了，她仔细地看了看地上，也不知道是鸡讲卫生，还是饿着肚子无法便溺，总之地上很干净。姑妈抓过一只公鸡的鸡冠检查了一下，说，不会是病鸡吧，光知道带公鸡回来，又不能炖汤，又不能下蛋的，早晨还吵死人。姑妈走到厨房边，正要去抓米给鸡吃，看见天井里坐着一个穿桃红色衬衣的陌生姑娘，正在用瓷片刮茨菰。

她以为是我表哥带女朋友回来了，有点喜悦，又有点紧张，像做贼一样地往厨房里一闪，闪进去了，又出来，抿着头发，站在那里咳嗽。刮茨菰的姑娘抬起头来，抬起一张黑里透红的脸，一看就是个乡下姑娘。她从板凳上跳了起来，说不上来是害羞还是礼貌，正努力地向姑妈笑着。姑妈听见她嘴里含糊地吐出一个称谓，是乡下方言，分不清是在叫她什么。姑妈下意识地皱起了眉头，那姑娘垂着手，目光在姑妈身上撞了一下，缩回去，怯怯地看着我表哥的房间，突然叫起来，小杨同志，你出来一下，出来一下呀。我表哥就睡眼惺忪地出来了，他一出来那姑娘就埋着头钻了进去。看见我姑妈愣在那里，表哥挠着肚子干笑起来，对她说，你眼睛瞪那么大干什么？以为我带女朋友回来了？我思想还没那么先进呢，找乡下人做女朋友！我姑妈等他往下面解释，他却不解释了，指着房间里的人，又指指地上的两只芦花大公鸡，敷衍了事地说，是顾庄的顾彩袖，人家遇到了麻烦，要在我家住几天，避一避风头！

无论彩袖的故事怎么曲折，本来应该发生在我姑妈家，与我们家是没什么关联的。但那天夜里我姑妈提着一只芦花大公鸡心急火燎地跑到我家来了，说是要和我母亲商量个急事。其实那急事就是彩袖的事，急不到哪儿去，只不过我姑妈用了一种人命关天的语气描述，就显出事情的棘手来了。我那会儿还小，不知道换亲这种农村盛行的婚姻形式，光是听清了其中的交换关系，很像我们数学课上学的方程，X+Y=X1+Y1。彩袖的哥哥娶媳妇，那媳妇的哥哥就要娶彩袖。姑妈强调说那男人年纪很大，有羊角风，发病的时候把自己舌头咬掉了，所以还是个没有舌头的男人。听到这儿我母亲便失声大叫起来，这怎么行，好好个姑娘，让她嫁个没舌头的？顾庄不把女同志当人，他爹妈做下这等糊涂事，党组织就不管呀？姑妈说，你就别来这套了，乡下的党组织忙着学大寨嘛，都忙不过来，哪里管得了谁家换亲的事？又说麻烦在于生米煮成了熟饭，彩袖的哥哥已经把人家妹妹娶回家了，这边彩袖却被一帮知识青年做了思想工作，不肯嫁过去了。

我姑妈提到了一个叫巩爱华的女知识青年，说彩袖本来是准备为她哥哥牺牲自己的，是巩爱华不答应，替她做主，还帮她制订了一个详细的出逃方案。我姑妈一方面数落彩袖的父母狼心狗肺，为了儿子，把女儿往火坑里推，另一方面她一直在数落那个巩爱华，她就是个爱出风头的人，是野心家！不要她下乡她要下乡，就为了上报纸！到了乡下还要先进，还要上报纸，就拿人家彩袖垫她的脚了。我姑妈心怀怨恨，说，她先进我也不反对，她救人我也不反对，可她不能光荣匾自己扛，把麻烦丢给别人，我们家大猫没脑子呀，他就听巩爱华使唤，让他领回来他就领了。你说我们家那么窄，又都是男孩子，留个乡下姑娘住在家里算怎么回事？不让人家说闲话吗？我姑妈说到这儿，见我母亲收了茨菰却没有什么表示，终于把那件急事兜出来了。我们家没地方搭她的床呀，你们家阁楼就小妹一个人睡，让那姑娘跟小妹一起住阁楼吧。住五天，就五天，算帮我一个忙吧。我姑妈伸出一个巴掌在我母亲面前晃着，晃着，一直等到我母亲点头为止。最后她松了口气，说，我家那个没脑子的说了，我们家是第一交通站，还有其他联络站指挥所呢，他们把这事当革命大业做！等巩爱华国庆节回来，我就让大猫把人家姑娘送到巩爱华家去，我告诉大猫了，我们家那么多孩子，交通够忙的了，哪儿还做得了别人的交通站？

我对那个叫彩袖的乡下姑娘一无所知，但姑妈提到的巩爱华我是知道的。她和我表哥是不一样的知识青年，被有关方面树了典型。我们学校的宣传橱窗里挂着她的照片，一个大眼睛女孩，脸盘尖尖的，胸口扎了一朵大红花。由于拍照的时候微微侧身，摆了姿势，她的目光看上去非常悠远，而且是向上的，在我看来那是一种胸怀共产主义理想的姿势。

夜里我表哥打着个手电筒，把彩袖和一只公鸡送到了我家。他就像押送两件行李似的，货进仓库，人就掉头跑了。我母亲让他把盛茨菰的篮子带回家去，他嘴上答应得好好的，最后篮子还是让他丢在门后的角落里了。

彩袖就这样成了我们家的客人。

公鸡被一只木条箱倒扣在天井里，彩袖和我姐姐一起睡在阁楼上。我们家从来没有接待过这样的客人，不是亲戚，但接待亲戚的礼数少不了。第一天早晨，我母亲煮了一碗水潽蛋给她，她忸怩了一会儿，不知道怎么客气，就接过碗吃下了一个鸡蛋，突然瞥见我的眼神，一下就知道客气的方法了，把碗推给我，说，给弟弟吃吧，我们乡下鸡蛋多，经常吃的。我母亲嘴里威胁我，眼睛里却对彩袖表示着赏识，我看得出来，所以我把水潽蛋端到外面吃，我母亲并没有再阻止我，随口对彩袖说，那你喝粥吧，早晨还是喝粥最舒服，容易消化。

我瞥见彩袖喝粥的样子，碗盖住了她的脸，她不用筷子，几乎是像喝水一样，捧着碗往嘴里倒。

彩袖你慢点喝，粥一大锅呢。我母亲说，彩袖你夜里睡得好吗？

她不会城里人的敷衍，想了想，摇头道，醒了好几次，怎么半夜里还有火车叫，轮船也叫，吓死我了。

你不是睡得挺好的吗？八点钟才起床！我听见你还打呼噜呢。我姐姐在旁边斜着眼睛看她，发牢骚说，我才没睡好，六点钟就醒了，让你磨牙磨醒的！

就你耳朵眼娇气，磨个牙就把你磨醒了？人家乡下喝生水，肚子里有蛔虫，夜里睡觉都磨牙的。我母亲制止了姐姐的抱怨，又问彩袖，彩袖，你在乡下也八点才起床呀？

公鸡没叫，我以为天没亮呢，在乡下我听鸡叫起床的。也怪了，你们夜里火车叫轮船叫，公鸡倒不叫的。她朝天井瞥了一眼，轻轻地嘟囔道，公鸡也怕生的，到了城里都不打鸣了。

公鸡不在啦。我母亲说，孩子他爸一大早已经把鸡宰了，腌了做咸鸡，过年吃正好。

厨房里静下来了，彩袖放下了粥碗，她的表情看上去很惊愕，不知为什么要惊愕。那种表情让我们一家人都感到某种莫名的不适。我姐姐刺耳的声音便响起来了，我们这儿是卫生先进街道，不让养鸡的！

彩袖斜着身子往天井走，脸色有点发灰，她朝晾衣绳上那只光裸的公鸡瞟了一眼，靠在门框上，她没说什么，但是我看得出来，她很不开心。

我们这儿不让养鸡的。我母亲追过来，一边打量彩袖的表情，一边开导她，是只公鸡呀，又不是小兔小羊的，有什么不舍得的，鸡养大了都要宰的。

不是不舍得。彩袖摇头否认，说，那公鸡是我从孵房里挑的小鸡，是我喂大的。

那还是不舍得。是你喂大的，就更不舍得了。我母亲试探地看着她，说，宰都宰了，也没办法了吧？

彩袖依然摇头，说，不是不舍得。我母亲等着她的下文，她却没有什么下文，闪烁其词地说，一只公鸡宰了也吃不到几块肉，我们乡下，不兴吃公鸡的。

我母亲听出来那是有点谴责的味道了，偏偏是个乡下姑娘在谴责她，我母亲有点下不来台，丢下她走了，边走边说，你们乡下要听公鸡打鸣，我们不要，有闹钟的，公鸡还是腌了吃实惠！

公鸡茂盛而漂亮的鸡毛被我父亲拔下来，摊在旧报纸上晒太阳。彩袖蹲在那堆鸡毛前，挑起一根金黄色的鸡毛，捏了捏又放下了，留着鸡毛干什么呢？她问，做毽子吗？弟弟你踢毽子的？

谁踢毽子？我又不是女孩子。我不耐烦地告诉她，晒干了卖给收购站，鸡毛可以卖钱的！

毕竟彩袖是我们家的客人，无论她是否讨人欢喜，待客之礼是一样少不了的。第一天我姐姐带着彩袖出去，说是去逛公园，但彩袖对公园不感兴趣，草草地转了一圈就出来了。彩袖说就那么些大树，就那么个池塘，池塘边堆个假山，假山上搭个亭子，就是公园了？就要收钱了？出来了看见别人都往公园里面走，彩袖又后悔，对我姐姐说，不该这么快出来的，反正不能把三分钱要回来，不如在里面多走走。我姐姐说彩袖一路上都在为那三分钱心疼，直到经过了东风照相馆，她才忘了公园给她的伤害。

彩袖站在东风照相馆门口不肯走了，对着橱窗里陈列的那些漂亮姑娘的照片左看右看的。我姐姐反正也喜欢照相馆的橱窗，就耐心地陪她看。彩袖说她从来没有拍过照片，又打听拍照要花多少钱。我姐姐猜到了她的心思，有点犯难，说，我妈就给我一块钱，说是你的招待费，只够拍半寸的小照片，拍出来就手指甲那么大。彩袖竖起手指掂量了一下，说，那什么也看不见呀，拍了也白拍，再大一点的尺寸有吗？我姐姐说，怎么没有，一寸两寸的都有，就是要你自己贴钱了，你有钱吗？彩袖犹豫了一下，看看街上的行人，把我姐姐拉到了自己身边，你挡着我。她嘱咐我姐姐。我姐姐便用身体挡着她，听见她窸窸窣窣地在裤带下面忙碌，最后摸出了一卷毛票，是用橡皮筋捆好的，彩袖说，我有钱。我们顾庄的女孩子，我钱最多。

她们之所以回来那么晚，就是因为在东风照相馆排队拍照。女孩子在照相馆拍照大多是矫揉造作的，她们回来时还是那种模样。彩袖穿着我姐姐的白色绣花衬衣，两条长辫子卷成一堆马粪似的，盘在了头上。她的头发现在和我姐姐是一样的了，也许是故意没有把照相馆提供的口红抹干净，彩袖的嘴唇很红，看上去像是刚刚从舞台上下来，有点亢奋，有点害羞的样子。由于弄不清楚样片的意义，我听见她一再地问，那么多女孩子去拍照，照相馆会不会弄错，把别人的照片给她，她的照片反而给了别人。怎么会呢？我姐姐被她问烦了，说话不免有点刻薄，告诉你多少遍了，取照片都是要看样片的，谁要别人的照片？你又不是美女，别人拿了你的照片有什么用？

我被迫和彩袖相处了五天。我不认为彩袖有我父亲说得那么朴素，也不认为她像我母亲说得那么有心计。那五天时间里彩袖留给我的印象几乎是一个谜。比如说我不明白她为什么在饭桌上吃得那么少，却要趁厨房里没人的时候打开菜罩子。她像做贼一样地偷吃茨菰烧肉，我看得很清楚，她用手去扒开茨菰，挑里面的肉吃。她偷吃菜不稀罕，我也经常偷吃的，但她把我们家放白糖的罐子抱在怀里，偷吃白糖的动作让我很惊讶，我就向她大喊了一声，你在干什么？我把彩袖吓了一跳，糖罐子落在地上，很干脆地变成一堆碎片，半罐子白糖都撒到了地上。

彩袖的脸吓得煞白煞白的，她傻站在那里，半天回过神来，跺着脚对我喊，你看你干的好事！

我没想到她倒打一耙，尖叫起来，你偷吃糖，是你干的好事！

我干什么了？糖罐里飞进了一只苍蝇，我把它抓出来了。她很快镇定下来，跪在地上，小心地把白糖拢到一只碗里，我不喜欢吃糖的，我的嘴也没那么馋。她抬起头看着我，语气不那么坚定了，就算我嘴馋，你不吓我糖罐子也不会掉地上，弟弟你也有责任的。

我没有责任，是你在偷吃白糖！

她不怎么慌乱了，眼睛闪闪烁烁的，一定是在开动脑筋。阿娘他们就要回来了，她把一碗白糖放回木架上，试探着看我，这糖罐子，就说是我不小心弄碎的，不过弟弟你不能诬赖我偷吃白糖，千万别诬赖人，啊？

谁诬赖你？我看见你偷吃了。我突然对这个乡下姑娘充满了歧视和仇恨，一句残忍的评价脱口而出，你这种人，只配嫁一个羊角风男人！

彩袖一定没料到我会说出如此刻薄的话来，她惊恐地瞪着我，谁教你的这句话？我看见她的眼睛里有一道暴怒的白光一闪，预感到她会做出什么危险的举动，要跑来不及了，彩袖喉咙里“咯”地响了一声，她低下脑袋，像一头野兽一样向我的胸口冲撞过来，我一下就失去控制，一屁股坐到我家的水缸上去了。

那也许是我和彩袖唯一的一次正面交锋。这么个不伦不类的事，没有失败也没有胜利，胜利也没意思。糖罐事件后我没有和彩袖说过话。后来她一定后悔用头撞我了，我去上学的时候还殷勤地替我整衣服领子，我对她的手充满厌恶，一下甩掉了她的手。她识趣地退到一边，不知道是安慰我还是安慰她自己，说，没事的，小孩子家，没事的。我当然没什么事，只是每次走过学校的宣传橱窗，看见巩爱华的照片就会想起彩袖，想起彩袖就觉得那橱窗里还匍匐着一个人影，是一个陌生的乡下男子，没有舌头，口吐白沫，于是那个明亮的橱窗一下变得阴森起来。

我姐姐把她和彩袖的样片取回来了。她们像是举行一个隆重的秘密活动，躲在阁楼上看，我听见她们在上面又笑又闹的，照片给我姐姐带来的永远是不满，她总觉得摄影师把她拍丑了，而那张一寸大的样片，给彩袖带来的是一种惊喜，不仅与容貌有关，也许是与生命有关了，我看见彩袖那天从阁楼上下来，黑红的脸上洋溢着一种无与伦比的喜悦。然后彩袖带着那份喜悦在厨房里刮茨菰，我姐姐在一旁给炉子换蜂窝煤，她突然想起那个有羊角风的男人，回头问彩袖，羊角风什么样子？为什么叫个羊角风呢？

彩袖沉默了一会儿，大概是等待我姐姐放弃这种损人不利己的问题，但我姐姐不仅没有放弃的意思，还更深入地问了一句，羊角风要打人吗？彩袖这次毫不含糊地回答，不打人，他怎么打人？人不打他就算好的了。她的声音听上去异常冷静。你见过得病的疯羊吗？就像羊犯疯瘟病一样，倒在地上，抽筋，发抖，嘴里吐白沫。彩袖说到这里突兀地干笑了一声，然后笑声一下沉下去，又过了一会儿，我听见彩袖在厨房里说，其实他们都糊涂，我嫁谁都没有好日子，嫁给他，不是我苦，是他的日子更苦。我姐姐听不懂她的意思，还要打破砂锅问到底，彩袖就把手里的瓷片往地上一扔，蒙着脸冲出厨房，又往阁楼上去了。

我记不清楚那是彩袖到我家来的第四天还是第五天了，只记得是傍晚，我们一家人和彩袖正在吃晚饭呢，我姑妈仓皇地跑来，一来就对彩袖摆手，别吃了，别吃了，快上阁楼躲起来！

原来是彩袖的哥哥长寿来了。我姑妈明显没有做好应对这个突发事件的准备，她满头虚汗，把彩袖推到阁楼的梯子那里，对彩袖说，你哥哥吓死我了，蹲在我家门口，带了一只化肥袋，里面装的是一条大麻绳，他是要来绑人呀！我父亲拍着桌子说，光天化日的带绳子来绑人，还有没有王法了，把他扭送到派出所去！大家都对那条大麻绳感到愤怒，愤怒过后却有点发慌，毕竟是人家的家务事，不好那样对待他的。我母亲对姑妈说，是认准门牌号码来的吧，会不会蹲到我家门口来了？我姑妈让她放心，说长寿认到了她家的门，不会认识我家门的。我母亲却不放心，说你们家旁边那几个邻居我还不知道，都是长舌头，不问她们都会说出来的。我姑妈嘴里一迭声地否定着这种可能性，心里却是虚的，她的脑门上急出了汗，捞了一块毛巾擦着，突然眼睛里冒出怨恨的火光，巩爱华，都是她弄出来的麻烦！姑妈叫起来，她做好人，什么也不管，天下哪有这么便宜的事，我不管她有没有回来，明天就把彩袖送她家去，长寿认识我家，我认识她家！

大家一下子都不表态。我父亲示意姑妈降低她的大嗓门，别让阁楼上的彩袖听见，姑妈压低了声音，但是凭着那股怨恨，她说，不怕她听见，无亲无故的，我们对她很不错了。

太平无事的香椿树街一下风声鹤唳了，我母亲让我去门外看一看，门外没有人，是对面铁匠家的大黄狗蹲在我家门口，我朝街东方向望过去，远远看见我姑妈家门口堆了一团人影。也不知道是我眼花了还是过于敏感，我依稀看见那里的人都在向我家指指点点的。

等我回到屋里的时候，姑妈已经做出了决定，她要马上把彩袖从我家转移出去。你们替我招待她好几天了，不能再连累你们家了。姑妈说，乡下人蛮不讲理的，万一她哥哥来闹，闹出个什么意外来，我对你们家没交代。我母亲问，现在就送巩爱华家去？巩爱华不是没回来吗？姑妈说，夜长梦多，绍兴奶奶和钱阿姨她们的嘴，我也不放心。迟早要送，不如现在就送，巩爱华不在家怕什么？不都是做父母的替孩子受过嘛，我不是心狠，是要个公平，该轮到巩爱华的父母照应彩袖去了。

姑妈把我父亲的自行车推了出来，她要亲自把彩袖驮到小柳巷的巩爱华家，她不去也不行，只有她认识巩爱华的家。我母亲和姑妈商量着行车的路线，怎么能绕过姑妈家门口，掩人耳目，她们一致认为从油脂加工厂穿出去是最科学的路线。为了更加稳妥，我母亲还拿了一套蓝色的工作服出来，准备让彩袖穿上。然后我听见姑妈在楼梯那里叫彩袖的名字。彩袖，彩袖，下来吧。姑妈说，我们去巩爱华家了。阁楼上没有声音。姑妈又对着阁楼喊，彩袖彩袖下楼吧，去巩爱华家最安全，你哥找不到你的。彩袖的沉默让大家都聚到了楼梯那里，每个人的脑袋都不安地向上面仰望着。我母亲说，彩袖，不是我们怕事，是为了你好，你哥哥带绳子来的，你们怎么闹都是亲兄妹，都是家务事，我们夹在中间不好办的。姑妈看上去很急躁，她用自行车钥匙敲打着楼梯，彩袖你倒是快下来呀，马上你哥哥就来了，他来了你要走也走不了啦，我们只好看他把你绑回乡下去。姑妈一急就有点像骗小孩子了，她不再把矛头指向巩爱华身上，反而向彩袖夸大巩爱华家的种种优越性。巩爱华家在曲里拐弯的小弄堂里，你哥哥找不到的。又说，巩爱华家旁边就是派出所，她又是先进人物，你哥哥敢到她家去闹，派出所就把他绑起来！

彩袖白着脸下了阁楼。也不知道她是不是哭过，她始终垂着眼睛，是被羞辱过后的严峻的表情，也可以说是悲伤释放过后轻松的表情，我注意到她的下巴颏那里是湿的。彩袖提着她那个灰色的人造革旅行包，慢慢地走下来，走到楼梯最后一格，我看见她突然扔下旅行包，捂着肚子，坐在了梯子上。

我姐姐冲过去扶她，彩袖你肚子疼？

彩袖先点头，看看我母亲已经抻开了那件蓝色的工作服，又摇头，推开我姐姐，自己站了起来，像个木头人一样站着。她们七手八脚地替彩袖穿好了工作服，我姐姐端详着彩袖，彩袖你去照照镜子，你不像你了！她的建议受到了我母亲和姑妈一致的抗议，你来添什么乱，都什么时候了，哪儿有心思照镜子？

穿上工作服的彩袖仍然是彩袖，她不说话，你就不知道她心里在想什么。然后是彩袖跟着姑妈的自行车，我们跟着她，一行人小心谨慎地来到街上。看看街东方向，姑妈家门口的一堆人影子厚了好多，说明泄密的危险越来越大。快点走！彩袖几乎是被我们一起架到了自行车后座上。彩袖坐到自行车上，我才知道她为什么走得魂不守舍的，照片，照片！她突然回过头对我姐姐喊，我的照片，你怎么给我？

那天夜里长寿果然跑到我家门口来了。他敲门，敲门没人开，他就用拳头擂门，一边擂门一边喊，彩袖，你给我出来，死出来！我父亲后来去开门了，不是为了让他进来，是自己要出去叫人。我父亲冷静地从那只化肥袋上跨过去，瞥了一眼袋子里的绳子，冷笑了一声，你还带了绳子来捆人，还不知道这绳子最后捆谁呢。

我从床上爬起来的时候，父亲的人马已经到了。一大群男人，有老人——是来做说服工作的，还有几个都是我表哥的朋友——三把手之流的人，都是膀大腰圆的，一看就知道他们是来干什么的。三把手他们把长寿从门里拽出来，一边拽一边骂他，你这个乡下佬，把自己妹妹当畜生卖，还敢跑我们这里来闹事？你这种人，买块豆腐撞死算了！

长寿矮小，但很粗壮，他的身体被抬出我家门框，很快又顽强地进来了，彩袖，彩袖，你给我死出来！他被按倒在地上，但一只手死死地抓住我家门框，要往里边来，对于别人的辱骂他并不计较，也不反驳，只是一味地叫喊着他妹妹的名字。昏黄的灯光照着他的脸，可以发现他的脸和彩袖异常地相像，方脸，鼻梁是塌的，眼睛却很大很亮。这样混战了好一会儿，长寿终于安静了，不安静也不行，三把手他们趁他的裤腰带掉下来，干脆把他的裤子扒下来一半，威胁他说，你再闹就这样把你送派出所去，流氓罪把你抓起来！长寿拼命拉着自己的裤子，终于安静下来。三把手他们停不下来，他们把长寿推来搡去的，又开始骂他，娶不到老婆就不娶了，你们乡下那么多猪那么多羊，你不会 × 老母猪去，× 母羊去，为什么把亲妹妹换给羊角风老头儿？把裤腰带还给你，你用裤腰带把自己吊死算了！

长寿不还嘴，目光躲避着那几个青年，似乎他们的辱骂都是某种事实。他也不听老人们对他的政治教育和道德教育，似乎他们是在教育他们自己。他坐在地上，一只鞋子被谁踩掉了，长寿就一条一条地拨开别人的腿，找他的另一只解放鞋。那只鞋就在我父亲的身后，长寿探起身子去捡那只鞋，三把手手疾眼快，一把捡起来，扔到很远的地方去了。去捡吧，捡完了不准再回来！三把手推了长寿一把，给我往东走，到长途汽车站过一夜，天一亮就有班车了，你哪儿来的就给我滚哪儿去！

看得出来那只鞋对长寿很重要。我们看见长寿站在三把手身边，愤怒地瞪着他，三把手说，你瞪我干什么？又脏又臭的解放鞋，你不赶紧去捡，狗就把它当屎给啃啦。长寿试着推了推三把手，三把手怪笑起来，你还敢推我，你别敬酒不吃吃罚酒，再闹我把你的人也扔出去，你信不信？

长寿去捡那只鞋了，他走路有点罗圈腿，走得很艰难的样子，又有点像伤到了什么关节。我们看着他去捡鞋。我父亲有点不安，对三把手说，你吓唬他一下就行了，怎么那么整他？三把手说，这种乡下人，要无产阶级专政的，不专政治不了他，等他回来还要吓他。大家都以为长寿捡了鞋还会回来的，但出乎大家的预料，长寿只是在远处停留了一会儿，停了一会儿就真的向东走了。他走得很慢，一条矮小的身影，慢慢地在香椿树街的灯光里飘移，大家都以为长寿被驯服了，突然一声凄厉的叫声又在远处炸响，彩袖，彩袖，你给我死出来！

他又开始叫他妹妹的名字了，这回是沿着深夜的街道叫，所以声音听起来有点恐怖，伴随着空旷的回声，我记得很清楚，隔着很远，能依稀听见长寿哽咽的声音，令人同情的哽咽过后，还是那恐怖的叫声，彩袖，彩袖，给我死出来，跟我回家去！

几天以后我姐姐把照片送到小柳巷去。她千辛万苦找到了巩爱华家，却没有看见巩爱华，也没有看见彩袖，只是隔着厨房的窗子，见到了巩爱华的老奶奶。

巩爱华的奶奶也在厨房里刮茨菰。我姐姐说她一眼认出那是来自顾庄的茨菰，胖胖的，圆圆的，尾巴是粉红色的。看见顾庄的茨菰就看见了顾庄来的人。可是我姐姐没能把巩爱华喊下楼来。巩爱华的奶奶满头白发，也许是老糊涂了，也许不是糊涂，是精明，我姐姐在窗外朝里面张望，她不动声色地注视着外面，严密监视我姐姐，我姐姐喊巩爱华的名字时，那老妇人才颤巍巍地站起来。别这么大声叫，邻居有上夜班的，正在睡觉呢。隔着窗子，她忙不迭地对我姐姐摆手，爱华不在家，她是大忙人，又去省里开会啦！

我姐姐说她看见一个短发姑娘的脸从楼上的窗边一闪而过，她怀疑那是巩爱华，而且楼上支出来的晾衣架上有一件白色的年轻姑娘穿的胸衣，还在滴着水，这更加深了我姐姐的怀疑。她不知道巩爱华为什么会不在家。我姐姐只好向老妇人打听彩袖的下落，老妇人更加警惕起来，她问我姐姐，你是谁？哪儿来的？这么个简单的问题偏偏把我姐姐难住了，她说不清楚她是谁，一赌气就把彩袖的照片扔到了临窗的桌子上，我才不管别人闲事呢，我就是送照片来的。扔进去了我姐姐又不放心，退回窗台，手伸进去挡住老妇人，从小纸套里摸了一张出来，说，人家拍一张照片不容易，你们家这个态度，我不放心，替她留一张下来吧。

我姐姐临走听到了彩袖最后的消息。那消息是巩爱华的奶奶透露的，老妇人明显对彩袖的事情有偏听偏信之处，或者说她完全误解了巩爱华在这件事情上所起的作用。她隔着窗子批评我姐姐，你们不要把我家爱华当枪使，什么麻烦事都来找她。人家姑娘的婚事也要她来管？你们就不怀好心，看着爱华是先进，故意影响她的前途！我姐姐让她批评得摸不着头脑，站在那里向老妇人翻白眼，老妇人就忿忿地扔了个茨菰尾巴出来，说，你别跟我翻白眼，那乡下姑娘的事，不归我家爱华管，归妇联管，你要找她，去妇联找！

关于彩袖去了妇联的消息，是我姐姐带回来的。后来我们知道彩袖确实去过市妇联的办公室。是巩爱华的父亲带她去的，他也是个机关干部，最知道什么机关解决什么问题，哪个上级单位管辖哪个下级单位。但是很明显，我们这里的妇联一时无法解决彩袖的麻烦，巩爱华的父亲让彩袖向妇联的干部详细反映她的情况，他急着要去上班，便给彩袖画了张自己家的地图，让她自己找回家来。他们说彩袖那天坐在妇联的办公室里，坐了很长时间，也说了很长时间，旁人都不知道她是在说自己的事，看上去她是在描述一桩别人的可怕的婚姻。后来她被送出办公室，并没有离开，她很安静地坐在一张长椅上，听一对闹离婚的男女在走廊上互相谩骂，互相揭露对方的私生活，她还上去劝了那女方几句，劝什么，别人也听不懂。再后来妇联下班了，干部们都走了，接待处的一个女干部路过铁狮子桥，看见那个顾庄来的姑娘坐在铁狮子桥的桥堍下，一边喝一分钱一杯的热茶水，一边东张西望地对照着那张画在信纸上的地图。女干部去桥堍下的贩米船上买了一包籼米回来，再瞥一眼茶摊，那彩袖还坐在那里，但彩袖的悲伤已经像早晨的太阳喷薄而出了，彩袖捧着一杯茶哭，彩袖看着铁狮子桥上来来往往的人哭，茶摊的主人和几个热心的路人都围到了彩袖身边，他们以为那乡下姑娘是为了那张信纸哭，可是信纸被摊展开来，那些热心的人看见的是一张简陋的用圆珠笔勾勒的地图。那个女干部犹豫了一会儿，最终还是急着回家做晚饭了，因为她听见有人热心地站出来了，说，小柳巷？你要去小柳巷？我认识，我来带你去！

现在我们都知道了，那个热心人后来并没有把彩袖带回巩爱华的家。这是一个令人费解的结果，直到现在，与此事有关的人们还在争议，那个带路的人到底是谁？他到底把彩袖带到哪里去了？长寿后来没有找到他妹妹，他在巩爱华家闹了两天，没看见彩袖的人影，巩爱华也始终没露面，倒是派出所的人来了，按照有关条文，他们把长寿强行押到长途汽车站，遣送回去了。

我们这一边后来谁也没见过彩袖，我姐姐有一天回来告诉我母亲，她在铁狮子桥下面看见一张寻人告示，是找彩袖的。我母亲说，彩袖失踪了，当然要贴告示。但我姐姐哭了起来，一边哭一边嚷，那张照片，照片！我母亲一下明白过来，明白过来脸就发白了，说，你现在知道哭了，让你带她出去玩，你偏带她去拍照片，为什么要拍那张照片？为什么？这张照片拍了干什么用的，啊？啊？我母亲冲动地质问着我姐姐，把自己也问得哭了起来。他们从逻辑上推理出来的结果是沉重的，我姐姐脱不了干系，因此我母亲在道义上承担了沉重的压力。为了宣泄这份压力，我母亲必然要问责我姑妈，最后的结果可想而知，我母亲和我姑妈绝交了，我们两家住那么近，住在一条香椿树街上，我姑妈是我父亲的亲妹妹，我父亲是我姑妈的亲哥哥，可是我们两家就这么绝交了。

彩袖后来是搭一条贩茨菰的船回到顾庄去的，这些消息都确凿，因为确凿让我们和姑妈一家高兴了一阵子。只是彩袖消失的那几天里，她到底是在哪里度过的，怎么度过的，和谁在一起度过的，这些细节从来都是个无头案，我们大家一点也不清楚。

表哥说彩袖后来兑现了家里的许诺，嫁给了那个患有羊角风的中年人。我表哥春节回来过年时还说他们的婚姻不错，看见彩袖和她男人去赶集，女的卖了小鸡，男的买了锄头，在路上一前一后地走。到了“五一”节回来，表哥不肯提彩袖的名字了，一追问就问到了那个令人震惊的消息，彩袖服农药自杀了。表哥说彩袖死得很有计划，她在菜园里打农药，打完农药别人看见她拿着个塑料桶坐在地里，都以为她是在喝水，说彩袖刚才还看见你喝水的，怎么一会儿又渴了？彩袖说今天天热，渴死人了。彩袖当着好多人的面喝了半桶农药。我姑妈那边，我们家这边，都被这个消息吓着了。我表哥闪烁其词地提到了村里的一些流言蜚语，说彩袖死的时候可能怀了身孕，大家都怀疑彩袖怀的孩子是野种，不是羊角风的。姑妈立刻大叫起来，羊角风不影响生育的，不是他的是谁的？

然后大家都突然沉默了。想到了彩袖失踪的那段时间，想到她是带着一个秘密回到顾庄去的，一下谁都不敢说话了。每个人都在掩饰自己慌乱的内心，却掩饰不住那种带有犯罪感的表情。后来我姑妈突然站起来，一句话让大家都得到了解脱，她说，我们对彩袖问心无愧的，彩袖苦命，怪不得别人呀，要怪就怪那个巩爱华，不是她惹这个麻烦，彩袖她也不至于落这么个下场。

香椿树街一带的居民，习惯于把亲朋好友的照片压在玻璃台板下面，彩袖的那张照片一直压在我家五斗柜的玻璃台板下面，平时那位置上是放一瓶塑料花的，那瓶塑料花常年盖着彩袖的照片，就像是盖着一件隐私一样，无法丢弃，也不愿暴露。我们有我们庸常而烦冗的日常生活，谁会无端地想起顾庄的一个乡下姑娘来呢？我们几乎把彩袖遗忘了。直到那年搬家，我和我姐姐清理玻璃下面的照片时，突然看见彩袖的照片，一时竟然都想不起来照片上的人是谁了，我努力地揭下那张粘连在玻璃上的照片，是什么人，脸那么熟？我姐姐突然叫起来，是彩袖呀，怎么她的照片还在这下面？

于是我也想起了彩袖，不知为什么，想起彩袖我就想起了茨菰，小时候我不爱吃茨菰，但茨菰烧肉我爱吃，现在人到中年，我不吃茨菰，茨菰烧肉也不吃了。

白杨和白杨

巧合的事情都发生在她们两个人身上了。来自湖北的女会计师白杨在火车站广场的接待处就看见了江西来的女同行，那个姑娘穿着今年流行的宽大的黑色裙裤，脚上也是一双银灰色的热带风格的凉鞋，与白杨的服饰打扮几乎一致。如果面对的是一面镜子就好了，可惜那是另外一个姑娘，白杨一眼就得出了结论，她的腿长，所以穿得好看。白杨看着她拖着行李箱向接待处走过去，这预示了她们将是进修班的同学。白杨心里感到一种莫名的不快，她后悔在上火车之前千挑万拣的，选了这么一条通俗的裤子，这么一双通俗的凉鞋。

令人吃惊的事情还在后面，在接待处的登记簿上，白杨看见她的名字赫然写在纸上，只是名字后面被那个女孩加注了“江西”这个地名。湖北的白杨几乎被这样的巧合弄糊涂了，她看着负责接待的一男一女，说，怎么回事？然后她看了一眼另一个白杨，似乎是想澄清什么，她把属于自己的名字写得特别大，我是白杨，她说着在名字后面如法炮制，加了“湖北”两个字。她听见会务组的两个人在笑，其中的男会务用一种热情的声音说，无巧不成书啊，我们早知道进修班有两个白杨，没想到两个白杨一起来报到！

看来江西白杨也是知情者，她亭亭玉立地站在湖北白杨的身边，湖北白杨一回头，面对的是一张美丽大方的笑脸。是湖北白杨吧，江西白杨的普通话带着一点很有分寸的港台味道，我早就听说过你了。我们局里的小崔你认识吧？湖北白杨没来得及说什么，她看见江西白杨的手柔软地伸到了她面前，匆忙扔下笔，握住了对方的手，湖北白杨感觉到对方的手指没有张开，这使她敏感地意识到江西白杨严重的淑女做派，你是淑女，难道我是男的吗？所以她们的第一次握手显得敷衍了事。但不管怎样，两个白杨握了手，故事必然是开始了，就像公路边两棵真正的白杨树，其中一棵的枝杈搭在另一棵的枝杈上，一棵枝杈一定会向另一棵说些什么，我们该如何定义这样的场景呢，称其为故事，这最简单不过了。

进修班的学员们住在著名的凤凰瀑布景区，选址选得聪明，否则就不会有那么多的男女会计从天南海北赶来进修了。两个白杨被安排在招待所顶楼的一房间里，服务台的人一再声称那是最好的房间，江西白杨立刻就反驳，顶楼还最好呀？爬上爬下的，累死人了。湖北白杨当时没说什么，她还对那个小伙子点了点头表示感谢，但当她尾随江西白杨走上楼梯时，还是尖锐地表达了她对房间安排的看法，那小伙子，油头滑脑的，一看就不实在。湖北白杨说，最好的房间？最好的房间肯定留给他们自己人了。

她们进了房间才意识到刚才是错怪人家了，除了楼层，房间确实无可挑剔，干净、明亮，两张崭新的单人床之间保持着令人满意的距离，最让人喜欢的是一个宽大的面向瀑布方向的阳台，她们现在明白服务台的小伙子为什么咬定这是最好的房间，这是整个招待所唯一的带阳台的房间，也就是说，两个白杨站在阳台上能够清楚地看到景区所有的风景，包括别的学员的窗口，而她们自己，却被这个可爱的阳台有效地掩护起来了。

有个阳台！湖北白杨难以掩饰她的喜悦，这么大的阳台，看，这儿还有根竹竿，我们不愁晾衣服了！

江西白杨已经伏在阳台上欣赏起瀑布风景来了，很明显她并不关心晾衣服这类琐事，瀑布景区一带美丽的风景打动了这个年轻的姑娘，她的脸上浮现出一种满足的笑容，她的眼睛顾盼生辉，风景好美好美呀。她说，我本来还想把名额让给同事呢，这么好的地方，要是放弃，还不把我后悔死了。

湖北白杨及时调整了她的观念，她无声地站在江西白杨身旁，欣赏了一会儿风景，你去过黄果树吗？湖北白杨突然说，黄果树瀑布比这个壮观多了。

没去过。江西白杨看了一眼湖北白杨，她说，我没去过的地方多着呢。

黄果树瀑布才是中国第一。湖北白杨用手随意地比画了一下黄果树瀑布的规模，那水能溅到三百米开外，她毕竟是习惯用数字说话的人，形容词匮乏，结果她急中生智，模仿江西白杨的腔调说，黄果树瀑布，那才叫好美好美呀！

无论湖北白杨的模仿是否怀有恶意，我们都从江西白杨的眼神中看见了受伤害的成分，江西白杨瞥了一眼湖北白杨，她从阳台的这一端向另一端走去，无疑这不是简单的移动，它代表着一种伤害以后的态度，更有趣的是湖北白杨，不知道是迟钝还是固执，她跟着江西白杨走到阳台的另一侧，你先用卫生间吧？湖北白杨没有听见对方的回答，也许她这时觉察到了什么，她愣了一下，说，那我先用？湖北白杨照理说该去卫生间了，可是你知道让她这么离开是不容易的，让我们来看看湖北白杨在离开以前还干了些什么呢。她突然弯下腰，伸手摸了摸江西白杨的那条黑色裙裤，是化纤的？你这条怎么是化纤的？她说，这么热的天，穿着不嫌热？她感到江西白杨修长而饱满的腿部在拒绝她的触摸，然后她看见江西白杨的一只手迅疾地扑下来，护住了她的裙裤，别动我的裤子，江西白杨终于冷笑了一声，什么化纤丝绸的，江西白杨说，我这条是进口货，你那条是地摊货，我一眼就看出来了！

所以说，两个白杨初次打交道并不愉快，尤其是女读者，相信在湖北白杨摸江西白杨的裤子以前就看出那种不愉快来了。

进修班的课程乏味而陈腐，好在学员们对此并不计较，谁都知道这种没有文凭的进修是“醉翁之意不在酒”，男女会计师视其为一次度假交友的机会。靠着凤凰瀑布，度假的方便自不必说，开班没几天，会计们已经在瀑布下面的凉亭里举行了一次烧烤聚餐，在凤凰溪边的草坪上办了一次舞会，交友之事稍许复杂一点，都是成年男女，欲望和教条像一把“双刃剑”架在这些男女的面前，使许多人面对另一些人时眼神躲躲闪闪的，也有大胆得令人吃惊的，比如一个来自边远山区的男学员和一个东北姑娘以闪电般的速度进入了某种状态，也许别人还蒙在鼓里，但由于湖北白杨喜欢在阳台上观望各处的风景，东北姑娘房间里的风景自然也被她尽收眼底，她一定是看见了一些不该看的东西，所以那天黄昏湖北白杨的脸色像天边晚霞一样烧起来了，她的声音因为颤抖加剧了气氛的紧张性，快来，快来看！她向正在房间里看电视的江西白杨招着手，江西白杨疑惑地走到阳台上，看见湖北白杨用手指压着嘴唇，示意她不要说话，湖北白杨的另一只手指向楼下的一个房间，她说，看他们的好戏。江西白杨的目光顺从地下滑，她看见的却是一面飞快合拢的红色窗帘，除了窗帘缝隙处透出的一点灯光，江西白杨什么也没看见。

晚了一步。湖北白杨带着一丝遗憾或者歉意说，你动作太大，一定让他们发现了。

你让我看什么？江西白杨就势倚靠在阳台上，她说，什么好戏？男女之间，就那么回事，有什么可看的？

湖北白杨肯定没有预料到同屋的这种反应，她的微笑显得僵硬起来，没什么？她讪讪地扯了一下晾在阳台上的一条裙子，没让你看什么，开个玩笑罢了。

这是那天黄昏的事情。那天没有组织什么活动，两个女会计早早地睡下了。听见凤凰瀑布在不远处发出清脆的轰鸣声，听见另一个白杨在另一张床上辗转反侧，轻轻地咳嗽，轻轻的鼻息声。她们又是半天没说话了。她们的相处有问题，两个女人同处一室，半天不说话，当然是个问题，她们一定是意识到了，湖北白杨突然在黑暗中叹息了一声，作为一种回应，江西白杨也嘎吱一声在床上翻了个身，女人的许多身体语言充满了潜台词，我们不妨设想一下，那是两个白杨在指责对方难以相处，你，是你，应该对此承担全部责任。

后来起了风，风把阳台的纱门吹开了。

江西白杨起来去关门。她将门小心地掩上，人却站在阳台上了。江西白杨在阳台上，本来不影响里面的湖北白杨，可是湖北白杨却感到一种莫名的骚扰，她嘀咕了一句什么，爬起来，打开了灯，她等着另一个白杨回来，恢复她们已经习惯的夜间秩序，但是另一个白杨仍然站在阳台上，一动不动。湖北白杨向着阳台上的那个背影翻了个白眼，她或许是把对方的举动当作一种挑战，于是她用迎接挑战的姿态拉开纱门，也站到了阳台上。

热，热得人心烦。湖北白杨说。

一点也不热。江西白杨说，心定自然凉。

夜色笼罩着凤凰瀑布景区，山上苍翠的树木和裸露的赭色岩石现在看上去都是乌蒙蒙的，唯有瀑布隐隐的雾霭划出一条带状白光，水声訇然回荡着。湖北白杨起初以为江西白杨是在看夜色中的两个人影，比如那个边远山区的男会计和来自东北的女会计，但很快湖北白杨知道自己是误会了，江西白杨凝视瀑布的目光那么专注，又是那么空洞，这表明她确实不关心别人的风流韵事，当然也不表明江西白杨就是一个多么深沉的姑娘，至多说明她在发呆。湖北白杨在黑暗中做了个鬼脸，不知道是嘲弄对方还是嘲弄自己，她将纱门来回推拉着，说，很晚了，该睡了。湖北白杨猜到江西白杨会说什么，你去睡好了，难道我站在这里影响你了吗？湖北白杨知道她会那么说，所以她提前准备了回答，当然影响，我神经衰弱。但是那天夜里情形完全不同，湖北白杨看见江西白杨突然回过头来，向她莞尔一笑，你看瀑布那儿，她指着瀑布的方向说，你看那儿，有一个光点，那么亮，我一直在琢磨那是什么，你说那是什么？

湖北白杨循着她手指的方向眺望，果真看见了一个圆圆的光点，它在瀑布下方的河滩上闪烁着炫目的银白色的光芒。

是一只玻璃瓶子。湖北白杨说。

不。玻璃瓶子的光不会这么亮。江西白杨说。

那是谁的戒指掉在那儿了？湖北白杨说。

也不是戒指。江西白杨说，戒指上镶着宝石？不会，宝石的光没这么大。

你怎么就那么肯定？湖北白杨受不了对方连续的否定，那你说是什么？

我也说不上来，也许是夜光石。江西白杨说。

哪儿来什么夜光石？湖北白杨哧地一笑，她说，你跟我编什么童话呢，光听说有夜明珠，哪来什么夜光石？

那也许就是夜明珠。江西白杨犹豫着，她瞥了一眼湖北白杨，突然说，我们去看看怎么样？

看什么？湖北白杨对室友的邀请明显缺乏思想准备，看夜明珠？她说，你疯了？深更半夜的，玩这种小孩子的把戏，你真的相信世上有什么夜明珠？

江西白杨很失望，她快速转身的动作也明确无误地表达了她的失望，转眼之间，湖北白杨再次面对了一个矜持而自尊的背影。江西白杨说，没关系，你不去，我一个人去。

湖北白杨一只脚跨进了房间，另一只脚却停留在阳台上，就像她的双脚在斗争，她的思想也在斗争，过了大约一分钟，斗争有了结果，湖北白杨试探着对另一个白杨的背影说，你一个人去不行，深更半夜的，多不安全，还是我陪你去吧。

江西白杨仍然站在那里，她不说话是表示一种默许，不说话当然还有第二层意思，你愿意陪就陪，可不是我哀求你。湖北白杨领会她的意思，所以湖北白杨很豪爽地挥着手，说，反正也睡不着，夜里出去散散步，也别有一番情调。

她们走到瀑布那里时，下弦月正好钻出云层，水银似的水光洒在夏夜的景区，森林以及山岭的曲线轮廓重新清晰起来，瀑布激溅的水花带着一股清凉的草木之气，打湿了河滩边的丛林、道路，甚至空气，两个女会计手拉手小心地走过水中的一段鹅卵石铺就的路，途中江西白杨抽出手摸了摸头发，她几乎是欣喜地叫起来，我的头发全打湿了！湖北白杨一定是受到了感染，她说，该死，我的头发也湿透了！我们已经稍微了解到了这个白杨的性格，她说该死并不意味着她认为瀑布该死，相反说明她对这次夜游已经留下了美好的第一印象。她们正在通过水中的卵石路，她们互相拉着的手松开了一会儿，只是一会儿，一个白杨的手便握住了另一个白杨的手，然后她们继续拉着手向瀑布走去，到达对岸的时候，两个白杨都注意到自己的手，自己的手上留着另一个白杨手上的余热，她们相视一笑，大家知道女人是何等敏感的动物，如果说两个白杨之间有九个疙瘩，那这时候我们应该听见异常清脆的嘎嘣一声，至少有三个疙瘩一下子解开了！

空谷回音反衬了景区夜晚的安静。她们坐在一块岩石上，抬头仰望着瀑布飞泻而下的姿态，江西白杨说，好美呀！湖北白杨憋着嗓子学她的腔调，好美呀！这次江西白杨只是在湖北白杨身上打了一巴掌。她们几乎是紧靠在一起，享受着各自生活中难得的夜晚。就像两个人相互间的关爱突如其来，她们突然决定唱歌，而且筹划着让歌声传到招待所，吵醒所有人——我们不睡觉，你们也别睡了。

她们唱歌，两个人亢奋的歌声一会儿被瀑布的水声所淹没，一会儿刺破了夜空。她们笑，因为这个白杨笑得疯狂，引发了另外一个更加放肆的笑声。不知过了多久，江西白杨想起那个神秘的光点，她欠起身子，四下里寻觅着，奇怪的是她发现到达瀑布以后，那个银白色的光点反而消失不见了。

是呀。到了这里反而找不到了。江西白杨似乎不甘心，她的头转来转去的，仍然在寻找，她说，你猜，那会是什么东西？

反正不会是什么宝贝。管它是什么，不费那个心思了。湖北白杨说，我们还是唱歌吧，看能不能把招待所里的人都招来。

江西白杨此刻却对唱歌失去了兴趣，她沉浸在某种特定的情绪中。肯定是女孩的东西，只有女孩子的东西才会这么亮。她忽然叹了口气，低头注视着月色中的凤凰溪，说，高山流水，还有茂林修竹，倒是殉情的好地方。

你说什么？你说是什么的好地方？

我说，江西白杨更换了一个通俗的词汇，她说，我说如果要找个好地方死，这里算一个了。

死？湖北白杨对这个突然闯入的话题明显没有准备，她瞪着江西白杨，好好的怎么说起这个来了？

江西白杨开始沉默了，沉默意味着什么？不用我玩弄什么技巧，读者也该心知肚明，这个江西白杨，她的故事中必然有一个与死有关。为什么死？怎么个死法？我们等待江西白杨解开谜底。这事情并不容易，我们能否听到这个故事，其实取决于另一个白杨。

另一个白杨正将她的脸甚至身体靠近江西白杨，就像考古学家发现了地层下面的青铜器，她一把抓住了江西白杨的手。你怎么啦？到底怎么啦？另一个白杨说，你倒是说话呀。

说什么？江西白杨轻巧而坚决地挣脱对方的手，她笑了笑，说，没什么，他们都说我这个人捉摸不定，我就是这样的人，一会儿高兴，一会儿伤心，没什么，其实什么事也没有。

湖北白杨借着月光打量着江西白杨，对方面颊上的一滴泪痕让她窥破了什么，别来这一套，你有心事。她说，你不过是不信任我，不肯对我说罢了。

不。江西白杨转过脸去望着别处，她说，你误会了，我真的没什么事。

你不信任我，我也不怪你。湖北白杨说，我们相处才几天，你不知道我的人品，不过我要告诉你，我们单位里那些姐妹都愿意把知心话掏给我，碰到什么事都来找我商量，不是我吹牛，我替她们出的主意，都管用。

江西白杨淡淡一笑，无论湖北白杨如何表白，她仍然没有敞开心扉的打算，说，如果是感情上的事，什么锦囊妙计也不管用。

这么一句话赛过一盆冷水，浇灭了湖北白杨的满腔热情，湖北白杨的身体首先做出了反应，从江西白杨身边横向移动了一米，然后她冷笑了一声，这么说，你从来不听人劝？别人的好心，你当驴肝肺？

一切都明白无误，湖北白杨在告诉另一个白杨，你伤害了我！另一个白杨听见了这种抗议。如果是昨天，她会不予理睬，但是大家都看见了，这是一个多么特殊的夜晚，这个夜晚几乎强行造就了两个女人的友情，江西白杨默认了这个现实，因此，她感到不安了。她站起来，用一种非常亲昵的动作挽住了女伴的胳膊，别生气，她说，这么美好的夜景，不好好欣赏，你生的什么气？看那瀑布，你看水的形状，确实像一只凤凰呀！

湖北白杨不是那种好哄骗的人，她说，什么凤凰不凤凰的，你见过凤凰？

受到如此抢白是咎由自取，所以江西白杨没有计较，她仍然挽着女友，静静地望着夜色中的瀑布。好吧，不说话了。她说，我们就站这儿看瀑布，你知道我看着瀑布脑子里在想什么？

你想什么我怎么知道？湖北白杨说，我没有什么保密的，我想什么倒是可以让你知道。我在想我的儿子，他睡着了的模样，他睡着了总是流口水，流得枕头上一股酸臭味。

像湖北白杨预料的那样，江西白杨笑起来了，你儿子一定很可爱，她说，看得出来，你生活得很幸福。带着你儿子的照片吗？拿出来让我看看！

湖北白杨拿出来的其实是一张三口之家的合影，她们在月光下将照片侧过来倒过去的，最后照片上的人显示出了比较清晰的轮廓。看得最仔细的是江西白杨，而且从她发表的观后感中可以发现她更关注的是湖北白杨的丈夫。你丈夫长得很气派嘛，江西白杨说，孩子长得像你，很可爱。

气派？你不是说他胖吧？湖北白杨说的当然也是她丈夫，她说，其实他没有那么胖，镜头的关系。

胖一点有什么关系？男人的相貌，江西白杨似乎在寻找措辞，男人的相貌，她说，其实根本就不重要。

湖北白杨将照片重新放进皮夹子里，她的目光现在异常锐利地盯着女伴的脸，哎，别打马虎眼，你说，你刚才在想什么。

即使是在朦胧的月光下，江西白杨的微笑仍然显得神秘而酸楚，她双臂抱肩的动作使她看上去像一个舞台上的悲剧女演员，她凝望瀑布的眼神再次闪烁不定起来，告诉你没关系，她轻声说，我在想，活着也很好，死了就不能在夜里跑来看瀑布了。

还有呢？湖北白杨几乎在诱导女伴，告诉我没有关系。

就这些。就想了这些，骗你是小狗。

我们能够想象湖北白杨的失望，她等待的不是这个回答，不是死与瀑布的关系，是你为什么死。换句话说就是你到底有一个什么样的大秘密。湖北白杨意识到女伴在回避什么，不烧房子你放什么火？湖北白杨在一刹那对探究另一个白杨的内心世界失去了耐心，而且她有点恼羞成怒，怎么老是说死呀死的，她毫不掩饰厌恶的语气，说，我看你不是活得好好的吗？

瀑布的水声在空谷回荡，却不能吞没湖北白杨刺耳的声音，湖北白杨听见自己的声音以后就后悔了，但是后悔有什么用，就像瀑布的流水泻下来就不能回归山崖，没有什么补救措施了，我们看见江西白杨受惊的眼神和苍白的脸色，这个姑娘做出了新的决定。她的决定看起来有点奇怪，猛儿蹬掉了脚上的银灰色凉鞋，甩在湖北白杨的脚下，她不说话，不说话我们也能明白，我不穿和你相同的鞋子，我引以为耻，引以为耻！就这样事情在一瞬间发生了巨变，两个白杨之间刚刚建立的友情得而复失，而有些喜欢听人倾诉秘密或伤痛的读者，也只能像另一个白杨那样，死了这条心。

是一瞬间的事，我们甚至来不及描述所有的细节，两个白杨已经分道扬镳，一个像一头愤怒的鹿跳过卵石，超过了凤凰溪，另一个像失意的猎人两手空空，从小桥那里绕道向招待所走去。

另外一个结局同样令人扼腕，一双昂贵的银灰色的凉鞋，好端端的，却被其主人遗弃在凤凰溪边。

两个白杨后来不住在一起了。是江西白杨提出来换房间的，她的理由听来很正常，她打呼噜，江西白杨对会务说，她的呼噜打得比男人还响亮！湖北白杨从别的女学员那里听说了打呼噜的事，她没有否认什么，因为她知道自己夜里会打呼噜，但湖北白杨承认自己的缺点并不代表她软弱，第二天，她就找到旧伴的新室友，说，你跟她住一起，一定要注意通风。那女会计反应迟钝，说，为什么？湖北白杨便用体恤的眼神看着那女会计，说，她有狐臭，你上课时没闻到？

两个白杨的关系最终让我们越来越失望。让人很扫兴，这也没办法，我作为撰述这故事的人，纵有天大的能耐，也无法让她们重归于好，你想想那个瀑布之夜，想想大自然神奇的亲和力都不能完成这个使命，我有什么办法？况且所有的进修班总是早早就解散的，让两个白杨增进友谊是来不及了，同样，让她们加深仇恨也来不及了。进修班结业之前全体合影，两个白杨都在镜头里，一个在前排蹲着，脸上挂着并不由衷的笑意，另一个在后排站着，姿势似乎舒服一些，但另一个的笑意看起来更加勉强。我们可以把这照片作为两个白杨关系的写照，当然是最后的写照。

离开凤凰瀑布的那天，所有的会计都登上了一辆大客车。

原定中午出发去游览附近的一个景区，不知怎么的，那个驾驶员到了傍晚才来到招待所，会计们一边窃窃地批评着驾驶员的作风，一边向凤凰瀑布告别。山路上已经是暮色苍茫，车窗边的人俯瞰着山下的凤凰溪，是一个眼尖的女会计先发现了溪边的什么东西，那是什么？她指着一片不规则的亮光说，你们看那是什么东西，那么亮！人们都探出脑袋，旅途中的人们总是这样，对一切异样的事物都充满兴趣，而湖北白杨不一样，她用一种平静的语调说，你们都是孩子呀，这有什么稀罕的，是一只凉鞋。有个男会计无知地说，凉鞋怎么会发光？女会计们却一下被湖北白杨提醒了，她们想起今年流行的那种水晶鞋，那种凉鞋会在暗淡的光线中发出光亮。谁把这么时髦的凉鞋丢在那儿了？她们之中有人惋惜地说。立刻有人机智地回应，一定是破了，破鞋只能扔了！车里的人都是成年人，他们以一片整齐的笑声对这个双关语表示了欣赏，而湖北白杨的笑声显得更加夸张一些，这没什么，这个白杨总是嘻嘻哈哈地笑，让其他会计感到震惊的是另一个白杨的反应，来自江西的白杨突然捂着脸放声大哭起来，突兀的哭声使车内迅速安静下来，大家面面相觑，继而开始交头接耳了，曾经有人试图靠近江西白杨，去询问或者安慰，但那个沉浸在哭声中的姑娘推开了所有善意的手，于是一车人怀着无限的好奇心倾听着江西白杨的哭声，为了倾听，他们保持了沉默。

终于有人想起了另一个白杨，有人小声地问湖北白杨，你知道她是怎么回事吧？湖北白杨非常镇定，她摇摇头说，我不知道，我跟你们一样，对她一点也不了解。

垂杨柳

离开寺前村的车祸现场已经很远了，司机仍然惊魂未定。

雨中的公路一片寂静。车窗外的天空是铅灰色的，雨声绵绵不绝，刮雨器软弱无力地左右摇摆着，挡风玻璃上始终流淌着一条不规则的水流。他从反光镜里看见公路像一排黑色的潮水追逐着他的卡车，而卡车像一条孤单的船在风雨中颠簸。反光镜同时映出一张疲惫而苍白的脸，额头上的汗渍依稀可见，受惊后的眼神还没有恢复平静。他有一种晕车的感觉，准确地说，更像是晕船，他感到公路上波浪滔天，在司机多年的职业生涯中，这是第一次，公路让他感到了深深的恐惧。

雨一直没有停，只是拐过一个山口后雨点明显地变小了，庄稼地里雨打玉米叶子的声音不再那么粗暴，可以听见河上湍急的流水声了。北边的天空还是暗的，但南面的天空蓝了许多，也亮了许多。公路左前方出现了几间简陋的红砖小屋，从那里隐约传来一个女流行歌手高亢的歌声，那是一首歌唱青藏高原的歌。司机知道垂杨柳到了。去年他路过垂杨柳，这里的答录机整天就在放这首歌，那就是青藏高原那就是青藏高原。今年还是这支歌。这儿不是青藏高原，司机知道他到垂杨柳了，一个专做卡车司机生意的地方。垂杨柳一共有三家路边店，一家是加油站，一家是卖烟酒食品的小杂货店，还有一家说不清是饭馆还是旅店，饭馆大红大绿地迎着公路，旅社半遮半掩地缩在饭馆后面，垂杨柳的人告诉过他，所有的店铺其实是一家，一个老板娘管的。

一个穿绿短裙的女孩打着一顶花伞站在路边拦车拉客，一只胳膊从伞下面直直地伸出来，手势妖娆，不过看上去更像交通警察放行车辆的动作。女孩交叉着双腿，她的腿一半黑一半白地裸露着，非常引人注目，司机定神一看，女孩原来穿了黑色的长筒丝袜，丝袜上居然还点缀着闪闪发亮的珍珠饰片，看上去好像一小片夜晚的星空。

大哥来呀，喝口水歇个脚再走！女孩做了个手语，做完了她掩嘴一笑。

司机当然见惯了这些手语。他没有马上做出回应，他的目光在女孩的脸上和公路之间游弋不定，显得很犹豫。是他的手率先做出了停车的决定，它放下了刹车掣。司机听从了手的指挥，他的紧张的身体突然一下松弛下来，压在方向盘上，他说，好吧，歇个脚再走。司机了解自己，但那个女孩竟然让他如此快速地镇静下来，司机自己也觉得奇怪，在倒车停车时他看见自己映在反光镜里的脸，脸色显然还很苍白，但眼睛却率先迸发出活力，闪烁着某种隐晦的期待的光芒，那光芒是热烈的。

女孩看上去还有几分稚气，妩媚的笑容有点讨好人，不过仍然显得羞涩。她很关心车上装载的货物，踮起脚尖往车斗里看，看见是空车，明显有点失望，是空车呀，刚刚走的那客人，人家拉了整整一车可口可乐！司机说，那又怎么样，人家也不给你喝。女孩还不懂男人搭讪的那套路数，误以为司机在奚落她，收拢雨伞甩着水，嘴里回敬司机说，给我喝我也不稀罕喝，跟咳嗽糖浆似的，难喝死了。

垂杨柳还是去年的样子，店铺门口的泥地布满了卡车轮胎的辙痕，一下雨冒出了无数大大小小的水潭。车铺的墙边堆着山一样的湿漉漉的废旧轮胎，饭馆养的几只鸡在水潭边徘徊着，也许是在找寻食物。大哥，这边走。女孩用雨伞指挥着司机向饭馆走，这边，不是那边，那边有水！

这几步路我还不会走？司机笑了笑，说，现在这会儿不用那么周到嘛。

老板娘关照的，要注意第一印象。女孩很认真地解释道，上个月我们老板娘到外面去参观取经的。

什么第一印象？我是老客人，我来过好几次，怎么没见过你？司机跳过一个水潭，突然就想起了去年那个女孩的名字，那个小雪呢，小雪在不在？

哪个小雪？女孩眼睛亮了一下，我就是小雪呀，你认识我？

我不认识你。我认识那个小雪，圆脸，短头发的，比你胖一些，比你黑一些，她还在不在这饭馆干？

这儿就我一个小雪嘛，哪来那么多小雪？女孩说，那个小雪是干什么的？

跟你一样。站在这儿拉客人嘛。

不可能！我在这儿一年多了，我就是小雪，怎么还有个小雪呢，不可能！女孩的样子好像是受到了愚弄，她回过头看一眼司机的脸，又看一看司机的鞋子，哎呀，你的鞋，脏死了，她突然叫起来，让你小心走路你不听，你看你脚上，全是泥！

司机不在乎他脚上的泥，他皱着眉头努力地回忆着什么。那就怪了，我不会记错的，那个小雪下巴这儿还有颗痣，你没有嘛。他说，要不你们这儿的女孩都叫小雪？你也叫小雪？

不可能！都叫小雪怎么行？那不乱套了？怎么管理呀？我们这儿有小梅小玲小丽，她们晚上才过来，白天就我一个人。女孩说着嗓门大起来，突然赌了个咒，说，我骗你不是人，我就叫小雪。

司机有点迷惑，他怀疑自己会不会把垂杨柳的小雪和沿途遇见的哪个女孩混了，但他一贯是相信自己的记忆力的，即使是运输公司的那些同事也承认，他最善于记两件东西：一个是记路，另一个就是这儿那儿萍水相逢的女孩的名字。

老板娘从后面饭馆里风风火火地跑出来，手里还捧着一把葵花子，她干瘦的脸上涂了很厚的粉底，嘴唇抹了口红，一笑露出了发黑的错落不齐的牙齿。大哥，你好久没来啦，她觑着眼睛打量了司机一会儿，突然伸出手指在司机肩膀那里戳了一下，你们这些跑码头的，最没良心，上次把你伺候得那么好，还是把我们给忘了。

即使这样，司机也不敢确定老板娘是否真的认识他。也许她记得，也许不记得。路边店里的那一套他见多了。司机只是含蓄地笑了笑，在桌子边坐下了。他说，还那样，来两个炒菜，来一碗雪菜肉丝面。

靠近厨房的地方有两个男人围着个纸箱子在打扑克。他们向司机这儿瞟了一眼，就又埋下头去了。司机没见过他们，他猜是老板娘养在店里的两个人，沿途所有的路边店都能见到这些闲散的男人，他们总是坐着，走动的总是女人们。柜台在门口，漆了粉红色，上面放着一架黑白电视机。自称小雪的女孩一回来就打开了电视机。电视机大概年代久远了，嗡嗡地响着，什么也没有，女孩拿起一只拖鞋，左边拍一下，右边拍一下，电视画面突然就跳出来了，放的是一部香港电视连续剧，一个男的，一个女的，都操一口古怪的普通话，有一搭没一搭地说话，听一会儿便明白了，他们其实是在谈感情。

司机说，烦死了，车开到哪儿都是这两个人的声音，说话不好好说，拖着调门，呀啦呀啦的，我一听这声音就烦。

小雪在柜台里说，不可能！现在外面流行这么说话的，大哥你不知道？这么好的节目你嫌烦，那你要电视机干什么？

司机说，我家里的电视机就是摆设，一年三百六十天，我一百八十天在外面，哪儿有时间看？我要看电视就看球赛，别的不看，一看就想睡觉。港台剧内容还可以，就是那配音烦人，我听见那两个人的声音就要睡觉。

小雪说，不可能，我要是瞌睡马上看电视，一看就不瞌睡了——我在看呀，最后两集了，大哥你别打岔，我都听不见啦。

老板娘从厨房里端着菜出来，向两个男人之间的纸箱踹了一脚，还在打牌，还在打，你们就不能进厨房帮着择择菜！老板娘走到司机的旁边时脸上很快变出了亲切的笑容，她对司机说，你看你看，现在搞点经营多难，员工都懒呀，我在忙，他们倒好，打扑克的打扑克，看电视的看电视！司机想说什么，却打了个哈欠，说，我就听不得那电视剧的声音，一听就犯困。老板娘眨巴着眼睛，很专注地看了看司机，大哥你脸色很差呀，她大惊小怪地喊起来，脸色不好看，是该休息一下了，开了多长时间了？看上去很累嘛。

司机摇了摇头，斜着身子坐在椅子上，对老板娘含义不明地微笑着。

大哥你没什么事吧？老板娘伸出手去摸司机的额头，不烫不烫，她说，没病就好。挣钱不容易，搭上半条命，大哥我说得对吧？我看你是累的，休息休息就好。

司机说，不是累的，老实告诉你，是吓的。寺前村那里出了车祸。

谁出了车祸？老板娘陡然有点紧张，往后退一步，试探着问了一句，大哥你没事吧。

我出事怎么还能上你这儿来坐着？司机嘿地一笑，在桌子底下抖动着双腿，不是我，他说，你这么瞪着我干什么？不是我，是我前面运煤车的司机！

运煤车开起来最野了，司机都是疯子，存心撞人似的。老板娘顺着客人说话，对灾难本身也流露出适度的兴趣，你亲眼看见撞人的？大哥，是什么人给撞了？

是个老汉，我就看见那老汉像个炮仗炸起来，运煤车一直在我前面，那司机刚刚超了我的车呀，我看见他撞的，砰的一响，他娘的，就像放炮仗，我开车这么多年，还是头一次亲眼看见撞人，那老汉像炮仗一样炸起来了！

那赶紧救人呀，寺前村那里有卫生院的。

救什么人？那家伙撞了都没下车，他娘的，跑啦！我在后面呢，把我难住了，进也难退也难的，我一咬牙往前开，没想到那人没死，我过去的时候他腾地坐起来了，满身是血，要拉我的卡车！

老板娘惊叫了一声，说，是怪吓人的，那人没撞死？现在死没死呢？

我怎么知道，我自己都让他吓了个半死。司机开始夹菜吃，嘴里嚼着东西说，估计活不了，他是从庄稼地里上公路的，下着雨呢，雨点比黄豆还大，路况看不清，农村老汉反应慢，他们都低头赶路的嘛，他娘的，以为国家修公路是为他一个人修的！老汉还背着个箩筐，箩筐里面装着红辣椒，一撞人就像炮仗砰地蹿起来啦，辣椒也飞得满地都是的，我不骗你，人和红辣椒都飞起来了，就像放了一个大炮仗！

他们说话的声音很大，引来了柜台那边小雪的抗议，求求你们了，小声点，我一点也听不见了，方小姐在写遗书，她要去自杀啦！

老板娘向小雪那儿看了一眼，脑袋也伸过去了，很显然她的心思也在电视机上。我以为方小姐昨天那集就要死的，拖到今天才写遗书！老板娘说着对司机笑了笑，好像表示歉意，这个戏很好看的，我天天看。然后她的声音突然低下来，脸凑到司机耳边说，等会儿让小雪到后面去给你捶捶背，放松放松，你看我们小雪长得还不错吧。

司机犹豫了一下，说，她要看电视，让她看，我去后面打个盹就行。

光打个盹怎么行？老板娘亲昵地推了司机一下，你就别管了，这么累该好好放松一下，她该干什么我来安排。

司机看了看电视机前的女孩，又向窗外望了一眼，外面的雨停了一会儿，又下了。公路上看不见什么车流，雨中的公路像一条黑色的河流一样平静，闪着一点一点晶莹的光。不知道是饭馆养的一只鸡还是鸭子上了公路，悠闲地在路上散步。司机看见公路边稀稀落落种着几棵香椿和槐树，树只有半人多高，估计是去年刚刚栽下的，他突然想起来这地方叫垂杨柳，垂杨柳，为什么一棵杨柳也不见呢？

你们这儿为什么叫垂杨柳呢？司机咕哝了一句，老板娘没有听见，她已经坐到了电视机前，神情紧张地盯着荧屏，嘴里噗噗地吐出葵花子的壳。那个叫小雪的女孩现在坐到柜台上去了，除了黑色的长丝袜和丝袜上几朵金线绣的小花，司机只能看见她的侧面和背影，她的乳峰很小心地隐藏在无袖上装里，像地里的玉米藏在苞壳里，她坐着的时候将手压在双腿下面，这个动作似曾相识，让司机想起了记忆中的那个名叫小雪的女孩。也许就是他上次遇见的那个小雪？也许是他弄错了，跑长途这么多年，他认识的路边店的女孩太多了。让司机困惑的是小雪对他的态度，如果她就是那个小雪，她应该能认出他来的。去年在垂杨柳，他遇见的是一个哭哭啼啼的乡村女孩，她什么也不懂，像一头屠宰场的羊羔准备为八十块钱做祭祀品，但他并没有对她做什么，她的泪水和逆来顺受的样子让他动了恻隐之心。他什么也没做，但他付了钱，还有小费。他记得那个小雪是怎么笨拙地在他脸上亲一口，表示她的感激的。她说，大哥，我一辈子也忘不了你，你是好人。他当然是好人，他没做什么，却付了钱，他为自己做的这件事感到满足。他断定垂杨柳的小雪应该记得他，但事实让司机感到双重的失落，他不能确定谁是小雪，而小雪似乎也不认识他了。

房间陈设简陋而土气，老式的木板床，洗脸盆架子，满墙贴着港台影视明星的招贴画，地上铺的塑胶地毯刚刚擦洗过，踩上去滑腻腻的。司机看见一顶大城市久违的蚊帐从天花板上悬垂到床上，觉得很亲切，去年路过垂杨柳，不记得有这样的蚊帐，也许那是秋天的缘故。司机钻进蚊帐，四处摸摸，卧具好像是干净的，而且洒过香水。他慢慢地躺下来，叹了一口气，他知道老板娘会安排什么，他等待着什么，在等待的时候他用手指梳理着头发，与往日在路边小店度过的那些时光不同的是他心情沉重，他等待着什么，却并不清楚自己想干什么。

小雪提着一只热水瓶进来了。很明显她是被老板娘赶进来的，她不情愿，脸上的笑容便显得僵硬，大哥，你先洗一洗，她站在蚊帐外面说，是老板娘吩咐的，让你洗一洗。

司机说，洗什么，你让我洗脚吧?

小雪扭了扭身子，不说话。她的表情很明确地表明她是在勉强地为司机服务。

你让我洗什么，快说呀。司机的脑袋钻出来，瞟了一下小雪，发现对方无意呼应，便缩回去，在蚊帐里面说，不洗，我不脏，洗什么洗?

小雪说，我不管，你不讲卫生是你的事，反正我先把话说清楚了，我不是上晚班的，不做那事。

你不做哪件事？司机在里面笑了声，说，没见过你这样的女孩子，你什么也不做，待在这里干什么？把你们老板娘给我叫来！

我不叫。反正我没有得罪顾客。外面小雪的声音一下缓和下来，听上去是在为自己辩护，她把热水瓶放在床边，似乎在琢磨着什么，迟疑地说，大哥你要不愿意洗就不洗，我替你洗脚，我替你敲背，替你抓痒痒也行，不过你也要答应我一个条件，好不好？

你哪来这么多麻烦，我不过是放松一下，又不跟你谈恋爱，答应你什么条件？

十五分钟。小雪说，十五分钟好不好，完了我到隔壁房间去看电视，你别跟老板娘说。

不可能。司机弄清楚小雪的意思后忍不住笑起来，他模仿着女孩的口气说，不可能，十五分钟怎么够我放松的？那我付半价怎么样？

大哥你行行好嘛，今天是最后两集，播十分钟广告就又开始了，最后一集我一定得看呀，你答应我，你答应了？

不可能！司机捏着嗓子，你把我当动物对待？啊？他突然想起什么，说，那你干脆做十分钟好了，为什么要十五分钟？

开头五分钟是唱主题歌呀，小雪意识到司机此话是一种通融的表示，高兴起来，说，大哥，你是好人，我就知道你是好人。我一辈子记得你的好！

去年这么说，今年还这么说。司机在蚊帐里冷笑了一声，你们这种女孩，能记得什么？就记得钱了。

什么意思？大哥你怎么说翻脸就翻脸了呢？小雪愣了一下，有点手足无措起来，她掀蚊帐的手退缩了，怎么说起这种话来？我们哪种女孩？你知道我是哪种女孩？她歪过头看着墙上的招贴画，嘀咕道，你要是瞧不起我我也不会求着侍候你，你告诉老板娘我也不怕。什么东西！

你敢骂人？

我没骂人，什么时候骂人了？

你骂我什么东西。

那不算骂人，骂客人要扣工资的，大哥你可别诬赖我。

你到底多大？怎么一点也不懂事？不懂事就出来挣大钱了？司机瞪着女孩，口气有点严厉也有点戏谑，他说，你到底是不是小雪，你真不记得我了？去年我路过这里，你哭哭啼啼，好像个林黛玉，我碰都没碰你一下，钱照付，你也口口声声说记得我一辈子，他娘的，才一年不到，你就一点都不记得我了？我姓林，我是你林大哥！

小雪转过脑袋，司机的自我介绍引起了她的注意，她的手把蚊帐掀开了一条缝，也许想仔细看看司机的脸，却又不好意思，于是腾地坐到了床沿上。看样子她是在努力回忆什么，她坐在床沿上，两只手垫着自己的身体，晃来晃去的，身体似乎也在帮忙回忆，但结果还是摇头，她说，不可能，你做那么好的善事，我怎么一点也不记得？你一定在耍我，你们司机都喜欢耍人。刘大哥，我不认识你的。

什么刘大哥，你是文盲啊，我姓林，双木林，林大哥！

林大哥，好了，别闹了，你这次答应我，下次我一定会记住你的。

你不记得我就算了。他娘的，我也没指望你记住我！司机在里面不耐烦地坐起来，又躺下，突然笑了一声，说，来吧，你不是急着看你的电视吗，要看最后那集动作就快一点。我情绪不好，也累了，没准都不用十分钟！

然后司机看见小雪的一条腿先进来了，另一条腿犹疑着，终于也进来了，司机不看她的脸，他不知道自己为什么不想看她的脸。他叹了口气，低声骂了句粗话，抬眼看蚊帐外的天花板。蚊帐顶部是用细白布做的，略略有点泛黄，透过白布，司机依稀看见几串红辣椒在房间横梁上，司机问，上面挂的是什么？是辣椒吗？

小雪说，是辣椒。厨房用的辣椒，没地方挂，只好挂那儿了。

司机浑身一颤，他几乎是下意识地向蚊帐外面看了一眼。外面好像有人，司机依稀看见蚊帐外面有个老人坐在地上，满脸是血，手里捧着一把红辣椒。司机的手也颤嗦起来，最终停顿在半空之中，他翻了个身，原来在身体内部膨胀的欲望潮水般地退去，一种朦胧的恐惧感袭上心头，他突然甩掉了小雪的手，一脚把女孩蹬了下去。别瞎捏了，司机大喊一声，去看你的电视吧。

小雪这次受到了真正的惊吓，她对司机突发的暴力没有准备，同时也不知道如何应对，她光着脚站在外面，先是发愣，然后她把地上绿色的凉鞋捡起来提在手上。怎么回事，你这人有病！女孩终于哭起来，提着鞋子向外面跑，你们这些人都有病，臭流氓，不要脸，我才不侍候你们这些坏东西！

司机听见女孩的脚步急促地远去，她的哭声听上去是刚刚受了天大的委屈。司机自己也觉得莫名地委屈。一件寻常的事情突然变得如此复杂，他自己也没有预料，他不知道自己在垂杨柳做了什么，甚至不知道到垂杨柳来是为了什么。很快他听见了老板娘的嚷嚷和几个人慌张的脚步声，司机爬起来，敏捷地把门锁上了。

老板娘在外面敲门的时候，司机听见那两个打扑克的男人也在低声商量着什么。司机在里面说，别敲了，什么事也没有，你们看你们的电视，我睡我的觉，睡一会儿再赶路，该付多少钱，你说了算。

大哥你们到底怎么啦？你不说我不好处理嘛。老板娘说，小雪那孩子不懂事，也不听话，她干不了这一行，我已经让人捎话给她家里，让他们家来人把她接走。有得罪的地方你担待着点，晚上等小红她们来了就好了，你还要什么服务我们会尽量提供的。

什么服务都不要，我就想睡一会儿。司机隔着门也闻见了老板娘身上浓烈的香水味，突然之间他对香水也厌恶起来，司机用手捏着鼻子，走到房间唯一的窗户前。拉开窗帘，外面是一大片玉米田，雨后的玉米田，半绿半黄，玉米叶子上仍然盛满晶莹的雨水。偌大的田野和远处的丘陵好像被雨水泡出了一股淡淡的酒味。司机看见有个白影子在窗外晃了晃，蓦然一惊，脑袋探出窗外，却看见两头白山羊，皮毛都被淋湿了，依偎在一起。两头羊在他的窗下大概已经停留很久了。司机伸手去摸羊，摸到了一头白山羊的背，羊背上的毛很柔软很湿润，但是这美好的触觉瞬间即逝，受惊的两头羊马上就离开了窗下。

司机确实很想睡一下，哪怕十分钟，他感到很累，他感到自己快要崩溃了。在钻回蚊帐之前司机走到脸盆架那里，用热水好好地洗了洗手。他发现自己的手很脏，指缝里有柴油和灰尘混合的油垢，洗好手他习惯性地去掏袋里的纸巾，纸巾已经用完了，他只掏出一个空瘪的塑胶包装袋，他感到一个什么东西被纸巾袋带出来了，软软地落在地上。最令他恐惧的事情也是最后时刻发生的，司机看见一颗红辣椒从他口袋里飞出来，那颗红辣椒躺在旅店的人造革地毯上，闪烁着暗红色的冷峻的光芒。

夜里的垂杨柳是另一个世界。小巧玲珑的经济也呈现出繁荣昌盛的景象。白天的雨势一直延宕到夜晚，雨一会儿走了，一会儿又来了，垂杨柳的灯火在夜雨中显得格外明亮。也许是天气不好的原因，也许是路上的交通事故拖延了司机们的行程，这天夜里垂杨柳很热闹，一共有十七个卡车司机在此停车过夜。饭馆的几张桌子全坐满了，后面旅馆的房间都提前亮起了灯，老板娘容光焕发，带着一群穿短裙的女孩子穿梭在她的事业里。

十七个司机中有一个姓李的小伙子，是开油罐车的，他认识小雪，坐下来便一直东张西望的，他在那群花枝招展的女孩中间寻找小雪，却看不见她。小伙子向老板娘打听小雪的行踪，打听好几次，忙乱中的老板娘都让他等一会儿，他就等，也不喝酒，也不和别的司机说话，等了好一会儿老板娘终于来了，带来的却是一个令人意外的消息。

老板娘说，你来得真不巧，小雪家里出事了，白天刚刚出的事，小雪的父亲来接她走，在公路上被一辆卡车撞啦！

是寺前村那里的车祸？小伙子愣了一会儿，忽然想起什么，说，现场还封着呢，听说那个司机跑了。

怎么不是？小雪的晚饭吃到一半警察就来了。老板娘指着柜台上的一只塑胶碗，说，看见没有，小雪的晚饭还扔在那儿呢。

姓李的司机一时有点茫然，张大了嘴不知说什么好。老板娘便在他肩膀上拍了一下，哧哧地笑着说，看你那傻相，又不是你撞的人，你紧张什么？姓李的司机顺口问了一声，谁撞的人？老板娘眨巴着眼睛，似乎想对他说什么悄悄话，最后却又打消了念头。我怎么知道呢？我要知道就把那混账司机扣住了！她的手在空中含糊地挥了挥，再次拍在司机的肩膀上。你就别惦记小雪啦，小雪又笨又不开化的，有什么好？老板娘说着凑到姓李的司机耳边，压低声音说，待会儿让小玲为你服务，她是我们这儿的服务标兵，人长得漂亮，还有大专文凭，包你满意！

点　心

丰满的女点心师阿翘坐在点心店的柜台后面，像一座白色的宝塔镇守着我们街道的美食之门。阿翘看上去有四十岁左右的年纪，黑亮而湿润的短发明显是抹过发油的，一件商业战线常见的白色工作服有点拘谨地套在她身上，衬托出粗放的山坡状的胸部曲线。阿翘的脸庞很大，皮肤有点黑，但黑里透红，颧骨处散落着一些芝麻般的雀斑，她一直保持着端坐的姿势，偶尔地突然动一下，啪的一声响，打死了一只苍蝇，细看一看，她的手里原来抓着一个苍蝇拍子。

午后的街道上看上去很安静，大多数午睡的人正沉浸在短暂而混乱的梦境中，只有当他们睡醒后才会带着搪瓷杯子铝盆饭盒或者甩着手光顾点心店，所以杂乱的点心店看上去处于一种战前的准备之中，锅灶上的沸水漏勺瓷碗以及架子上的切面馄饨汤圆都焦虑地等待着什么。一台电扇咔嗒咔嗒地运转着，吹出一股强烈的热风，为躺在长条椅子上的一个青年防暑降温。青年的一只手搭在前额上，那只手上沾着一些黑色的煤粉，另一只手遮盖着小腹以下的部位，这个看似无意的动作暴露了青年的年龄和生理特征，他很年轻。女点心师阿翘手拿苍蝇拍慢慢地挪出了柜台，看上去是一只苍蝇指引着她的脚步，其实不然，她在青年的两只脚边站住了。青年脚上穿着深蓝色卡普龙丝袜，一只被脚尖顶出了一个洞，另一只也破了，袜子底部露出的是肮脏的脚底板，上面也沾着些煤粉。阿翘用苍蝇拍朝它捅了捅，青年没有反应，他睡着了。女人弯腰闻了闻那只脚，立刻直起身子，说，臭死了。她转过身，向墙上的挂钟张望了一下，表情看上去有点迷惑，不知道是认为钟走快了还是走慢了。她说，臭死了。一点半了。然后她转过身注视着青年，电扇吹出的风像一只手把青年的衬衫下摆卷起来一点点，又放下，她看得见他腹部的一条刀疤和肚脐，忽隐忽现的，阿翘突然扭过头去，对着外面的街道偷偷地笑，她说，这只脚，臭死人了。街上没有人，对面的公共浴室正逢淡季，门洞开着，隐隐约约能够听见锅炉嗡嗡运转的声音，烧锅炉的人此刻正躺在点心店里，夏天以来他一直跑到点心店来午睡。阿翘迟疑不决地站着，她好像要对青年做一件什么事，却对此颇有顾虑，她的身体因此躁动地扭着，突然一下，勇气降临了，女人的眼睛里掠过一道明亮的光焰，她举起手里的苍蝇拍，对着青年的腹部，啪地打了一拍。青年被惊醒了，他从长椅上跳起来，惊愕地瞪着女同事，阿翘你为什么打我肚——肚——肚子？女点心师便带着苍蝇拍匆匆往柜台里面逃，一边逃一边快乐地笑，你肚——肚——肚子上有一只苍蝇呀！

打情骂俏无论以多么幼稚朴拙的方式出现，仍然是打情骂俏，这就拉出了故事的线头。当时女点心师阿翘正陷入一场不恰当的恋爱之中，恋爱的对象是浴室的锅炉工结巴小德。阿翘掩掩藏藏地爱着，声东击西地爱着，爱着一个年龄可以做她儿子的外乡人，她也只能这么爱，大家知道阿翘是有丈夫有子女的人，她的儿子差不多和结巴小德一样的年龄。除了在点心店卖筹子的小堂奶奶对阿翘的不伦之恋有所察觉之外，其他店员都蒙在鼓里，甚至连当事人结巴小德也浑然不觉来自阿翘的爱，他来自郊县的农村，却不似一般的种田人能吃苦，他向浴室的老蒋抱怨过工作环境，说天天看见的都是赤条条的男人，黑溜溜的煤粉，隔壁女池里倒是有好看的，偏偏不能看，一看就犯法，这样的工作也不比在乡下好多少。他还讨厌夏天浴室里又闷又潮湿的空气，浴客留下的各种臭味在春天发酵，到了夏天全泛了出来，气味太难闻了，他不能在浴室里吃饭，一吃就闻到饭菜里夹着谁的脚臭，经常反胃。老蒋他们都看不惯小德，他们觉得一个乡下小青年，腿又不好，混到一口饭就不容易了，不配这么高贵，他们怀疑小德到香椿树街来有什么动机，所以小德在浴室内外的一举一动他们都很留心，半年来的努力证明小德基本上是清白的，至少在道德品质上没留下什么把柄，不像前任锅炉工，他还是个党员呢，居然利用职务方便在锅炉间墙上挖了个洞偷窥女浴室，被一个小女孩发现了他的下流的眼睛，当场让群众扭送去了派出所。小德经受住了考验，他和大家都一样，对裸女的向往随着口头的腐化像池里的脏水一样流走了。但老蒋他们很好奇的是浴室里那么多睡铺，小德为什么偏要跑到点心店里去打午觉，他们问过小德这个问题，小德的回答让他们听了仍然很不受用，阿翘对我好，他说，你们这条街上，就阿翘对我好。

人们对一场处于萌芽状态的风流案一无所知，他们路过点心店，看见的是熟悉的四季不变的店堂风景，蒸面点的大煤炉仍然放在门口，一排笼屉冒着热气，他们不知道煤炉上正蒸着的鲜肉大包是小德的晚餐，里面饱含了女点心师阿翘多少浓烈的爱情，吃起来当然油而不腻，回味无穷。他们风风火火地直接闯到大灶上去端点心，他们不知道一碗阳春面是小德午后的点心，所以葱花清汤里漂浮着奇异的难以形容的鲜香。那些人光知道吃。有那么几个人在三伏天也保持着良好的胃口，再热的天也要吃滚烫的点心，这其中就包括我大舅。我大舅他们坐在闷热的店堂里，满头大汗地享受着点心，最受这批人欢迎的是四喜汤圆。后来他们回忆这年夏天为什么天天冒着暑热去点心店的原因，一致认为是四喜汤圆的美味诱惑着他们。他们说，那年夏天的四喜汤圆，味道太好了。他们不知道四喜汤圆是锅炉工小德最喜爱的点心。

他们不知道女点心师阿翘是用爱情制作了那年夏天的点心，由于各行各业盛行社会主义大锅饭，大家都跟着沾光了。

小德的结巴是城乡差别造成的，他为了改掉令香椿树街人发笑的乡下口音，说话之前要先考虑发音，这样一来渐渐地舌头不利落了，便成了结巴。他的腿也有点问题，不是小儿麻痹之类的先天性病症引起的，是在乡下让拖拉机撞的，撞坏的是腿，乡下人看重手不看重腿，就没怎么认真治疗，小德长大后就用一条腿拖着另外一条腿走路，走得慢很难发现，走快了才会暴露，这可能是小德行动迟缓的根本原因。但平心而论小德的相貌几乎可以说是英俊的，他一日三餐在点心店里吃，大家一开始都不知道他是谁，附近丝厂某些大胆的怀春少女会在背后议论香椿树街上小伙子的相貌和品德，小德也被议论过，那些姑娘敲着饭盒成群结队地来买点心，偷偷地打量小德的清秀耐看的五官，他的乌黑的鬈曲的头发，后来发现他的腿有毛病，后来又听说他在对面浴室里烧锅炉，就不怎么看他了。小德原先对于丝厂的那些姑娘是抱着一些朦胧的期望的，渐渐地随着对方一个个清醒过来，他也清醒了，他不再用笑容去主动讨好她们，他一言不发地吃点心，嘴里发出奔放的吧唧吧唧的咀嚼声，态度保持着必要的尊严，好像在告诉姑娘们，不看我就不看我，反正你们怎么看我也不会嫁给我。丝厂姑娘们后来不关心小德，却议论起阿翘来了，她们发现很多时候阿翘像一堵墙似的挡在小德的身边，她拉长着脸对丝厂的姑娘们冷眼相向，人家还没吃好，她就到你的桌子上乒乒乓乓地收拾碗筷，还下逐客令，吃好了就走，都坐在这儿，别的顾客来了让他们站着吃呀？女人与女人之间的敌意是浅显易懂的，丝厂姑娘们知道阿翘的无名火与嫉妒有关，却不敢往小德身上去想，她们对阿翘的举止又纳闷又反感，说了阿翘好多坏话，就是没说到点子上，最后有个姑娘冲着阿翘的背影偷偷骂一句，十三点！然后丝厂姑娘们就一窝蜂地跑了。

十三点？小德听见了丝厂姑娘对阿翘的无礼而粗鲁的谩骂，一定是觉得好笑，小德嘻嘻地笑着向阿翘喊道，阿翘，她们骂你十三点，她们为什么骂你十三点？

阿翘奔过来，一只手揪住小德的耳朵，把他从凳子上拎了起来。

你怎么又揪我耳朵？不是我骂你，是她们在骂你。

她们骂我我没听见，没听见只当她们是放屁，你骂我我听见了，不揪你揪谁？

别揪我的耳朵。小德挣脱着阿翘的手，他的声音听上去很恼火，我告诉你多少遍了，我最讨厌别人揪我耳朵。你再揪？再揪我就不客气了。

阿翘的手终于松开了，她的眼神突然显出一丝迷惑，脸上却顽强地保持着一种挑衅的表情，不客气又怎么样，阿翘说，揪了你耳朵又怎么样？你能把我怎么样，啊，你能把我吃了？小德尴尬地抚摩着自己的耳朵，一时不知怎么给自己台阶下。小堂奶奶在一边冷笑了一声，不知是主持公道还是别有用心，突然在柜台那里说，不知道到底谁是十三点，你的耳朵阿翘也揪不得？小德你不要没有良心啊。

我大舅他们也发现阿翘喜欢揪小德的耳朵，他们谁也没意识到揪耳朵是阿翘表达爱情的一种方法，阿翘是个泼辣得有点粗野的女人，男人没有勇气也没有兴趣惹她，她对男人们却时常动手动脚的。她喜欢拍同事老孙的后脑勺，她还经常踢顾客阿三的屁股，那不是什么爱情的表示，是嫌老孙手脚慢，嫌阿三贪图小利，总是企图少花钱多吃东西，最出格的一次是她扒了合作社孙金水的裤子，引得店堂一片大哗，也让孙金水的妻子金兰英在各种场合说了她一箩筐的坏话。阿翘对她出格的举止有一个简洁的说明，你们没看见他穿的裤子包得有多紧，那东西都快钻出来，这把年纪的人了，还像个小阿飞，她说，我才不稀罕吃他的豆腐，我是告诉他穿裤子好好穿，否则干脆就光屁股，不要穿！大家相信阿翘对男人动手动脚表示的是不满，为什么独独揪耳朵就有那个意思呢，这件事情你琢磨一辈子也琢磨不出道理来。一条香椿树街都蒙在鼓里，只有小堂奶奶火眼金睛，她冷眼看着阿翘对一个青年的爱意，这爱意从生理上道义上都给老妇人以不快的感觉，她与阿翘的关系一直是和睦的，起初她用技巧点拨这个沉浸在单相思中的女同事，她说，小德的点心碗，你该注意点了，二两阳春面你给他盛了四两，别人看在眼里，金阿姨昨天说闲话了，说你把他当儿子那么养了。阿翘对小堂奶奶的旁敲侧击却不买账，当儿子养？没说当姘头养，嘴上算积德嘛。小堂奶奶皱起了眉头，说，你这人怎么回事？谁也没说你们这话呀，他都可以做你儿子了，养这么个姘头，你不是吃屎的吗？阿翘听得刺耳，又不便对小堂奶奶发作，就咬着牙瞪着外面的街道说，金兰英，我让你乱嚼舌头，下次再来吃我做的点心，小心闪了你的烂舌头。

那年夏天女点心师阿翘的心就像天边的一朵火烧云，热烈而绚丽，却让人捉摸不定。她制作的所有点心都散发出一种饱满而沉郁的香味，大多数食客陶醉于此，他们在炎热的天气挥汗品尝滚烫的四喜汤圆，他们从四喜汤圆的配料中分辨出猪肉末、松子仁、花生仁三种，还有一种连我大舅这样的资深食客也不知其为何物，只知道那是让四喜汤圆满嘴生津的一味，却找不到语言把它表达出来，他们问点心师阿翘，阿翘，你这四喜我们吃出了三喜，还有一喜是什么？阿翘说，你们管得多，你们只管吃又不管做，凭什么告诉你们？吃吧，吃吧，小心吃撑着了，吃撑着了我不负责任。当然我们香椿树街从来都是一个很民主的地方，凡事一般都有不同的意见，也有人鸡蛋里面挑骨头，比如幼儿园的保育员金兰英与阿翘素有嫌隙，听见同事们准备去点心店买阿翘的四喜汤圆做孩子们的点心，就坚决反对，她用一种阴阳怪气的语调说，她的点心好吃是好吃，就是不卫生呀。孩子们不懂从大人的表情中领会双关语，七嘴八舌地问，她做点心不洗手吗？汤圆里面会有苍蝇吗？金兰英不便向孩子们陈述她对阿翘的偏见，只好冠冕堂皇地说，我们要做好孩子，不吃那种点心，没营养的。

阿翘如果听见金兰英对孩子们说的话，不知该怎么诅咒她呢。

八月将尽，下了几场大雨，天气一下凉爽起来。小德那天没来点心店睡午觉，阿翘走到外面，向浴室里面张望了几次，看见的是一条幽暗的走廊和走廊尽头玻璃门上的两个字：男，女。阿翘向走廊里走了几步，又退回来，站在门口向里面高声喊着小德的名字。老蒋花白的脑袋先探出来，这个平时老实巴交的人居然向阿翘露出一张很不正经的笑脸，阿翘正要骂，老蒋缩回去了。小德从玻璃门里慢吞吞地挤了出来。阿翘说，今天成仙人了，怎么不来吃午饭？小德说，我去桥头那家饭店吃的午饭。阿翘说，好呀，你是捡钱包了还是发大财了，去吃馆子了！小德说，也不贵，炒个肉丝叫个豆腐汤，才九块钱。阿翘说，好呀，九块钱还不贵，他们的菜好吃吗，他们几个人能做什么好菜？小德说，我吃着还好，主要是换——换口味。阿翘突然冷笑一声，说，换——换口味？吃我的点心吃厌了？小德不知如何回答，拧过脖子向玻璃门里瞥了一眼，嘴里吐出来的还是那句话，换——换口味。阿翘示意小德过来，小德向她走了几步就停住了，阿翘说，过来呀，我不揪你耳朵，你怕我吃了你？小德还是站在那儿，阿翘只好走过去，手忍不住向他耳朵伸过去，突然又缩了回来，说，我是要问你话呢，粽子你喜欢不喜欢吃？反正时令也快到了，你如果喜欢，我明天就准备粽叶，下星期就可以卖粽子了。小德说，喜欢的，肉粽子我喜欢。阿翘说，光吃肉粽子嫌干，再配上绿豆粥就好了。小德对绿豆粥似乎兴趣不大，含含糊糊地哼了一声，脑袋又拧过去看后面的玻璃门，阿翘说，你怎么魂儿不在身上呢，我在问你话呢？今天怎么不到店里来午睡？小德看上去有点尴尬，吞吞吐吐的，说，不能再去你那儿睡了，他们都在说闲话了。说着人就往门里退，阿翘的脸一下白了，她的手和理智同时失去控制，那只手如同离弦之箭冲出去，一把揪住了小德的耳朵，老蒋他们出来看热闹的时候，正看见阿翘用力一下一下地拉扯着小德的耳朵，说什么闲话，什么闲话？你说出来，你给我说出来！

所谓闲话一定是难以出口的，小德说不出来。我不说，小德半蹲着推阿翘的手，嘴里嚷嚷道，说出来丢你的脸，也丢我的脸。他把阿翘惹得跳起来了，阿翘说，这街上的闲话我听多了，身正不怕影子歪，这个脸我丢得起，你不说？你不说我把你的耳朵拧下来！小德最痛恨别人揪他耳朵，偏偏阿翘就喜欢揪他耳朵。小德不想伤害阿翘，他只想让阿翘的手离开他的耳朵，可是他的手劲太大了，他捏住阿翘的手腕往上一翻，咔的一声，伴随着阿翘的一声尖叫，小德的耳朵重归自由，而女点心师阿翘的手却耷拉在手腕之下了。

这是那年夏天我们唯一一次看见阿翘和小德肩并肩地在街上走，正是下午太阳最毒辣的时候，小德满脸惊惶，一只手高高举着一把黑色的破阳伞，另一只手僵硬地托着阿翘的一只手。女点心师的右手像一朵花在小德的臂上痛苦而热烈地开放着，而她时髦的鸡窝状的头发几乎靠在小德的肩膀上了，必须指出世俗的目光大凡是粗放型的忽略细节的，因此香椿树街的居民那天互相传播着一个石破天惊的新闻，阿翘和小德，他们在光天化日之下挽着手在街上走。他们举了一把破阳伞就以为能逃过大家雪亮的眼睛，这是把群众当傻子看啦。

结巴小德据说是被阿翘的丈夫和儿子打出浴室的，那父子俩也是要脸面的人，趁着夜里浴室打烊以后闯了进来，他们先到小德的锅炉房去拿家伙，一个拿了通炉灰的铁钩子，一个顺手抄起了小德的煤锹，小德起初不知道他们的身份，幸好老蒋还在池子里泡着，一看就明白了，对小德喊起来，快跑，是阿翘的男人，还有阿翘的儿子。小德跑了几步停下来，说，我为什么要跑，我不是故意的。这一句指向不明的话为那父子俩火上浇油。什么不是故意的？什么是故意的？阿翘的丈夫吼起来，对着儿子说，打，打这个混账的流氓，打死他我偿命。

小德抓起了浴室的一把叉衣杆作为自卫的武器，老蒋从池子里钻出来劝架时看见小德还在试图叉他的行李，他的行李是一只蛇皮袋，平时悬挂在横杆上，从来没有见过这种死脑筋的人，老蒋就叫起来，别要行李了，快跑，快跑吧！老蒋说小德后来是带着那把叉衣杆跑出去的，他跑不快，叉衣杆帮了他的大忙，阿翘的丈夫用铁钩子够不到小德，就把它当标枪一样扔了出去，铁钩落在浴室门上，玻璃当场就碎了一地，小德说了一句，你们看，玻璃都碎了。说完他的脸就发白了，从玻璃的命运中他意识到自己的生命处于危急状态，然后他就撞开门跑了。老蒋在最后一刻听见了小德的哭声，他一边跑一边哭喊道，我不是故意的！

小德一去再也没回来，就像好多愣头青，不知道自己怎么惹出的大祸，大祸临头以后就采取一种统一的对策，三十六计，跑为上策。小德再也没有回来，八月份的工资也不领，他的蛇皮袋还高高地挂在浴室的横梁上，也不来取，老蒋他们开始一直在等他回来，怎么说小德也是个男子汉，不至于让那父子俩吓破了胆，躲过了风头他应该会回来的。但是好多天过去了，好几场换季的雨下过了，天气凉快了许多，还是不见小德的身影，老蒋他们看着挂在半空中的小德的蛇皮袋，猜测着小德的下落，他们一致认定小德已经另谋高就，到别的单位烧锅炉去了。

阿翘倒是来过。浴室里当时有三五个顾客，照理她不该进来的，阿翘偏偏要进，她对老蒋发火道，谁稀罕看他们的东西呀？让他们在池子里泡着，别上来，我找一样东西，找到了就走。阿翘当时的手还上着绷带，像个挂了花的女游击队员，她闯进大厅，吸着鼻子环顾四周说，怎么这样臭，什么味道，臭死了。老蒋问她到底找什么东西，阿翘说，我的饭盒在小德那里，他把我的饭盒放哪儿了？老蒋把她带到角落里的一张睡榻旁，掀掉上面发灰了的蓝白条浴巾，揭开一块活动的面板。他夜里就睡这儿的，老蒋说，你在里面找找，他什么东西都往里面放。

那只饭盒果然在储衣柜里。阿翘拿出饭盒晃了晃，里面还装着什么东西，阿翘打开饭盒，看见两只包子还留在饭盒里，已经发硬了，长了霉点，阿翘认出那是她做的鲜肉包子，但包子徒有其表，里面的肉是被挖掉的。

里面的肉呢？阿翘疑惑地看着老蒋。

吃啦。你不知道他吃东西的毛病？他把肉挖出来当菜吃的。老蒋叹着气说，乡下人吃点心怎么吃得饱？他每天要蒸白饭的，他吃他乡下带来的米，把你们店里的点心下饭吃。

他不喜欢我做的点心？阿翘说。闹半天他不喜欢我做的点心，我做的点心还不够好吃吗？

咳，乡下人吃东西填肚子要紧，有点油水就行，什么好吃不好吃的。老蒋说，小德这个人，有个优点很突出的，勤俭节约，会过日子，饭盒里的包子皮他也不扔，泡了开水撒点糖，当夜宵吃。

阿翘捧着饭盒，突然一下就说不出话来了。阿翘先是讪讪地笑了一会儿，后来她笑不下去了，老蒋惊讶地看见女点心师脸色惨白，那只上了绷带的手不停地颤动着，她快哭了。你怎么啦？老蒋凑近了要去接那只饭盒，被阿翘用肩膀恶狠狠地顶了一下，然后女点心师的哭声仿佛如早晨的太阳喷薄而出，她背过身去，蹲下来哭了几声，大概意识到这么蹲在男浴室里哭有点不成体统，就站起来，飞一样地逃了出去。

池子里的几个人也听见了阿翘的哭声，他们后来都爬上来问老蒋到底出了什么事。老蒋说，什么事也没出，该出的事情已经出了。老蒋目送着阿翘的背影消失在走廊上，迷惘地笑起来，我也弄不清楚这女人是怎么回事，平时多凶呀，倒让两个包子弄哭了！

女点心师阿翘一生中唯一的爱情故事被一次意外匆匆终结，谁也说不清是好事还是坏事，讨论此事的好处明显不符合我们香椿树街的民风民情，那么我们就来讨论一个意外的坏处。我们街上所有热爱美食的人都记得，美食是那年夏天过后从香椿树街消失的，确切地说，从小德离开香椿树街以后，我们再也品尝不到味美汁浓的点心，尤其是人民点心店独此一家的四喜汤圆，阿翘后来借口松仁缺货，不肯再制作那道点心了。阿翘后来不知怎么跟一条街的人都结下了仇，她倒没做出投毒害人之类的过激举动，她主要是报复我们挑剔的习惯了美味的胃口，大家都长着胃和味蕾的，一句话就把一切都交代清楚了，那年夏天以后，阿翘制作的所有点心，不管是冷的还是热的，不管是甜的还是咸的，一概都很不好吃。我大舅他们对阿翘的不负责任很不满，他们当面向阿翘提意见，阿翘说，不好吃就别吃，你们少吃点，把粮食留下来支援边疆，也为国家做点贡献。他们向老孙提意见，老孙虽然算负责人，却一直被阿翘垂帘听政惯了，居然打圆场说，你们将就点算了。我大舅这批美食家为了让美食回归香椿树街可谓不屈不挠，他们找了主管点心店的饮食公司，公司的人对群众呼声倒不敢怠慢，派了个人微服私访地来买了阿翘的各种点心，鉴定的结果让我大舅他们更加失望，那个干部也不知道是胳膊肘往里拐呢，还是舌头坏了，他怎么也吃不出点心有什么不好，后来他向饮食公司汇报说，人民点心店的点心没问题，是那里的群众嘴太刁了。

美食就这样从我们街上消失了，谁能想到一个女点心师的心灵受到伤害，我们大家的口腹也跟着受伤害呢？这事说起来还要怪那个小德，可是小德一去不回，我们后来再也没见过这个人，除了记得他结巴，记得他一条腿不好，我们连他的长相也回忆不起来了。

能够回忆的是那年夏天的四喜汤圆，直到现在我大舅也没有弄清楚四喜汤圆的全部配料，前几年他退休回家，想发挥余热开一家点心铺，他专门去问过阿翘，除了猪肉末松仁花生，四喜汤圆还要配什么？好多年过去以后阿翘还是沉浸在莫名其妙的愤怒中，你猜她怎么回答我大舅的，她说，空屁！

香椿树街人习惯把屁叫作空屁，空屁其实就是屁。

马蹄莲

庞小姐在福来花店门口等人，等了很久，还是不见那个人的影子。他们昨天是约好了的，下午一点钟来看店面，可是对方却失约了。庞小姐仪态万方地在花店门口站了一会儿，渐渐地没了耐心，人便靠到橱窗上去了。她噘着嘴斜着眼睛看街上的行人和灯箱广告，好像在抱怨所有的事物都不守约。她打过那个人的手机，打过两次，对方手机都正常地响了，却没有人接听。

福来花店的门上也用白油漆刷了两个字：待租。店面的一半迎着大街，由瓷砖、玻璃和铝合金材料装饰，勉强算得上普通装潢，离广告上说的豪华水平却相去甚远。另一半店面藏在小巷里，是粗糙的水泥墙，墙的尽头是一个简易小便池的开端，偶尔会有个过路的男人站到那儿去，肩膀一动一动地。从地理位置来说，花店不在闹市，却也不算冷僻。花店的隔壁是一家杂货铺，斜对面分别是一个修理钟表的摊位和一个书报亭。庞小姐在向四周张望的时候，杂货铺的女主人和修钟表的小宫也在瞟她，书报亭里的老孙眼神不好，他悄悄地戴上老花眼镜，看见的仍然是一个似曾相识的女孩子的轮廓。他们都觉得庞小姐面熟，女店主一直在向庞小姐微笑，小宫曾经两次对庞小姐挥手示意，庞小姐似乎看到了，也似乎没注意，反正没有回应他们。他们后来就不再盯着庞小姐看了，也许认错人了呢，庞小姐看起来有点傲慢，她一定不认识他们。

庞小姐穿着白领女性常穿的西装套裙，深灰色的，还有高跟鞋，站在花店外面的台阶上。看上去这个人与花店非常匹配。她身后靠玻璃橱窗的地方堆放着几只半人高的藤条花篮，花篮好像一直是放在露天的，好多藤条已经发黑，折断了。庞小姐的高跟鞋恰好踩着一块红色的化纤地毯，地毯也已经污痕斑斑了，但上面嵌着的两个字仍然清晰可见：欢迎。

已经一点三十分了，庞小姐看着手机上的时间显示，嘴里嘀咕了一句什么，眉头尖锐地皱了起来，她随手又拨了个电话，这次她有点惊讶了，她听见从身后的花店里传来了一阵急促的电话铃声，里面好像是有人的。庞小姐疑惑地凑到玻璃门前，推了推门，门开了一条缝，是一把链条锁锁着门。花店里面涌出的一股气味使她下意识地闪避了一下，那是夹杂着腐烂的植物味、烟味和臭袜子味的室内空气，不像花店，倒像民工宿舍的气味。庞小姐更疑惑了，她捂着鼻子从门缝里向内张望，看见的是一片花的废墟，各种陶制花瓶和玻璃花瓶的废墟，还有塑料剪刀、包装绳、报纸、纸盒杂乱地堆了一地。她听见里面的手机还在响，她甚至看见了那部手机，它被主人放在一只玻璃花瓶的瓶口处。在庞小姐预计到什么的同时，她看见一只手从一堆纸盒后面爬出来，先抓住花瓶在地上拖了一段，然后摇了摇花瓶，抓住了手机。她在花店门口和无线电波里同时听见了肖先生粗哑的声音。你是谁？

街对面修钟表的小宫看见歇业的花店里有人出来给庞小姐开门，是个瘦高个儿的男人，花店是背阴的，没有灯光白天的光线也显得暗淡，所以小宫并没看清那男人的长相。

肖先生睡眼惺忪，脸颊上印着一小片细密的条状花纹，很明显是草席压出来的。他弯着腰和庞小姐握了握手。庞小姐闻到他嘴里吐出来一股难闻的气味，是男人特有的混杂着烟味和口腔疾病的腥臭，庞小姐下意识地退后一步，视线也垂了下去，打量起他的穿着来。肖先生的衬衫和裤子一白一黑，看不出是什么面料，白衬衫领子有点发黑，皱巴巴的，皮带上一排拴着三样东西，手机套、钥匙链和打火机盒，是外面讨生活的男人常见的装束，但他脚上那双拖鞋使庞小姐突然疑惑起来，她说，你是昨天电话里的肖先生吗？

我不是肖先生？他的反应却很敏捷，冷不丁反问道，那我是谁？

我不是那个意思。庞小姐眨巴着眼睛盯着对方的脚，她犹豫着，还是把内心的疑惑说出来了，你这个样子，不像老板，就像建筑工地上的民工嘛。

民工怎么啦？肖先生的眼睛一亮，说，这位小姐看不起民工？

不是那个意思，你口音是本地人嘛，不是民工。庞小姐发现自己这么说话很被动，就突然改变话题，你这个人怎么一点不守信用？她说，说好了一点半见面的，害我在外面白等了半个小时！

我在睡觉。他说，我睡觉很死，听不见铃声。

你这人好福气，一睡睡到下午！庞小姐说，昨天我们联系的时候你好像也是刚刚醒过来的样子，今天我们约好的时间，你还在睡。

你说得对，我有福气睡觉，我就剩下睡觉的福气了。他说，我这么睡了好多天了。夜里睡，白天也睡，我睡得着。

你这么睡不是浪费时间吗？庞小姐说，不仅浪费你的时间，也浪费了我的时间。

不，浪费了你一点时间，没有浪费我的。他说，我有的是时间，谈不上浪费。

庞小姐瞥了一眼屋角那张草席，草席上什么也没有，甚至没有枕头，却扔着一面小圆镜，她有点纳闷，镜子和这个邋遢的男人似乎不应该在一起。她想坐下来和他好好谈谈门面的事，这不是应酬，几句话就能把对方打发了。庞小姐左顾右盼的，想找一把椅子，可是花店里只剩下一张桌子了，没有椅子。

肖先生似乎知道她在想什么，他弯着腰在满地残花和花瓶花盆里找，从垃圾里搬了一盆仿真植物过来，一只手把植物拽出来，另一只手就把花盆倒过来了，放在她旁边。肖先生说，没有椅子，对不起，你将就着坐花盆吧。

庞小姐不愿意坐在一只花盆上，她只好站着。她说，你这儿，怎么好像是被人打劫过的？

是。是被人打劫了。

我开玩笑呢，我是说你这儿怎么这样乱，就算不做鲜花生意了，还要盘给别人做，怎么不稍稍收拾一下？

是被人打劫了。他说，你开玩笑我没开玩笑。

谁会打劫花店呀？庞小姐的身体又下意识地往后面缩了一下，瞪大眼睛盯着肖先生，你不是开玩笑？谁干的？你报警了吗？

报什么警？不是强盗，是家贼。他说。

庞小姐仍然满腹狐疑，你这人，怎么说话不着边际的？跟你这样的老板打交道，我很紧张。

我不是老板，你说的，我是建筑工地上的民工。肖先生说。

庞小姐有点窘，似乎为了掩饰自己的窘境，她转过脸去打量着花店的内部装潢。她说，你这家花店以前生意不错的嘛，我前一阵路过这里还来买过花，有个女的，人长得漂亮，也会做生意，我本来挑了一把康乃馨，她劝我买马蹄莲，说这儿的马蹄莲是全市最便宜的，我还就让她说动了，买了一把马蹄莲，多花了好多钱。

你在说小菊吧？

我忘了叫什么，好像她是店里的经理，她很会做生意呀。

做生意就凭一张嘴。他说，她心眼多，嘴又能说会道，她能把死人说活了，能把拖拉机说到天上去飞。

她是你什么人？你女儿吗？

我有那么老？他说，我看上去那么老了？

对不起，我误会了。大概不是你老，是她看上去很年轻。是你太太吗？

我不知道。

怎么会不知道？庞小姐笑起来，她说，你这人很会开玩笑呀。

是不知道。他说。我不知道她是我什么人，她知道，她是我什么人，这事要问她。

她现在人呢？庞小姐犹疑了一会儿，最终还是把一个核心问题提出来了。

他没有回答，他嘿地一笑，抬起充满血丝的眼睛，朝这里看一眼，朝那里看一眼，却始终回避庞小姐急切的眼神。然后庞小姐看见他从草席上拿起了那面小镜了，握在手心里，对着外面照了照。今天要下雨。他说，今天肯定会下雨。

你用镜子测天气？

测什么天气？天气关我屁事。肖先生说，我在这儿躺了好几天了，别人见不着我，但我可以看见他们，看见他们的脸。谁活得得意，谁活得不好，我这面镜子都照得出来。

花店里突然就安静下来了，可以隐隐约约地听到邻近的唱片店里播放摇滚乐的声音，那声音听上去好像一个人在用金属物敲打自己的头颅，人便发出了比金属物更尖锐更高亢的喊叫。

对不起，庞小姐尽量地躲着镜子，唯恐他把自己收到镜子里去。她说，你有心事，我看得出来。我不该打听这些的，我们还是谈谈正事吧。

心事不值钱的，告诉你也没关系。他突然又笑了一声，说，有人喜欢买花，有人喜欢买人，价钱不一样罢了，我告诉你，小菊，她让人买走了。

什么买走了？庞小姐终于明白了什么，她的眼神里现在一半是好奇，一半是恐惧，看得出来她对买人的故事有兴趣，她说，肖先生你又开玩笑了，一个大活人，怎么能让人买了呢。

有个人来买花，买了几次花，就把人也一起买走了。肖先生收起了镜子，把它放在裤子口袋里。他说，一个愿买，一个愿卖，成交啦。

庞小姐这时候忽然清晰地记起了那个女人的容貌，微黑的时髦的肤色，鼻子很小巧，却很挺拔，胸部也一样。买花的时候天气还很热，庞小姐记得她穿一件白色的小背心，背心上绣了几朵小小的花，花形也是马蹄莲的。只有她的口音透出一丝乡下气，庞小姐可以断定她和自己是一个县里出来的，她记得问过那个女人家乡在哪里，那女人哀伤而造作的回答让庞小姐永远难忘，出来了就没有家乡了，地球就是我家乡。

男人打了个哈欠，他的身体几乎靠在墙上，一只手挠着大腿，他说，你们女孩子都喜欢开花店，为什么？

这还用问为什么？女孩子都爱花呀。

为什么女孩子都爱花？他说，花儿美？不一定，我现在觉得花是世界上最没用的东西。没用的就是废物，废物怎么会美呢？不美，还伤人！比如那个马蹄莲，我一看见它胸口就疼。马蹄莲，花名字起得好呀，看见它就像看见马蹄，踹我的胸口！

庞小姐掩着嘴笑了，她知道这个男人受了刺激，说话不免有意气用事之处，她不好说什么，说什么都容易得罪了他。

我从来就不喜欢花，现在更不喜欢了，我看见花就恶心，不骗你，好比康乃馨，看上去不错，你闻闻它的根试试，臭死了，比厕所的尿骚还难闻。

庞小姐有点尴尬起来，她猜这个肖先生是在借无辜的花儿发泄着对人的仇恨，她能够理解一个男人受伤的心情，但她不能接受他用如此刻毒的语言糟蹋花的名誉。庞小姐清了清嗓子，她说，男人很少有喜欢花的，女人很少有不喜欢花的，我就是喜欢花，我做梦都想要有一间花店。

是，你做梦都想有一间花店，你电话里告诉过我了。男人睨视着客人，他的表情看上去有点古怪，好像是轻蔑，好像是失望，然后他走到角落里，打开一堆塑料文件柜，我的租赁合约都在这里，你看一看，签了字付了租金，你明天就可以在这里卖你的花了。他拍打着一堆文件上的灰尘，突然想起了什么，我电话里说清楚的，租金半年一付，三个月不行，一个月就更不行了，一共一万二，你带来了吗？

庞小姐低下头去，她的手有点紧张地扯弄着套裙上的一道褶皱，我正想跟你商量这事，她迟疑着，我先交一个月的，到九月份，我买的债券到期，一定把半年租金补齐。

到九月份我要是死了呢？你要是死了呢？我就知道你在浪费我的时间。男人手脚很重地撞上文件柜的抽屉，他说，免谈免谈，我要继续睡觉了。

你这人怎么这么说话？庞小姐的脸涨得通红，她从小包里掏出一张单据向肖先生挥着，九月份就到期了！我从来不骗人，你为什么不相信人呢？

我就这么说话。肖先生又走回到草席旁边，人沉重地躺了下去，他说，我不相信人，我相信钱。

话说到这个份上，花店里的气氛完全变得冰冷的了，应酬的客套和一点点人情味丧失以后，两个人冤家似的对峙着，一个以懒洋洋的姿势躺着，另一个站着，眼睛里渗出了委屈的泪水。

我做梦都想开一间花店，我攒那么多年的钱，就是想开一家花店。庞小姐抹了抹湿润的眼角，她说话的声音哽咽着，你不信任我，没什么，可你让我的梦想破灭了，我会恨你一辈子。

起初肖先生不做任何表示，他只是侧躺着，一只手枕着脑袋，另一只手不时地挠着他的左脚脚踝。突然，肖先生冷笑了一声，坐了起来，你在演电视剧呀？几滴眼泪就想骗我？什么叫梦想，什么叫破灭，我不懂这一套，我就懂钱，懂吃饭，懂活命！他说，把我当傻子？他妈的，现在的女孩子，都可以去当女间谍，演什么像什么！都把我当傻子，手机挂在脖子上，穿得那么时髦，一万二的租金拿不出来？你说攒那么多年钱，钱呢？看你打扮是个白领嘛，你到底是做什么的，不会是保姆吧？

谁做保姆？你别张嘴就糟蹋人！庞小姐这么喊了一声，忽然低下头去，她擤了一下鼻涕，掏出一张皱巴巴的纸巾擦了擦鼻子，又把纸巾塞回小包里了，她说，一个大男人，对小姐该讲点绅士精神。你就不能通融一下？

我跟你通融了，钱不跟我通融，借钱给我的人也不跟我通融。我让你实现了梦想我就该撞火车去了。肖先生说着觑起眼睛打量起庞小姐来，你到底是干什么的？口口声声要盘店，口气很大，什么见面详谈，什么经营执照税务登记的你全懂，怎么这点钱拿不出来？你不会是在外面做鸡的吧？

你才做鸡！你们一家都做鸡！庞小姐尖叫起来，不断升级的伤害让她无法承受，她踢翻了一只花盆，又踢翻了一只玻璃花瓶，一路破坏着向门那儿走，你这种男人，不让女人抛弃才怪，睡你的觉去吧，睡了永远别起来！

庞小姐拉门的时候发现玻璃门是坏的，拉也不行，推也不行，只能开一半。她听见后面响起了肖先生的笑声。你以为你是在咒我呢？睡了永远不起来？我巴不得，可惜一觉睡不过去。肖先生已经从草席上坐了起来，他说，小姐，你别急着走，买卖不成缘分在，你能不能帮我一个忙？让我一觉睡过去，永远别起来！

庞小姐在气头上，回头说了一句，那不用我帮忙，自己爬起来，去药店买一瓶安眠药！

我不能出去，我不想让他们看见我。肖先生说，你要是帮我去药店买一瓶安眠药，租金上可以通融一下，先交三个月的就行。

你疯了。庞小姐抓着门拉手用劲拽了一下，门吱嘎尖叫了一声。庞小姐跺着脚说，你这破花店没人要租，什么都是坏的，人的脑子也坏了。你就不能站起来，帮我开一下门？

是你要出去，你自己开门。肖先生仍然坐在草席上，用那面小镜子照了照庞小姐的脸，他说，我看你脑子也聪明不到哪儿去，连门也不会开，你要是聪明一点，什么门都可以开。

你什么意思？

我什么意思，你如果脑子没坏，早就该知道了。

庞小姐回头盯着肖先生看了一会儿，嘴角上浮出一丝讥讽而傲慢的微笑，你这种男人，她冷笑着说，你这种男人，死了也不可惜。

然后庞小姐去推另外半扇玻璃门，这次门推开了。推开门她才发现外面下起了雨，对面修钟表的摊子已经不见了，书报亭上也撑起了一把广告伞。豆大的雨点打在街道上，空气中夹杂着尘土淡淡的腥味和花店残存的一点清香。庞小姐站在门口的台阶上，看见杂货铺的女人探出头看她，看一下又缩回去了。庞小姐向杂货铺那里厌恶地翻了个白眼，讨厌，她抬头看着灰蒙蒙的天空，嘴里嘟囔着，不知是在骂天还是骂人。也就在这时她感到身后响起一阵沙沙的声音，庞小姐回头一看，发现肖先生起来了，他的一条腿和一只胳膊挤在门缝处，手里拿着一件揉成团状的塑料雨衣。

没有雨伞，你就将就着用雨衣吧。

庞小姐打开那件红色的雨衣，发现一个更大的意外，雨衣里还包着一枝白色的马蹄莲。雨衣一打开，马蹄莲轻轻地落在她的高跟鞋上。

你别把眼睛瞪那么大，我没别的意思。肖先生站在门缝处说，花店里就这一朵没枯的花了，我看见它胸口就疼，你喜欢你带回家，养在瓶里，还能开两天。

庞小姐抱着雨衣和花，一时不知说什么好，她看见肖先生的一只穿拖鞋的脚伸在外面，脚背上有一块很大的暗红色的疮疤，好像是严重的烧伤留下的痕迹。

这次像个男人了吧？肖先生在里面幽幽地一笑，然后他关上了门。关门之前庞小姐听见他又说了句不中听的话，你把我当坏人？是你脑子坏了。告诉你，我要是坏人，也不会落到这个地步！

穿灰色套裙的庞小姐五天之后又出现在福来花店的门口。五天时间没有改变庞小姐，但福来花店门口的杂物都被清理过了，有人在玻璃门上贴了封条。庞小姐手里抱着那件红色的塑料雨衣，站在花店门前的台阶上。当然，街对面修钟表的小宫和旁边杂货铺的女店主都注意到她了，卖报纸的老孙知道自己戴上老花镜也看不清女孩的模样，干脆就不管闲事了。

庞小姐不喜欢杂货铺女店主那种侦探般的目光，她穿过街道走到小宫那里去问讯。她指着福来花店的门问小宫，为什么花店门上贴了封条？花店门面有人租掉了吗？

钟表匠似笑非笑地看着她，他脸上的表情有点怪异。你不知道花店老板出事了？他放下手里的东西，打量庞小姐的目光渐渐变得犀利起来，就是你进花店那天夜里出的事，那个老板吃了一瓶安眠药！

庞小姐惊叫了一声，已经死了？

多半是死了，听说是一大瓶安眠药，不死也是植物人了。小宫说，他在外面欠了一屁股债，人家来花店追债，债没追到，追了一条人命。

庞小姐脸色煞白，转过身去看看对面的花店，看一下好像受到一次惊吓，慌忙转过身背对着花店。她的手一直在折叠那件塑料雨衣，塑料雨衣沙沙地响，过了一会儿庞小姐清了清嗓子，问，他到底为什么寻短见呀？

寻短见还能为什么，不是为人就是为财嘛，听说他两个都沾，都说他是人财两空。

人财两空也不能轻生呀，可以从头再来的。庞小姐的眼神里一半是哀伤，一半是疑惑，他虽没什么教养，人是个好人。她说，那天还好好的，虽然消沉了些，不过还开玩笑呢，看不出来是真想死的人嘛。

你也看不出来？小宫目光炯炯地盯着庞小姐，说，那天你不是进去了很长时间吗，我以为你跟他很熟呢。

不。你弄错了。庞小姐突然从小宫的表情里看出了什么潜台词，她提高声音说，我不认识他，我只是跟他谈店面出租的事。

庞小姐这时感到自己的脸亮了一下，她下意识地偏过脸，看见一个圆圆的淡黄色光圈跳到了钟表匠的脸上。什么东西！她捂着脸惊叫了一声。小宫看见庞小姐惊慌的样子便笑了。别怕，是花店里那面小镜子，他说，我前天就去看过了，不知道是谁的小镜子，放在墙根上，正好对着玻璃，一出太阳镜子就晃人的脸。

庞小姐记起了什么。是镜子。她说，镜子的反射。庞小姐面色苍白地站在钟表摊前，很明显她是在努力镇定自己的情绪。过了一会儿庞小姐向旁边的垃圾箱那里走，她背对着小宫把那件红色的雨衣放进了垃圾箱里。小宫没看清庞小姐在干什么，他一直断定庞小姐就是某某人，终于忍不住对着女孩子的背影喊了起来，喂，你是以前在对面剪玫瑰的小琴吗？庞小姐回过头，说，什么？什么剪玫瑰？小宫说，以前福来花店生意好的时候，有个打工的女孩子天天在门口剪玫瑰的刺，她跟你长得一模一样，一模一样！

你认错人了。庞小姐愣了一下，很奇怪地拿起挂在胸前的手机看了看，什么打工，什么剪玫瑰的刺？她说着把手机放回到胸前，我从来没在花店打过工，你认错人啦。我进花店都是去买花的。一丝骄矜的微笑很快回归到庞小姐的脸上，她向花店看了一下，又向钟表摊看了看，最后她走回到钟表摊。

我做保险的。庞小姐说着从小包里掏出一张名片，用一种很职业的语气推荐起她的业务来，我们做八个险种，最受欢迎的是医疗保险和人身意外保险，她说着灵机一动，手指向对面的花店指了指，你也看见对面花店的事情了，天有不测风云，人有旦夕祸福，如果那位老板参保了，他就能留下赔付金了。

不对吧？小宫抬起头，疑惑地看着庞小姐，听说寻短见的不赔钱。

庞小姐笑了笑，她说，你听我把话说完嘛，我是说，如果他聪明一点，如果他不那么脆弱，如果他是死于意外，家属就可以得到一大笔赔付！

小宫瞟了眼庞小姐崭新的名片，看见的是一个著名的保险公司的抬头，一个预料外的名字，庞雅娜。他想或许他是认错人了，这个小姐除了和剪花刺的小琴面貌相像，没有别的是一致的。小宫便一边修表一边听着庞小姐热情详细的业务介绍，听了一会儿他发现对面小镜子的反光正在晃自己的眼睛，影响他的工作，他就把凳子向旁边移了一下，随手打开一个小抽屉，把庞小姐的名片扔进了一堆待修的手表中。

庞小姐期盼地看着钟表匠，问，怎么样，你考虑哪个险种比较适合你？不一定现在答复我，考虑好了打我的手机好了。

钟表匠小宫突然有点不耐烦，他啪地打开一只手表的盖子，用小镊子在手表的内脏里这儿戳一下，那儿捅一下，他说，谁考虑这东西？死就死了，活就活了，保什么险呀！

桥上的疯妈妈

疯妈妈穿着白丝绒旗袍，手执一把檀香扇，仪态万方地站在桥头。认识她的人知道她是谁，不知情的人还以为来了女演员，在桥上拍电影。疯妈妈左顾右盼，举起扇子向过路的孩子们挥手示意，可是孩子们不理她，男孩吐出舌头扮着鬼脸吓唬她，女孩子指着她的旗袍交头接耳，也不理她。他们像一朵一朵云热闹地浮上桥头，风一吹，便散了。只有一盆菊花始终陪着疯妈妈，与她一起守望在桥头。十一月的菊花，远看还在绽放，近看却已经枯萎了，疯妈妈也一样，粗看是美的，细看也枯萎了。桥上的疯妈妈显得很孤单，又耐不住那份孤单，她的头部以及腰肢都扭来扭去的，似乎桥的两侧都有她的牵挂。她拧起眉头对着桥这头的香椿树街急速说了些什么，大概是在埋怨什么。埋怨什么？埋怨谁呢？谁也不关心。除了一盆菊花，还有一把檀香扇与她亲密无间，熟人都认识疯妈妈的檀香扇，暗黄色的，镶嵌着金线，柄上拖着绿色的穗子，隔了好远也能闻到它的香气。现在早已过了用檀香扇的季节，疯妈妈却还抓着她的扇子出门。她打开扇子斜搭在头顶上方，一张苍白的脸上便印了几条金色的条状光痕，是扇子的木骨缝漏出来的阳光。看上去像华丽的戏妆，也有点像恐怖的伤疤。偶尔一个熟悉的人影顺着桥坡向上浮动，疯妈妈黯淡的眼睛会突然发亮，静止的身体也妖娆起来，她向人家挥动檀香扇，扭着美人腰款款地迎上去，她拿扇子柄去戳人家的手臂，说，天气好热，热死人了。那些人的脑袋便向桥的另一侧扭过去。表情很不耐烦，他们都是正常人，正常人不理睬疯妈妈，手冷酷地一甩，就从桥头闪过去了。坦率地说我们街上心地善良的具有革命人道主义思想的人不太多，绍兴奶奶不知道算不算一个，算不算现在都无所谓了，反正我们知道那天下午绍兴奶奶留在桥头陪她说话了，说了好一阵话。

绍兴奶奶是小脚，却承担着香椿树街牛奶站的全部工作。小脚毕竟是中看不中用的，不宜行路，绍兴奶奶推着她的小四轮车时总是走走停停，走的时候她会喊号子，给自己鼓劲。下午是收取空奶瓶的时间，她嘴里哼哟哼哟地喊着号子，带领三十多个牛奶瓶爬上了桥头。疯妈妈对她说，天气好热，热死人了。绍兴奶奶从怀里抽出一块手帕抹汗，随口说是呀，热出我一身汗，突然意识到是谁在说话，马上惊叫起来，哎呀，是你，你怎么不在家好好呆着，跑到这儿来干什么？疯妈妈打开扇子挥了几下，说，好热的天气，我到桥上来吹吹风。绍兴奶奶打量着疯妈妈，一针见血地说，热什么热，吹什么风，我看你是怕这件旗袍在箱子里会发霉，非要穿出来开展览会！你知不知道现在是什么节气，还以为是夏天呢，又穿旗袍又摇扇子的，马上都要立冬啦。疯妈妈对绍兴奶奶的话似乎是半信半疑的，抬头看看天，一只手伸出去在菊花丛中扫了扫，夏天过去了？菊花还开着呢，夏天怎么就过去了。她嘟囔着，突然眼睛一亮，问道，立冬是几号？立冬了，我就该穿狐皮大衣了。绍兴奶奶惊声道，你还惦记着穿这个穿那个，苦头还没吃够？你若不是打扮得似个妖怪，别人欺负你也抓不到把柄，别人不欺负你你也不会落下这个病，你懂不懂？疯妈妈不懂，她说，狐皮大衣要配靴子的，可惜我的小羊皮靴子被他们抢走了。

失去的服饰使疯妈妈面露悲切之色，她绕着小四轮车，哀伤地走了一圈，又走一圈。高跟鞋，没有了。她看看脚说。翡翠手镯，没有了。她看看手腕说。长筒丝袜，也没有了。她摸了摸膝盖说。绍兴奶奶忍不住地叫喊，没有了好，没有了才好，否则你的命都保不住，你懂不懂？疯妈妈不懂，她低下头研究起四轮车上的那些牛奶瓶来，具体地说是在研究牛奶瓶瓶口上缠着的各种颜色的丝线，她说，多好看的丝线呀，把那些丝线都送给我吧，我给我家素素编个蛋套，明年中秋挂咸蛋！绍兴奶奶说，我再也不上你的当了，去年给你那么多丝线，还给你洗得干干净净的，结果呢，你没走回家，一包丝线都送了人，素素一根也没拿着，可怜的素素，那么懂事的小姑娘，摊上你这个妈！

绍兴奶奶人老眼花，起初她并没有发现疯妈妈身上佩戴的胸针。她弯着腰整理她的牛奶瓶，整理好了牛奶瓶，一眼瞥见疯妈妈的胸前有一个小玩意儿在阳光下闪烁，亮晶晶的，看上去有几分炫目，绍兴奶奶定神一看，就怔在那儿了，好像受了惊。不好了，你怎么把它给戴出来了，那是你奶奶当年用一根金条换来的宝贝，快摘下来！过了好一会儿绍兴奶奶清醒了，一清醒就冲过来捉疯妈妈的肩膀。疯妈妈竖起她的檀香扇左挡右闪，她身上的旗袍也一齐沙沙摇摆着，反对一只苍老不洁的手靠近，可是檀香扇华而不实，白丝绒更是柔软无骨，疯妈妈最终还是不敌绍兴奶奶，只好挺直了身体，任凭绍兴奶奶为她摘下胸针。

那是一枚旧时代遗留的做工烦琐的蝴蝶胸针，蝶翅上镶着一道蓝边和数颗米粒般的宝石，蝴蝶的翅膀高贵地把持着白丝绒旗袍的正面，反面的搭扣却巧设机关，提防着什么，绍兴奶奶怎么也解不开胸针的搭扣。

这是谁做的扣子，存心难为人呀。绍兴奶奶先埋怨扣子，再埋怨人，让我怎么说你？你再怎么贪美，再怎么爱穿旗袍，这枚胸针你不能往外面戴的，我知道你们家的家底，就剩下这一件好东西了，万一弄丢了，哭都来不及。你快帮我摘下来，我不会贪掉这东西的，替你保管，明天我就交给素素。由于疯妈妈不配合，绍兴奶奶几乎是强行解下了那枚胸针，她从牛奶瓶上揭下一张封纸，把胸针包好了塞在怀里，她说，外面有坏人的，专门骗你这种人的东西，你懂不懂？绍兴奶奶警惕地向四周一望，并没有发现坏人，她便松了口气，用牛奶车顶着疯妈妈把她往桥下推，这么冷的天，别站在这儿受凉了，回家去回家去。

疯妈妈犟着不走，她说，我把钥匙弄丢了，我要在这里等素素，等素素一起回家。绍兴奶奶皱着眉头看看疯妈妈，说，怎么人一病什么都不会了呢？没钥匙怕什么，你走隔壁李三年家，进了天井，不就是你家窗子了？疯妈妈摇头道，我不进李三年家，他们不让我进他家，他爱人一见我就说妖怪来了妖怪来了，他小儿子一见我就哭，拿东西砸我。绍兴奶奶先是不解，其后就明白了，一分为二地说，不怪人家，你这个穿着打扮，要是黑影里让孩子撞见，谁都以为你是妖怪。不过做大人的不该这么讲话，欺负人欺负到你头上就伤天害理了。我带你回家去，从李三年家走，看那泼妇敢不敢骂你。疯妈妈还是一个劲地摇头，我不从他家走，我不能爬窗子，她说，我穿着这旗袍，不能翻窗子的。说的也是，你穿着这东西，除了能开展览会还能做什么？绍兴奶奶不满地瞪着疯妈妈的旗袍，在领口那儿抓了一把，在腰那儿又拍了一下，说，包这么紧，穿着能舒服？你这人，爱美爱得离了谱。我倒想起来了，你年轻那会儿连量米都穿个旗袍，扭啊扭的，你还用个草包拎米！疯妈妈说，不是草包，是工艺编结包，出口转内销的包。出口的草包也就是个草包，你别拿洋屁来压人，绍兴奶奶厉声说，你就是思想坏了才倒了霉，思想一坏生活作风也坏，这么个生活作风，谁看得惯？不是我说你，你这个病，一半怨别人，一半还是怨你自己，我要是做了你婆婆呀，绍兴奶奶说到这儿一只手冲动地举起来，向她做了个打人的动作，我不打你才怪，天天打你，打不动让儿子打，往死里打，非把你打贤惠了不可！

疯妈妈从绍兴奶奶的声音和动作中感受到某种敌意，这敌意使她下意识地向后退却，一只手举起来遮挡着什么。绍兴奶奶是个善良的人，怎么会打她？疯妈妈分不清玩笑和暴力，慌慌张张地绕过四轮车，旗袍的一角被车轮胎卷了一下，疯妈妈就哎呀呀地大叫，拉过那一角，拧着脖子检查旗袍是否沾了脏。有一个过路的戴眼镜的男人，他从自行车上跳下来，朝桥上的疯妈妈看了一会儿，咧嘴一笑，又跨上车走了。疯妈妈看见了那个人，眼睛莫名其妙地一亮，对着男人的背影热情地打了个招呼，张老师，今天天气好热呀！那个男人一愣，自行车欲停未停，人快从车上掉下来了，就用腿撑住地，停在桥头。疯妈妈和绍兴奶奶都望着那男人，望着的是一个背影，穿着蓝卡其布的中山装，肩膀有点塌。那个奇怪的有点塌肩的男人，在桥头迟疑了好一会儿，回过头，眼睛闪闪烁烁的，最终还是没说话，匆匆下了桥。

你认识那人？你不认识那人怎么叫人家张老师？绍兴奶奶恨恨地看看那个男人的背影，又看着疯妈妈，你就这么跟人家七搭八搭呀，怪不得别人说你作风不好，你这人，就是不正派。疯妈妈辩解道，谁不正派？你才不正派呢，我记得他的，是张老师，是文工团的化妆师。他替我化妆的。化妆化妆，你就记得化妆。绍兴奶奶推着疯妈妈往桥下走，边推边说，我这把年纪，你说我不正派？你脑子不好，不跟你计较了。你打扮成这样站在这儿，以为自己是一幅画儿呢？是画儿也行，别人看画儿，画儿怎么去看人呢？现在外面的人什么样子你知道不知道，坏人很多，让人欺负了你都不会告状，告了状也没人理你，你还不快回家去！

疯妈妈先是躲，后来绍兴奶奶开始拉拽她的旗袍，她心疼旗袍，突然就反抗起来，拍苍蝇似的拍绍兴奶奶的手，偏偏那手很固执很坚强，疯妈妈急眼了，挥起檀香扇就打绍兴奶奶的胳膊，打了一下，两下，看见绍兴奶奶恼怒的眼神，不敢再打，就用力把老妇人推开了。绍兴奶奶让她推了个趔趄，脸色顿时很不好看，她跺跺小脚，推起她的奶瓶车，咣当咣当地往桥下去，嘴里尖刻地说，好，好，你不听我话，还拿扇子打人，你就站在这儿孔雀开屏去吧，怪不得别人整你，是你自作自受，孔雀开屏也没你这么随便！

秋天的一个下午，疯妈妈站在桥头等她女儿素素，素素傍晚五点钟左右放学回家，可疯妈妈下午两点多钟就站在桥上了，也许她无处可去，也许她已经忘了判断时间的所有方法了，大家都知道去年春天的时候她的脑子就出了问题。说起来也是巧合，花儿等不开，却等来了蜜蜂，半天不见素素路过，疯妈妈等来了崔文琴。

崔文琴来了。原谅我多介绍几句。她是香椿树街卫生所里最年轻的医生，也是整个城北地区最受大众瞩目的女性之一，她容貌出众，却又替人打针，当然容易令人产生一些说不出口的遐想，据说街上有几个思想不健康的人没病没灾的，也拿着针剂往崔文琴那里跑，苦肉计里藏着什么心思，我不说你也猜得到。崔文琴替疯妈妈打过针。疯妈妈的病打针打不好，后来不打了，就忘了是谁替她打针，崔文琴却记住了疯妈妈。疯妈妈处于精神崩溃期的惊人的美貌，打动了崔文琴，崔文琴总是像面对一幅画一样对着疯妈妈指指画画，嘴里发出赞叹的声音。一个理智的女人欣赏另一个女人的美貌，本来是不寻常的，但由于后者脑子出了毛病，那赞美即使是由衷的，也令人怀疑是同情心作怪，自然也引不起旁人的共鸣。好多女人带着孩子去卫生所接受注射时都会讨好崔文琴，说，你看崔阿姨长得多么好看，穿得那么朴素大方，她打针一点也不疼的。崔文琴却喜欢与人谈论疯妈妈的病，还有她的容貌和穿着，对疯妈妈的突兀而俏丽的穿着，崔文琴的赞美是毫无保留的，她说，她什么都敢穿，穿什么都好看，你们看见过她的那件旗袍吗？白丝绒的旗袍，除了在电影里，从来没有见过穿旗袍那么好的人！旁边有同事不以为然，一针见血地说，你穿也好看，可惜你脑子好好的，没毛病，那样的旗袍，你有了也不敢穿！

崔文琴路过桥头，一眼就看见了疯妈妈，或者说，一眼就看见了白丝绒旗袍。看得出来，她走向疯妈妈是为了走向白丝绒旗袍。她说，素素她妈妈，你怎么站在这里？那么惊喜的声音其实是另一种欢呼，白丝绒旗袍，你怎么站在这里？谁都看得出来，崔文琴爱死了旗袍，爱在骨子里，就更加炽热。大家只见她穿那种修改过的军装，没见她穿过旗袍，不是她不给旗袍机会，是旗袍不给她机会，她是崔文琴，不是疯妈妈，但是谁敢说两个女人谁比谁更爱旗袍？天机泄露于眼神，看看崔文琴注视白丝绒旗袍的眼神吧，是什么样的眼神？是一只饥渴的蜜蜂发现一片花园的眼神！她停下来和疯妈妈说话，其实是和白丝绒旗袍在说话。多软的料子，裁得多合身呀，扣子也漂亮，这是叫琵琶扣吗？不知道是怎么盘起来的？崔文琴的手触及白丝绒的时候，起初很柔情，小心翼翼唯恐损坏了什么，渐渐地抚摩变得贪婪，失去了礼仪，那只手在疯妈妈的腰间游弋一圈，像卡尺一样丈量着什么，结果不详，继续再来，手滑到了后面的臀部，意识到什么不妥，猛地升上来，在背上拎了一下，不满足，又到肩上抓一下。哎，别提多合身了，崔文琴说，是你在文工团做报幕员时做的旗袍吧？现在满世界找也找不到这式样了。这种白丝绒面料，你跑到上海也买不到啦。

疯妈妈妩媚地笑着，一边检查她的旗袍，别人对旗袍的夸赞让她感到骄傲，但别人触碰过的地方，她有点不放心，怕弄皱了，一只手翘起兰花指做成个熨斗，熨平那些并不明显的皱褶。崔文琴有点不悦，说，哎哟，你这么爱惜这件旗袍呀，摸摸又摸不坏的，也难怪，你好像就这么一件旗袍，夏天时候我也见你穿过的。疯妈妈说，谁说我只有一件？我有六件旗袍呢，这件白丝绒的，还有一件红丝绒的，还有两件丝绸的，是花的，还有两件虽然是棉布的，也很好看，我有六件旗袍，让素素的爸爸剪坏了五件，只剩下这一件了。崔文琴斜睨着她，听着，好像半信半疑的样子，突然打断疯妈妈说，红丝绒，红丝绒做旗袍？疯妈妈说，是呀，红丝绒的那件，他们都说我穿着最好。崔文琴眼睛一亮，说，红丝绒的料子，布店倒是有得卖，还不要布票呢，我们卫生所买过做大红花的！

崔文琴在桥上又站了一会儿，她不再盯着疯妈妈和她的旗袍了，东望西望的，似乎在盘算什么事，突然拍拍手，做了个决定，说，现在就去买！然后她就返身往桥下走了。疯妈妈起初不知道崔文琴干什么去了，她站在桥头等素素，没有等到，等到的还是崔文琴。疯妈妈看见崔文琴抱着一卷红丝绒再次走过桥头，就迎上去问，你买了这么多红丝绒，你买红丝绒做什么？崔文琴就势一把挽住了疯妈妈的胳膊，说，帮我一个忙，你跟我到裁缝店走一趟，借你的旗袍，让李师傅做个样子。说起来也奇怪，凡事关穿着打扮，疯妈妈一听就明白，她瞪大了眼睛，一迭声地说，不，不，我不去，我的旗袍不做样子。崔文琴对此明显是有思想准备的，她紧紧捉住疯妈妈的手，你怎么小心眼了呢，我借你的旗袍，就是做个样子，做个样子你的旗袍也不会少了什么的，何况你的是白丝绒的，我的是红的，不一样，你懂不懂？疯妈妈一个劲地甩手，她说，我没空跟你去裁缝店的，我要在这里等素素，素素快放学了。崔文琴看了看手表，她说，你满嘴说的什么糊涂话，现在才三点半钟，学校放学还早着呢，你别跑呀，你这么跑让别人看见了多不好，以为我拉你干什么坏事呢。崔文琴左扑右挡的，终于又把疯妈妈的胳膊紧紧地挽住了。崔文琴也是病急乱投医，脑子一热，就对疯妈妈说，你不会吃亏的，你帮我这个忙，我把我那条黑金花丝巾送给你，你那次来打针，不是一个劲地夸那条丝巾的吗？一句话顶了一万句。崔文琴说完已经感觉到被挟持的人放弃了反抗，一条丝巾让疯妈妈顺从起来，她的目光迷离了一会儿，似乎在努力回忆崔文琴许诺的丝巾的色彩，然后她突然笑了。我的旗袍配一条黑丝巾，配一条黑丝巾，多好的搭配！她对崔文琴笑了一会儿，突然说，说话算数，你不准反悔，谁反悔就是狗。崔文琴后悔也来不及了，有点窘，皱着眉毛说，别人怎么说你不正常呢，做个旗袍样子赚条丝巾，你比谁都精明呀。

下午三点多钟，有人看见疯妈妈随崔文琴离开了桥头，疯妈妈一只手小心地提着她的旗袍角，另一只手被崔文琴紧紧地挽住了，她们往东方红街的方向而去，从背影看两个女人的智能是平等的，步态是一样婀娜多姿的，她们很像一对结伴散步的姐妹。

李裁缝有点驼背，头上戴了顶军帽，脖子上挂了一条软皮尺，他淹没在裁缝店里零乱堆放垂挂的布料和服装中，与外面洁净的街道甚至一个时代格格不入，因此他的脸上有一种自知之明的谦卑。女顾客上门来，他从缝纫机前坐起来，好像基层单位欢迎上级领导莅临指导，但崔文琴来，情况有所不同，男女角色不知怎么让李裁缝巧妙地颠倒了，崔文琴一来，他倒有点像个撒娇的女人，故意做出冷淡的样子，探出头去打量她后面的人，一看也是女的，就舒了口气，说，怎么，今天还给我带了个顾客？

崔文琴夹来一卷红丝绒，还有一个穿白丝绒旗袍的女人，说话有点语无伦次的，把疯妈妈往李裁缝面前一推，说，做旗袍，旗袍！我跟你提起过的，白丝绒旗袍，我把人带来了！

裁缝说，人是人，旗袍是旗袍，你把话说清楚了。裁缝先看人，看见一个三十来岁的女人，粗看面容美丽，细看有点憔悴，这么看有点矜持，那么看又透出些许呆滞，裁缝的眼睛一亮一亮的，发现对方不看他，对方摇着檀香扇左顾右盼，随口批评店里的衣服，都是什么衣服呀，难看死了。裁缝眼睛里的亮光便熄灭了，转而看她身上的旗袍，说，我不是在做梦吧，历史的步伐倒退了吗？现在还有人这个打扮出门！

崔文琴躲在疯妈妈后面做了个手势，指指脑袋，结果裁缝会错了意，说，谁难缠？你难缠还是她难缠，别人怕顾客难缠，我不怕，你也不是不知道我的手艺。崔文琴没办法，干脆就不介绍什么了，一大卷红丝绒扔在缝纫机上，又推一推疯妈妈，说，照着这样子，给我也来一件。

怎么想起来做旗袍的？不做，做了你也不敢穿。李裁缝不知道卖的什么关子，说，上次给你做的喇叭裙，也没见你穿。

你怎么知道我没穿，我又不穿给你看的。崔文琴先是霸道，霸道过后又婉转起来，说，咳，你管那么多干什么，你一不是我领导，二不是我爱人，你是裁缝嘛，只管做就行。再说了，我做衣服也不一定非要穿出来的。

做了衣服不敢穿？要求上进，怕领导批评？裁缝说，就在家里穿？光穿给你家老罗看？那多浪费。

你个死驼子，我穿给谁看关你什么事？崔文琴拿起一块画粉朝李裁缝扔过去，说，告诉你，我做的好多衣服就是压箱底的，虽然不一定穿，拿出来看看，心里也舒服。

我辛辛苦苦做的衣服，你拿去压箱底？做的时候那么挑剔，线头粗了都不行，拿回家就压箱底？李裁缝似笑非笑地盯着崔文琴，突然板起脸说，不做你的衣服，不做了，挣你的加工费，就像卖国求荣一样，自己都看不起自己。

你是不会做旗袍吧？崔文琴明显有点恼，忍了一会儿，用了激将法，说，我还以为你手艺全市最好呢，好个屁，不会做旗袍，算什么全市最好？

我也没说过我全市最好嘛，裁缝这行当，谁说好都没用，衣服说话最有用。李裁缝在一番插科打诨过后开始正经起来，他躲避着崔文琴的目光，觑着眼睛打量起橱窗边的疯妈妈来。他说，那位女同志跑这儿散步来了？怎么停不下来，你坐嘛。疯妈妈站在橱窗边，一只手伸进去，不知道在摸什么。崔文琴说，别管她，她坐不住的，你告诉我怎么量尺寸就行了。裁缝说，你比她要丰满一些嘛，三围都不一样，怎么量？让她把旗袍脱下来，你穿上去，一个脱，一个穿，尺寸要咬得准，只能这么量。

疯妈妈仰着头莲步轻移，她举着檀香扇点着横架上垂挂着的服装，点一点黄军装，说，解放军。点一点白衬衫，说，红卫兵。点一点蓝裤子，说，红小兵。点一点黑裙子，说，张阿姨。一件件点过来，点到一件小女孩子的蓝色小圆点的连衣裙时她想起了女儿素素，回过头问崔文琴，几点了，素素该回家了吧？崔文琴看了看手上的表，嘴上说还早还早，身体却紧张起来，对李裁缝瞪了一眼说，谁有心思跟你吹《山海经》？赶紧动手吧，我家里也是一堆事，急着回去呢。李裁缝嘿嘿地笑，说，你让我动手？对谁动手？让我替你们俩脱衣服呀？崔文琴竖起手指戳了戳自己的额头，说，我是让你给骗了，每次来都是陪你说话，让你吃了豆腐自己都不知道。

崔文琴连哄带骗地把疯妈妈架到了花布帘子后面。花布帘子后面算是李裁缝的卧室，一张单人木架子床，床头的墙上贴着《杜鹃山》里女英雄的画像，那女英雄怒目圆睁，手势却显示她很有心计，是少安勿躁的意思。床下有一只痰盂，痰盂好多天没倒过了，里面散发出一种酸臭的气味。崔文琴在里面换衣服是有经验的，一进去就非常谨慎地拉好帘子，两边用铁夹子夹住，她这么小心，疯妈妈还是如临大敌，惊慌地叫起来，这是什么地方？我要出去，我不在这里换衣服。崔文琴说，你快急死我了，现在也不是你在文工团报幕那会儿了，还有更衣室，上这儿来的女人，都在这儿换衣服。有帘子挡着，你怕什么？你以为李师傅是大流氓呢？

帘子外面的李裁缝确实是规矩的，他先是去倒茶喝，咕咚咚地喝得很香，然后他嘴里哼起了样板戏：朝霞啊哈映在阳澄湖上啊啊啊。里面的两个女人合作并不顺利，要脱的不情愿，要穿的太性急，费了好一番周折，斗争平息了，只听见细碎的衣料与衣料还有手摩擦的声音，过了一会儿，崔文琴掀开花布帘子出来了，身上已经穿好了那件白丝绒旗袍。她把两手向裁缝一张，半转身，做了一个羞涩而自信的造型，意思是问，我穿着怎么样？李裁缝嘴里便哎呀呀地叫起来，一边拍手一边凑过来，在崔文琴的腰上率先抓了一把，好，比她穿着还好看。

李裁缝给崔文琴量尺寸的时候忘了疯妈妈的存在，不知道做了什么多余的工作，让崔文琴啪地打了一巴掌。崔文琴说，死驼子，我今天高兴，就让你占点小便宜，不过，这件旗袍你给我多用几个脑袋去做，做不好，我饶不了你。李裁缝说，做不好我也不接这个活儿，你的衣服，借我十个胆子也不敢糊弄呀。外面的人说着话，听见帘子里面的疯妈妈突然躁动起来，疯妈妈在里面走来走去，现在几点了？几点了？不好了，天都黑透了，素素早就放学了！花布帘子突然鼓出来一堆，是疯妈妈的脸贴在那儿说话，天都黑透了，你们怎么不让我回家？快把旗袍还我，让我回家！崔文琴说，马上就好，马上就好，好好的你喊什么？你是不是怕黑？里面没光线，是有点黑，怕黑我让李师傅给你开灯。李裁缝不知道为什么笑，笑着去开灯，灯一亮，帘子后面的疯妈妈被灯光剪出一个清晰的影子，那影子把疯妈妈自己也吓着了，啊呀一声，人影子跳了起来。崔文琴一看不好，就冲上去关了灯，回头骂李裁缝，我就知道你，狗改不了吃屎，没安什么好心肠。李裁缝说，怎么骂我？你自己让我开灯的。崔文琴一时有点乱，走过去要掀帘子，手又缩回来，对李裁缝说，量肩膀吧量肩膀吧，快点量。李裁缝说，是在量肩膀呀，你老是躲着缩着，我不好量嘛。崔文琴瞟一眼帘子，压低声音说，你别吓她，她头脑有毛病，你看不出来？

李裁缝的表情看上去有点惭愧，说，已经看出来了，可惜呀。他带着那种惭愧的表情加快了工作节奏，突然叹口气，拿着软皮尺在崔文琴的腰那儿打了一下，说，腰这儿，其实我也没什么把握，旗袍难做难在腰上，万一腰这儿不好，你别怪我。

崔文琴说，不好就罚你，给一半加工费嘛。李裁缝没有表态，斜站着研究崔文琴与旗袍的所有细枝末节的关系，发现了什么，手猛地又抓上来，抓着旗袍的扣子，说，我差点忘了，这琵琶扣我得拆一个下来，太难做了，不照着样子，我没那个本事做。崔文琴一听就为难了，使个眼色让裁缝注意帘子后面的疯妈妈，自己放低嗓门商量道，你不是会画吗，现在把扣子画下来，按照画样做嘛。李裁缝说，你倒是聪明，那我照着飞机的样子画下来，能不能做出飞机来呀？崔文琴哑然，绞着手说，这可怎么办？我哪儿忍心拆她的扣子，她要是个正常人，什么都能说通，可她头脑不好还小气，说不通的呀。要不就不做这个琵琶扣了，做个别的好看的扣子代替？李裁缝不置可否，崔文琴自己先摇起头来，不行，不行，我喜欢死这扣子了，花这么多心血做件旗袍，扣子不能马虎。李裁缝说，那怎么对她交代，先斩后奏，拆下来再说？崔文琴看看花布帘子，看看李裁缝，咬了咬牙说，拆，反正用完了再给她缝上的。李裁缝顺手拿了个薄刀片，已经准备拆了，又犹豫起来，低声说，我怎么有点心慌呢，别看她头脑不好，旗袍是她的命，拆了一颗扣子，她会不会跟我们闹？崔文琴捂着胸口说，我也心跳得厉害，这么好看的东西，偏偏是她的，跟她商量，怎么商量得通？李裁缝眨巴着眼睛思考了一会儿，找了一颗别针递给崔文琴，说，我拆领口上这颗，不容易发现，等会儿你替她扣，拿别针扣，我们打打岔，看看能不能混过去。崔文琴直直地瞪着那颗琵琶扣，脸上的表情一会儿畏惧一会儿坚定，我要这种扣子，一定得要。最后她说，反正也不是大不了的事，借用几天而已，混得过去混不过去都得拆。拆吧。

傍晚时分他们看见崔文琴领着疯妈妈走过东方红大街，两个女人以不同的方式引人注目，他们当然都注意到疯妈妈那天穿了一件白丝绒旗袍，眼尖的人发现了疯妈妈旗袍领口处的异样，一颗别针大煞风景，也惹人发笑，但由于人们深知疯妈妈的精神状况，这颗不正常的别针在疯妈妈身上反而显出了它的合理性，所以没有人去多余地思考疯妈妈的纽扣到哪儿去了，人们印象中疯妈妈从前就喜欢卖弄风韵，现在失去了最后那点束缚，她穿什么都无人计较，怎么穿也都是自由，穿旗袍就穿旗袍，扣别针就扣别针吧。

一路侥幸无事。经过葵花弄崔文琴家时，崔文琴心里打起小算盘，试探地问疯妈妈，你自己回家，认识路吧？疯妈妈却不上当，她牢牢地记住了崔文琴的许诺，丝巾，那条黑金花丝巾。疯妈妈说，你说好给我的，不给就是狗。崔文琴翻了个白眼，说，你记性比我都好呀，怎么有病？不就一条丝巾吗，我说给就给，你在这儿等着，我回家拿。疯妈妈说，不行，你要是走了不回来怎么办？我要跟着你。崔文琴有点火了，没见过你这种人，有病怎么的，有了病干脆就装小孩子了？什么狗呀猫呀的，还要做跟屁虫。她训了疯妈妈几句，看见有人向她们这儿张望，便缓和了语气，说，我家公公躺在床上养病呢，见不得生人，你实在不相信我就跟我来吧，不过不要进去，我婆婆有封建迷信思想，你这样的人是不可以进病人家门的。

疯妈妈站在葵花弄崔文琴家的门口，葵花弄里没有葵花，人家窗台上地上养着白色、黄色和紫色的菊花，都是半开半谢的。疯妈妈一边等着崔文琴的丝巾，一边低头观赏门前的菊花，光看不够，弯下腰想摘，身后响起了一片很大的动静，倒让疯妈妈吓了一跳。原来是个戴红领巾的小女孩跳着绳子过来了。戴红领巾的小女孩总是让疯妈妈想起她的女儿。不是素素，我以为是我家素素呢。她追着跳绳的小女孩，问，现在几点了，我家素素你认识吗？你们放学了吧。那女孩站住，诧异地望着疯妈妈，先是望着她的脸，然后紧张地研究起她的旗袍来，你为什么穿这种裙子呀？这是电影里女特务穿的裙子！疯妈妈说，这哪儿是裙子，这是旗袍呀，以前的女人都是穿旗袍的。小女孩似懂非懂，好奇的目光终于落在疯妈妈的旗袍领口处，她指着那里的别针说，你怎么这么懒呢，掉了扣子就缝上去，怎么用别针呢？

疯妈妈的手伸到领口处，很快就发出了她的第一声尖叫。崔文琴拿着丝巾出来时，惹祸的小女孩已经跑得没了踪影。剩下疯妈妈一个人，脸色苍白如雪，檀香扇扔在地上，左手揪着自己的领口，右手按着胸部，一声声地尖叫，一声声地叫。崔文琴知道是纸包不住火，事情败露了。崔文琴也慌，邻居们都已经向她家门口汇集过来，更令她慌张的是疯妈妈不仅发现了那颗琵琶扣失踪，从她泣不成声的哭喊中，崔文琴得知还有一颗什么镶嵌了宝石的胸针，也失踪了！

崔文琴情急之下忘了疯妈妈的精神状况，她用手指一下一下地捅着疯妈妈的脸，什么胸针，什么宝石，你别血口喷人，我从来没见你戴过什么胸针呀。崔文琴怎么能不慌？扣子事小，自己脱不了干系，不过是一颗扣子，她不在乎，胸针就是飞来横祸了，她怎么能不慌，一慌就骂起人来了，什么蝴蝶胸针，什么宝石胸针，你个疯女人，疯就疯了，疯进不疯出，没想到你还会敲竹杠！

所谓疯妈妈大闹葵花弄就是指那天傍晚的事情。其实疯妈妈不是闹，是在葵花弄尖叫，哭喊。人人都听清楚她丢了两件东西，一颗纽扣和一枚胸针。纽扣虽然别致，只是颗纽扣，胸针听起来是珍贵的值钱的好东西，丢了就显出问题的严重性了。人人都用目光向崔文琴索要答案，因为疯妈妈后来一直拼命地揪住崔文琴的衣角，好像人赃俱获的样子，但崔文琴拒绝提供答案，崔文琴手里抓着的是一条黑色的丝巾，她要把丝巾围在疯妈妈肩上，疯妈妈不要，看起来是拒绝某种收买。两个女人疯狂地扭在一起，嘴里都在尖叫，崔文琴姣好的面容因为暴怒涨成了猪肝的颜色，她是疯子，是疯子，你们都知道的！她努力地挣脱疯妈妈，腾出一只手对着邻居们指天发誓，她脑子有病你们没病，我得跟大家交代清楚，我是借了她的纽扣做样子，什么胸针不胸针的，完全是她的疯话，我要是见过她的胸针，就天打雷劈！

其间崔文琴的丈夫老罗出来了一次，他上前尝试拉架，没有拉开，大概是顾及到影响，老罗没再做什么，黑着个脸叉着腰站在那儿。他也只好站那儿了，两个女人干仗，任何一个丈夫都不好做什么的，何况那是香椿树街的疯妈妈，老罗自己又是卫生局的干部。老罗听见疯妈妈在哭。他妻子也在哭，他妻子一边哭一边回过头骂他，老罗你是死人呀，怎么不想想办法，把这个疯子弄走，快把她弄走呀！老罗搓着手，向前跨了一步，一只手去抓疯妈妈，最后还是抹不开面子，缩了回来，也就是这时候，邻居们看见老罗拍了拍自己的脑袋，明显是找到了解决问题的办法。他们看见老罗向弄堂外面跑，几个孩子跟着老罗跑，一直跑到了杂货店的公用电话前。老罗的办法是用电话解决问题，孩子听见老罗在跟什么人打电话，老罗让那人立刻开急救车过来。拉什么病人？老罗对着电话嚷道，什么高血压心脏病，什么严重不严重，不严重我怎么会让你们过来？亏你问得出来，是一个疯子，疯得不成体统，在我家门口胡闹呢！

后来一辆白色的急救车就开到葵花弄来了。那时天色差不多已经黑透，急救车的灯光像探照灯一样把葵花弄照得亮如白昼，灯光打在崔文琴脸上，她绝望的脸上出现了胜利的曙光，灯光照在看热闹的邻居们脸上，他们都傻眼了，一个个眨巴着眼睛，交头接耳起来，灯光射到疯妈妈的脸上，疯妈妈向着光举起一只手，好像是投降，好像是与光搏斗，然后葵花弄的人们听见疯妈妈发出了最凄厉的那声尖叫，犹如晴天霹雳。人们禁不住捂起了耳朵，捂着耳朵看疯妈妈如何逃跑。疯妈妈往前跑了几步，前面是救护车，又转身往后跑了几步，后面都是人，疯妈妈就耍赖皮了，她坐在地上，一边蒙着脸哭，一边蹬着腿，把脚上的丁字形皮鞋也蹬掉了，她说，我不哭了，我不要我的扣子了，我不要我的胸针了，你们别过来，求求你们，别过来。别过来。

该过来的人还是过来了。救护车上跳下来三个人，穿着白衣服，戴了口罩，有一个人的手上还带着一圈绳子。他们大概是准备病人抵抗用的，可是事到临头，疯妈妈失去了所有的力气，她只是蜷缩成一团，整个身体都剧烈颤抖着，她说，求求你们，别过来。一只手举起来，本意是阻挡别人，结果却把自己的手柔软地交给了他们。她说，素素放学了，我该回家了。又举起一只手，把另一只手也交了出去。疯妈妈最后简直是在配合救护车上的人。葵花弄的人们看见两个人轻松地把疯妈妈架到了车上，另外一个人看上去力气很大，却没派什么用场，是他从崔文琴手里接过了疯妈妈的丁字形皮鞋，提着鞋上了车。

大多数聪明人知道救护车将把疯妈妈带往何处，但也有人天生愚笨，追着救护车问，喂，你们把她送哪儿去？车上的人回答说，能上哪儿？去三里桥嘛。

三里桥是另一座桥，离我们香椿树街大约有二十公里，从我们这儿去三里桥，需要换三次公共汽车，最后在南门搭乘郊区线。比我更年轻的人都知道三里桥是一座历史悠久的七孔古桥，桥下有一所白墙红瓦的老干部活动中心，但他们不知道三里桥的桥下过去柳树成荫，柳树林中曾经有一所精神病医院。所谓去三里桥，当然不是指去桥上，而是去桥下。这么简单的修辞手法，你不会不知道。

冬　露

果园里的橘树长得慢，冬来不急，他侍弄果树从来都很有耐心。冬来对橘树的耐心建立于一个果农的经验，一棵矮小的橘树可能是果园里结果最多的橘树，他有盼头。可是人就不一样了，妹妹冬露十七岁了，个子还不及一条扁担高，外村人总是把冬露当成冬来的女儿，冬来急了，等不及她自己长高，又没有什么好办法，就逼着妹妹拿扫帚，拿着扫帚到门背后去，去干什么？去跳。冬来相信乡间的一种长个子的说法，长僵了的人拿扫帚去门后跳，能把个子跳高了。

冬露不肯跳，被哥哥强行推到了门后。她耍小聪明，躲在门后哼哟哼哟地装样子，不知道冬来蹲着监视着她，冬来用竹竿扫妹妹的脚，说，少糊弄我，快跳，你跳还没跳呢，喘什么？冬露就跳了一下，跳一下，嘴里先数到了三。冬来说，你怎么数数的，跳两下还偷懒？我这是为你好，你没听你表姐说，这么小个子，去了她那儿好工作怕不给你，你只能去扫厕所。冬露说，扫厕所就扫厕所，到城里扫厕所也比在家里清猪圈好！冬来说，好呀，你还没去呢，就嫌弃家了，乡下的猪粪也比城里的人粪臭？冬露在门后好像要笑出来，忍住了，突然说，现在操心我的个子了？我长不高也有你们的责任，营养不良，你们不给我吃好的，天天吃剩饭剩汤，怎么长个子？冬来知道妹妹一开口就没有什么中听的话，尽管习惯了，还是忍不住火，拖了竹竿对准妹妹的脚就捅了一下。我让你要营养！冬来说，什么事都怨别人，这么大的姑娘，懒得出蛆，连跳两下也要偷懒，你在碾米厂干活也偷懒，人家都不愿意给你结工钱。你还要什么营养？我从小到大就没吃过什么营养，照样伺候二十亩果园！

表姐春美来送旅行袋的时候，正好看见冬露蹲在门边，一只手拿着扫帚，另一只手捂着她的脚背。春美不来冬露不一定会哭，春美一来冬露干脆就蹲在那儿哭起来了。她的哭声尖厉而且刺耳，冬来把他的两个耳朵都蒙住了，说，爹娘死的时候也没见你哭这么伤心，让你跳几下你就这么哭，哭给别人听呢？春美不明就里，皱着眉头站在那儿，说，跳什么？怎么回事？冬来说，不是怕她个子矮嘛，去了你那儿没好工作，让她跳几下，她就跟我犟。春美又好气又好笑，说，你也不怕人笑话，她都十七了，怎么还让她做小孩子的把戏，跳几下能把个子跳高了，那人人都能去摘月亮了，你懂不懂科学？冬来说，我急呀，她能吃能睡，人人长个儿怎么她就不肯长？她是存心不长个子。人长得小，你不忍心让她干活嘛。春美制止了冬来，她说，冬露明天就离家了，你做哥哥的也不说点知心的，这一走就要到春节过年才回来，你们还闹什么闹。冬来没来得及说什么，地上的冬露把扫帚往她哥哥这儿一扔，带着哭腔叫起来，春节过年也不回来，死在外面也不回来！谁回来？小狗才回来！

幸亏春美来了。春美是三亲六戚中最受非议也最受尊敬的人，她在这儿兄妹俩谁也不能跳墙上梁的，冬来终究让了妹妹，走开了。春美上去把冬露从地上拉起来，说，不哭了，旅行袋也拿来了，明天一早就要赶路，你该去收拾东西了。冬露拿过那只蓝色的旅行袋，拉开拉链，打开夹层，仔细地看着，这么好的包包呀，她说，给了我用，你还有吗？春美说，这你就别操心了，我还有拉杆箱呢，带轮子的，可以在地上拉着走的。冬露把旅行袋挎在肩上试了试，欣喜地说，这多好，我哥还让我拿扁担挑行李呢，我才不挑扁担，让人笑话。春美在冬露的鼻子上戳了一下，说，看把你娇贵的，你是赶上好时候了，我去城里那会儿，都是用化肥袋，哪里见过旅行包？扁担有什么，我还不是挑着扁担去的南方！

春美急着要走，走到门外听见冬露追出来喊她。冬露涨红着脸，表情看上去很忸怩，表姐，你说让我一到那儿就穿你的高跟鞋？要不要先穿着练练？冬露扶着门，看看春美的脚，又看自己的，说，那么高的鞋跟，你说我穿着会走路吗？春美一眼看出了冬露的心思，皱起了眉头，挥挥手说，我没带高跟鞋回来。你就赶紧去收拾东西吧，这些事你现在别去操心，到那儿该穿什么就穿什么。我在那儿天天穿高跟鞋，刚开始别扭，习惯了就好啦！

阳光照耀着十月的枫杨树乡村。冬露家门前的老树上栖息着几只麻雀，冬露从家里旋风似的冲出来，把麻雀吓跑了。麻雀呼啦啦地飞走，把树下那群挑早橘的妇女惊动了。她们都回头看着冬露。冬露像一匹撒欢的小马被突然勒住了缰绳，站在路上，若无其事地向公路的方向张望。妇女们知道冬露明天就要走，说，你看冬露笑得，脸都笑成一朵花了。冬露，从没见你这么高兴呀。冬露说，谁笑了？谁高兴了？这有什么可高兴的？妇女们说，你看她还会做戏呢，从早上唱歌唱到现在了，还说她不高兴。又问冬露，你们是坐火车还是坐汽车去呀？冬露说，都要坐，先坐汽车再坐火车。有个妇女不知道是嫉妒还是怎么的，说，干脆坐飞机去，坐飞机多好，反正你表姐挣钱多。冬露听这话话中有刺，就翻了那女人一个白眼，她说，坐飞机要去飞机场的，这里哪儿有飞机场，你们家有呀？

冬露已经把她的行李都收拾好了，还缺一只铝饭盒，冬露要去碾米厂把它拿回来。阳光照耀着离别前的村庄，房屋和路都泛出淡淡的金黄色，连路边的柳树上的叶子也是金色的。冬露走过她叔公家，看见叔公坐在门口编柳条筐，叔公说，冬露你东西都收拾好了？衣服要多带点，城里东西贵，冷了再买衣服就费钱了。冬露说，叔公我是去南方，不冷，冬天穿一件毛衣就够了。叔公说，那让你嫂子给你多准备点干粮，那么远的路，路上多带点吃的！冬露说，我表姐不让带，她说在路上买方便面吃，又省心又好吃。

冬露走过村口，看见钮家患了眼病的男孩，纱布包住了一只眼睛，还爬到树上打皮虫。冬露在树下汪地叫了一声吓唬他，男孩摇晃了一下，坐在树杈上了。冬露有点后悔去吓他，捂着胸口说，吓死我了。男孩坐在树杈上，用一只好眼睛恨恨地瞪着冬露，突然冒出一句，你神气什么，去城里还不知道干什么呢，你表姐也没什么神气的，人家说她在城里专门为男人洗澡的！冬露在树下叫起来，谁说的？男孩说，人家说的，反正不是我说的。冬露围着树跑了一圈，嘴里喊着，人家是谁，你说出来，说出来我撕烂他们的臭嘴。男孩却不理她了，昂着头继续找皮虫。冬露一气之下就抱着那棵老柳树摇晃起来，让你胡说八道，让你从树上摔下来，摔成个哑巴，以后不能说话！

村里人对表姐春美的风言风语冬露也听到过。冬露崇拜春美，因为这份崇拜冬露不容别人诋毁春美的名声，她隐隐约约地觉得诋毁春美也就是诋毁她自己。冬露不相信关于春美职业的说法，城里的男人也都长着手，自己不会洗澡，难道还要别人替他洗？冬露不相信这件事，但是传言本身让冬露灿烂的心情有点暗淡下来。冬露低着头向公路上走去，她要去碾米厂把饭盒拿回来，她再也不去那里帮申家碾米了。申家不给她工资，总是给她一袋米让她提回家。但临近碾米厂那排红色的砖房时，冬露突然觉得有点难过，她也许是舍不得离开碾米厂的。老申夫妇精明势利，但他们的儿子大猫对冬露是好的。冬露看见碾米厂就依稀看见大猫迷惑的眼睛和满脸白色的米灰。你去城里干什么？那天他就这么问了冬露一句，冬露倒反而被他问住了。冬露后来赌气说，干什么都好，总比在你家碾米强。这话只有一半是真心话，她知道自己其实是愿意跟大猫一起碾米的。

碾米机嗡嗡地响着，隔着稻谷扬起的满屋尘雾，冬露看见老申的女人站在高高的麻袋山上干活，她第一次觉得那女人干活的身影很像她死去多年的母亲。她怯怯地叫了一声，女人和大猫都回过头看她。女人说，你来得正好，我正准备让大猫往你家送一袋米呢，刚刚轧下来的米，带到城里去吃。进了城样样好，可这样香的新米你就吃不到啦。冬露嘴里说不用了，行李重带不了米，眼睛看着碾米机旁边的大猫，可看见的还是一张白花花的脸，和一个敦实的白花花的背影。大猫本来就不怎么跟她说话，现在干脆转过身去不搭理冬露。冬露心里说，不搭理就不搭理，你不理我我也不理你。她走到窗台前拿起自己的饭盒，看见大猫的小收音机也丢在窗台上，上面落满了米灰，冬露摸了摸收音机，胳膊下意识地抬起来，用衣袖把收音机抹干净了。

冬露推掉了老申女人塞给她的一袋米。她想如果大猫过来劝她拿走这袋米，她就拿。可是大猫一直留在碾米机旁加料，似乎没有冬露这个人，他连句送别的话也不肯说。冬露有点伤心，一伤心就不懂礼数了，一噘嘴一甩手，丢下那袋米和老申女人，拔腿就跑。

冬露不知道自己为什么眼睛潮了。她明明知道不该怨恨大猫，他们又没有恋爱，走就走了，你也别怨我我也不怨你，有什么可怨的。冬露明明知道她不该怨大猫，眼睛却不争气，怨得掉出了泪。碾米厂外面停着一辆运稻谷的拖拉机，拖拉机手是冬露的远房亲戚，认识冬露，他好奇地盯着冬露，说，冬露你明天就要去南方了，该高兴呀，怎么不高兴呢？冬露一慌就用饭盒遮着自己的脸，说，好好的谁不高兴了？你倒告诉我，什么模样是高兴，什么模样是不高兴，你才不高兴呢。

冬露举着饭盒跌跌撞撞地走了几步，听见公路上汽车喇叭拖拉机声音很热闹，就放下了饭盒。阳光照耀着公路，公路看上去也泛出了淡淡的金黄色，像新鲜稻谷的颜色。公路朝南的一侧新盖了好多房子，冬露正好站在供销社的橱窗前，好像是应验了一个梦，冬露猛然发现供销社的橱窗重新布置了，玻璃后面竟突然多了一双高跟鞋。

一双黑色的高跟鞋，一只雍容华贵地踩在白色的鞋盒上，另一只匍匐在红色的蜡纸花朵里，仍然露出了妖娆而挺拔的鞋跟。冬露惊喜地瞪着橱窗，身体不由自主地迎了上去，差点撞上了玻璃。冬露退后了看，歪着头看，半蹲着看，怎么看那双高跟鞋都显得华美，怎么看它都神奇。冬露走进店堂时有个男人正在柜台上买牙膏，从衣服上的泥灰痕迹看，应该是谁家请来的泥瓦匠，那人个子高，挡住了两个女店员。冬露在后面等了一会儿，看那人还不走，就伸手拨拉了他一下，挤到柜台前，说，你们进高跟鞋啦？哎呀，你们进高跟鞋了！一个女店员说，还不是迎接国庆摆橱窗吗，乡下地方，谁买那鞋穿，脚脖子都会拧断的。冬露连连摇头，她说，不会不会，穿习惯了就好的，我表姐在城里天天穿的。另一个女店员从冬露亢奋的神色中觉察出什么，试探着问，你要试试吗？这儿还有一双呢。冬露涨红了脸说不要不要，眼睛却盯在货架高处的一个白色烫金边的鞋盒上，她知道另外一双一定藏在那个盒子里。冬露说，那双也是黑色的吗？我表姐说她有三双高跟鞋，你们信不信，一双白色的，一双紫色的，还有一双也是这种黑色的！

冬露靠着柜台，有点紧张地喘着粗气，要不，让我看一看吧？她终于开口央求道，我不穿，也不摸，就看一下。两个女店员对视了一眼，一个表情有点不耐烦，另一个心肠却很好，果断地从货架上拿下了鞋盒，说，你不是要到南方去打工了吗，南方人时髦，你干脆买一双去，穿着上南方吧。冬露连连摆手，说，就看看，看看，我哪儿买得起呀。两个女店员看见那个碾米厂的女孩的脑袋迎上来，她们都闻到了女孩头发上淡淡的汗酸味道，随后她们发现，买牙膏的泥水匠在柜台另一头，也歪着头盯着鞋盒看。他的大半个身体都压着柜台，柜台玻璃发出了微微的异响，一个女店员冲他说，你别压着柜台，小心玻璃碎了！这一声警告提醒了冬露，冬露瞥了那人一眼，突然就红了脸，把鞋盒轻轻一推，说，不看了不看了，看了也穿不上。我表姐说了，到了南方，到处都有鞋店，每家鞋店都卖高跟鞋的。

不是人人都体谅冬露那天的心情，冬露从供销社出来的时候又碰到开拖拉机的远房亲戚，他在拖拉机上说，冬露你脑子坏了，刚才哭哭啼啼的，现在又傻笑，走路还在笑！冬露说，你脑子才坏了，你的眼睛得白内障了，我刚才没哭，现在也没笑！但下午的时候公路边的铺子里有好多人看见冬露拿着一个饭盒，微笑着赶路。她把一颗石子儿放在饭盒里，一路走一路晃着饭盒，饭盒就像一个铃铛，一路清脆地响过去了。

冬露走过公路下的一块坡地，看见那个买牙膏的也下了公路，他站着时看上去很年轻，走道却弯着腰叉着腿，像一个老汉，她猜他一定是来给橘子大王老齐盖房子的工匠。齐家的房子已经在坡地上威风凛凛地站起来了，好多工匠爬到房子顶上敲敲打打的，还有几个分散在三楼装窗子，在底层做墙。冬露本来要绕过老齐家的新房子的，不知怎么不甘心，退回到浆池边，用手搭着棚看房顶的人干活，冬露还和一个拌料的老工匠说话。冬露说，怎么要盖三层，他们家一共四口人，盖这么大的房子干什么用？人家还没回答，冬露自己说了，一楼养猪，二楼住人，三楼做晒场，说完捂着嘴咯咯地笑。老工匠扫了冬露一眼，说，人家有钱，有钱就盖大房子嘛，别说三层，四层五层的我也盖过。冬露眨巴着眼睛，望着齐家行将竣工的房子，她说，也是靠果园吃饭的，他家哪儿来这么多钱？老工匠无疑不愿意回答这个问题，说，你管人家哪儿来的钱，管它什么黑钱白钱，反正都是挣来的钱。冬露沉默了一下，突然鄙夷地向齐家的房子挥了挥手，有什么了不起，她说，有本事去盖一幢摩天大楼，去跟上海的大楼比，去跟广州的大楼比！冬露说完就向坡下跑了。

坡下的向日葵丛里有个工匠蹲在那儿解手，脸藏着，屁股却露出来了，冬露叫了一声，羞红了脸，转过身换了条路向村里走。冬露绕过了池塘，晃荡着饭盒向村里走。冬露的小学同学红巧正在池塘边舞着鹅哨追打几只老鹅。冬露说，红巧你疯了，鹅在觅食呢，你打它们干什么？红巧说，我要让它们上来，它们就是不肯上岸。收购站的人在家里等着鹅呢。冬露说，怎么卖起鹅来了，你们家今年橘树收成不好？红巧说，好也没用，卖不了多少钱，也等不到那时候，我们家等钱给我爹买药呢。冬露就帮着红巧一起轰鹅，好不容易把五只老鹅轰上来。冬露等着红巧问她去南方的事，红巧却不问，冬露只好自己开口，她说，我明天就跟我表姐去南方了，要赶一千多里路呢，坐火车坐那么远的路，不知道会不会吐？红巧说，我知道，你不是告诉过我妈了吗。反正你们都能出去，我是去不了，哪儿都去不了，我们一家人都是病秧子，什么都要靠我。冬露本来是想拉着红巧说会儿话的，但红巧不知道是怎么回事，沉着脸赶着鹅就匆匆地走了，倒像是冬露得罪了她。

冬露不知道红巧为什么不愿意和她说话，她记起去年曾经送过红巧一把粉红色的塑料梳子，忍不住骂了一句，没良心的！冬露快快地站在池塘边，想了一会儿红巧家的事，与红巧的对比让她感到自己的幸运，冬露很快就原谅了红巧的冷淡。池塘里的荷花败了，芦花却提前开了，冬露顺手摘了枝芦花，鼓起嘴巴一吹，芦花穗子就排着队纷纷扬扬地飘出去了。

即使入了秋，池塘边的草仍然长得很茂盛。冬露从记事起就到池塘边来割猪草，这里的草几乎是冬露在乡间仅有的财产，只是要与别人分享。池塘边的草无雨也绿，一下雨草就更是疯长，只要她来得早，就能抢先把猪草装到篮子里，不用和别人争了。冬露边走边打量着满地的猪草，心里纳闷这么一大片草怎么没有人看见呢，平时草还没这么好呢，你也来割他也来割，为了个猪草冬露没少跟别人吵嘴干仗，今天她不割了，别人也不来割，气死人了。冬露和猪草赌气，嘴里嘀咕着什么向村里走，走了几步又退回来，她看见路边的老柳树上挂着一把镰刀，不知道是谁挂在那儿的，冬露已经从老柳树旁走过去了，她看见了镰刀，没想起来要割草，但脚上恰好踢到了一段绳子，绳子飞了几米远，仍然盘在路上，冬露看见绳子，就回头去看树上的镰刀，看了镰刀就不由得掉头去张望池塘边那一地的猪草，秋天能遇上那么好的猪草，没人和她抢，冬露实在舍不得，人就站住了。冬露决定为家里再割一捆猪草，没有篮子，有绳子就行，再小的猪草冬露也能把它们捆好了带回家。

冬露把她的铝饭盒放在柳树下，拿着镰刀到了池塘边。冬露割了十几年猪草了，她割的猪草喂大了十几头猪，十几头猪卖给猪贩子，都是一等品，连猪贩子老赵都夸冬露的猪草割得好，就这样冬来还骂她懒。冬露已经好多天没来割猪草了，是跟冬来赌气，你说我懒我就懒给你看，反正就要走了。但是池塘边的猪草现在一片片地召唤冬露，冬露顾不上和哥哥赌气了，她把这片猪草割了，家里的两头猪便可以吃上一天了。

人人都知道冬露并不勤快，可是人人都知道冬露勤快的时候手脚很麻利。冬露很快就割下了一大堆草，如果不是用别人的镰刀，多少有点不顺手，她还能割得更多。冬露看看草够一篮了，就准备用绳子把草捆起来，绳子却不见了，她不知道把绳子放在哪儿了。冬露怀疑是草堆把绳子压住了，她用镰刀挑开草，这一挑把冬露吓了一跳，不知从哪儿游来的一条竹叶青蛇钻到草堆里来了。冬露受了惊，蛇也受了惊，半昂起脑袋瞪着冬露，突然向着冬露的脚上游过来。冬露跳了起来，大叫一声，你别过来！冬露吓坏了，她长这么大见过许多蛇，几乎都是别人打死了的死蛇，冬露不怕死蛇，一条昂着脑袋活蹦乱跳的蛇却把冬露吓破了胆。蛇没咬到冬露，是她手里的镰刀落在脚背上，冬露就尖叫起来，你咬我？你咬我了！她向着池塘四周喊，蛇咬人了，快来打蛇，快来打蛇呀！池塘四周却没有人，连鹅群也被红巧撵走了。冬露远远地看见坡上老齐家新房的房顶，房顶上刚才还爬了那么多人，他们一定能看得见池塘这边的动静，可是现在房顶上的人一个也没有了，高高的茂密的芦花挡着整个世界，偏偏把冬露一个人扔给了那条蛇。

冬露的尖叫声却把一个隐蔽着的人喊出来了，是那个买牙膏的工匠。他的脸先从一丛灌木后面移出来，躲躲闪闪，然后是弯着的老人似的身子慢慢地升了起来。冬露向他跑过来，喊道，有蛇，快来打蛇！冬露跑了几步就站住了，她发现那个男人脸上的表情有点慌张，他拉了拉裤腰，可冬露觉得他不像是刚刚解了手的样子，他手里的牙膏也不见了。冬露说，你躲在那里干什么？工匠回头看了看灌木丛，突然恶声恶气地说，屙屎！你鬼喊鬼叫的干什么？冬露说，草堆里有一条毒蛇，你快去打呀。

你那么大的人了，野地里长大的女孩子，还怕蛇？工匠斜睨着冬露，不慌不忙地往下走。冬露跟着他，说，谁怕了？是它要咬我。男人说，让蛇咬一下怕什么？咬不死人的。冬露说，那让蛇去咬你好了，你去让蛇咬你！那男人笑了一声，笑声是压抑着的，他一笑看上去就不那么古怪了，但嘴里黑黄交错的牙齿也露出来了，冬露还闻到了他身上散发出一种汗味和烟臭混杂的气味。工匠说，把镰刀给我！冬露犹疑了一下，还是把镰刀给了他。冬露跟着他向池塘边走，她觉得他心不在焉的，老是回头看，就批评他，蛇在前面不在后面，你回头看什么呀？工匠不再回头看她了，却又扭过头向坡上老齐家的工地张望。冬露急起来，在后面推了他一下，说，你这人怎么回事？你要是不敢打蛇就直说好了，把镰刀还我，别这样拖拖拉拉的！工匠嘿地一笑，说，我不敢打蛇？老虎豹子我也敢打！

工匠终于弯下腰用镰刀挑地上的草堆，他的动作很粗放，把冬露码好的草挑得满地都是。冬露站在一边跺脚说，你好好找，别把我的草都弄乱！工匠却突然把镰刀往地上一砍，蛇呢？他问冬露，你鬼喊鬼叫了半天，蛇在哪儿呢？

蛇是不见了。冬露也找不到那条蛇了。冬露看着池塘里的芦苇丛，说，一定躲起来了，让我吓跑了。工匠鼻孔里哼了一声，是让你吓跑的？冬露听出他在讥讽她，她心里是感激他的，嘴上却不知道怎么说，就跑过去拿起镰刀，收拾地上的草。工匠站在池塘边，看看地上的草，又看看冬露，说，你们家养几头猪？冬露不愿意回答养猪的事情，她脑子里仍然设想着一旦被蛇咬着的局面，又怕又恨的，因此骂起那条蛇来，该死的蛇，你的良心让狗吃了，我明天就赶路去南方，你今天还想来咬我！工匠眯着眼睛盯着冬露，说，你明天就出门打工，今天还割猪草呀？你也够勤快的。冬露还在生蛇的气，她愤愤地说，勤快有什么用，差点让蛇咬了，差点就出不了门啦！工匠在池塘边的石头上坐下了，抱着膝盖看着冬露。他说，你那么喜欢出门，出门不就是打工吗，男人出去卖力气，你一个乡下女孩子出门能干什么？我听说你们这里的女孩子出去都是做按摩的，你也要出去做按摩小姐吗？冬露忙着把猪草拢好，随口答道，什么暗磨明磨的，我不懂，反正我表姐带着我，她是自己人，不会害我的，她让我做什么我就做什么。工匠说，那你表姐让你做小姐你就做小姐呀？冬露开始蹲在那儿捆草，她说，什么小姐太太的，你在说些什么呀，我表姐自己还是服务员呢，她自己还没当上小姐呢，怎么轮得到我做小姐？

工匠突然间明白了什么，他先是看着冬露，嘿嘿地笑，他拍着腿嘿嘿地笑了一会儿，又叹起气来。冬露警觉起来，站起来疑惑地看着他，说，你这个人好奇怪，老齐家新房旁边都是野地，你偏跑这么远来解手，现在又是傻笑又是叹气的，你这个人到底是怎么回事？工匠似乎不敢看冬露的眼睛，他用手蒙着脸，坐在石头上抖动着双腿。冬露就看着他的腿，他的裤腿上有个洞，周围沾满了灰浆，　双塑料凉鞋，其中一只凉鞋鞋面裂了一个口子。冬露说，你们做匠人的脏死了，也不知道洗衣服，这么脏的衣服怎么穿得上身？工匠的两只大手从他的脸上慢慢地放下来，一放下来冬露就惊呆了，她看见工匠满脸是泪，他明显不愿让冬露看见自己的脸，对着池塘扭过头去，但冬露看得很清楚，那个古怪的工匠，他满脸是泪。后来冬露就听见他说了那句没头没脑的话。

你们去吧，都去吧。工匠结巴半天才说出后面的半句，他咽了一口唾沫，又吐出来，说，你也去吧，再好的女孩到了南方，还不是做小姐吗。

村里人都看见冬露离家的前一天还割了一大捆猪草背回家。冬露走后人们看见冬来自然地会提起冬露背上的那捆猪草，夸她终于懂事了勤快了，临走还念着家里养的猪。冬来却不承认妹妹的好处，他说，你们没见她是怎么跑回家的？像是撞了鬼似的，一路跑猪草一路撒，问她为什么慌慌张张的，她说差点让蛇咬了，我们乔村的女孩子谁会怕蛇？她就怕蛇，怕蛇把猪草撒了一路！

冬来永远不肯表扬他妹妹，他还说，你们看看我三舅家的春美，她都替我三舅盖起楼房了，我妹妹这德行，去了南方还不知道能挣几个钱回来呢。

神 女 峰

轮船码头比任何一个集市都要拥挤和肮脏，滞留此地的人们有的蹲着，有的站着，还有的四仰八叉地躺在仅有的几块空地上，一边张大嘴呼吸着污浊的空气，一边打着响亮的呼噜，轮船尖厉的汽笛声没有惊动那些人，很明显他们并不是旅客。

最后的两名旅客大概就是描月和李咏。描月的一只手被李咏紧紧地拽着，另一只手一直提着她的黑色长裙，像一个木偶被牵拉到了检票口。描月意识到自己像一个木偶，因此她的脸上一直凝固着一种窘迫的表情，当她在检票口撞到一个农民模样的人时，描月没有向那人道歉，却猛然甩掉李咏的手，你干吗这么慌慌张张的，描月说，船还没开呢，你慌什么？

李咏回过头匆匆瞥了女友一眼，他的手上肩上各挎了一只旅行袋，脖子上挂着描月的女士皮包。李咏察觉到描月在生气，但他没生气。李咏踮起脚尖朝轮船的甲板上张望，突然高声叫起来，我大哥，我看见我大哥了！李咏朝甲板上的一个男人挥着手，一边揽着描月的肩膀说，看见我大哥了吗？他正跟我们挥手呢。

描月看见一个穿蓝白条衬衫打着领带的男人，叼着香烟伏在栏杆上，一只手高高地举起来，朝左右两侧潦草地晃了两下，他挥手的姿势活像是一个大人物。描月下意识地回头看了看，后面当然没有什么人，她其实知道他在向自己挥手，只是故意不看他。其实不用李咏介绍，描月也知道了，那个人就是老崔。

上船的时候描月仍然目不旁视，但是冷不丁地说了一句，你大哥？哼，你大哥就这模样呀？

描月嘴快，说了话往往自己也不知道是什么意思。描月是个喜欢贬低一切男人的女孩，其实就站在甲板上的老崔来说，他的体形要比描月想象的高大魁梧，他的长相也比她想象的要年轻一些，英俊一些。

他们三个人包下了一个二等舱，舱室不大，却还算干净。描月是第一次坐船，不禁有点喜形于色，她在舱内扫视了一圈，摸了摸床铺说，挺舒服的嘛。描月说完就后悔了，她看见老崔投来的目光，那么匆匆一瞥，却让她后悔得要命。

老崔含笑道，是第一次坐船吧？

第一次怎么啦？描月说，坐轮船有什么可得意的，又不是坐航空母舰。

老崔愣了一下，看看李咏，说，厉害。

她就是嘴厉害，李咏说，心眼还挺好的。

谁告诉你我心眼好的？描月说，你根本不了解我。

李咏尴尬地笑了笑，转移话题说，操，就我们三个人，没有外人来了，这多痛快。大哥还是你英明，坐二等舱就得包舱。

有钱嘛，有钱就能摆阔。描月从小包里取出化妆盒，细细地在脸上补了点妆，描月对着小镜子说，我倒希望再来一个人，有趣一点的人，要不，这一路上还不把人闷死。

描月听着两个男人无言以对，总算觉得解了气，又觉得他们嘴笨，忍不住偷偷一笑，她从镜子后面偷窥两个男人，他们都微笑着，脸上是一种相仿的宽容的表情。李咏这时候凑到描月耳边，轻声说，你对我大哥客气点，你忘了你的工作都是他帮忙找的？

描月撇了撇嘴，想说什么又忍住了，描月的报复本来已经完成，没想到李咏紧接着就做了那件事。李咏从床下拿出了三双拖鞋，第一双给了老崔，第二双给了描月，第三双放在自己脚下，描月看着他拿鞋的次序，心里很不舒服，偏偏老崔在说话了，老崔说，李咏你又错了，该先给你女朋友呀。老崔话音未落，描月已经把拖鞋踢了出去。

没出息，描月冲着李咏喊道，你是男人吗，他有钱你就甘心当他的奴才？

你这是什么话？他是我大哥呀。李咏涨红了脸，讪讪地说，一双拖鞋，先给谁还不一样？

老崔在一边哈哈大笑起来，他的笑声听上去快乐而暧昧，他一边笑一边拍着李咏的肩膀，然后附到李咏耳边说着什么。描月瞪着他们，她想听清楚他们在说什么，却看见老崔注视着自己，老崔的眼神有点古怪，似乎在赞赏她，似乎又不是，描月觉得那种眼神很隐秘。

不知怎么描月不敢正视老崔的眼睛。她转过脸去望着船窗外面，窗外码头上的景物已经开始移动，浑黄的江水缓缓地后退，船已经离港了。旅行开始了，描月的心情也一点一点好起来，她的脑海里迅速闪过南京、武汉、万县、重庆这些地名，那是她记得的三峡旅行将要经过的城市。描月的心情一点一点地好起来，她想象着长江三峡美丽壮观的景色，依稀看见一座形状奇特的陡峭的山峰，那就是著名的神女峰。描月是在一张长江游览图上知道它的，神女峰的形状确实像一个守江而望的女人。描月也不知道为什么独独是神女峰让她产生了无限的想象。

描月从小包里找到了那张皱巴巴的游览图，描月的手指沿着图上的长江优美地移动着，在标示神女峰的红点上突然停顿了，神女峰，描月莞尔一笑，叹了一口气说，唉，船开得真慢，什么时候才能到神女峰呀？

李咏已经脱下衬衫光着上身了，他正用毛巾在腋下抹擦着。

急什么？李咏说，船不是刚开吗，那个什么峰肯定在三峡里，过了武汉才进三峡，进了三峡才能看见呢。

那用得着你说？描月朝李咏轻蔑地瞥了一眼，她意识到自己是在问老崔，但不知怎么她的目光一旦与老崔相遇就慌忙躲开了。描月又埋头盯着游览图，像是自言自语地说，我估计船过神女峰是在第三天，要不就是在第四天？

我也不知道是第几天，老崔在另一张床铺上收起手里的报纸，说，我就知道第二天到武汉，到了武汉就该下船啦。

武汉有什么意思？描月仍然低着头说，我小姨妈就住在武汉，我妈去过那儿，说夏天热死人，冬天冻死人，又没什么好玩的。

我知道三峡很美，武汉很没意思，可我就是没空往上游走，没时间呀。老崔说，我要是像你们这么自由自在就好了，生意人没时间，我就不能陪你们往上游走了。

大哥得在武汉下船，李咏坐在描月的身边，说，我不是告诉过你吗，大哥在武汉有许多生意。

谁跟你说话了？描月抬起肘部推着李咏，皱着眉头说，没见过你这么讨厌的人，你就一张嘴，说话还结结巴巴的，还想把全人类的话都说完？

李咏似乎从来不生女友的气，他从描月的身边坐到老崔的身边，对老崔挤着眼睛，说，怎么样，厉害吧？

老崔却哈哈大笑起来，兄弟别生气，他一下一下地拍着李咏的肩膀说，有个幽默的女朋友是男人的福气，男人嘛，不受点女人的气就做不成男人！

描月这时候扑哧一笑，准确地说，那是发生在她和老崔两个人之间的会心一笑。这种微妙的情景来得很突然。描月的心咚地跳了一下，她猛地转过脸去，心里隐隐地有一种不安的感觉。她甚至不知道这是怎么发生的，她与老崔突然达成了某种默契，他们好像是在合伙捉弄或者欺负李咏。

轮船微微轰鸣着行驶在江面上，从窗口望出去天已黄昏，江岸上的乡野景色笼罩在淡淡的暮霭之中，看上去单调而朦胧。描月想打开船窗，但发现窗子被钉死了。李咏挤过来，拼命想把窗子往上拉，这次描月没有责怪他，她只是指了指那几颗钉子，用眼神告诉他，他是多么愚笨。然后描月含了一颗话梅在嘴里，拿出一本时装杂志看了起来。

轮船进入夜航以前两个男人就开始喝酒了。描月难以想象他们这么喝酒有什么乐趣，可是他们就这么津津有味地喝开了，尤其是李咏，他的白净清秀的脸上满是酒色，说话声也变得亢奋而粗鲁，他一直大声说着一个同事卷走五百万元公款潜逃国外的事，大哥，你想不到吧，猴子竟敢干这种事，李咏说，操，知人知面不知心，猴子那么胆小一个人，就敢干这种事，操，现在的人，想钱都想疯了。

这事你跟人说了有一百遍了。描月厌烦地说，我看你想钱也快想疯了。

老崔对李咏的絮叨却很有耐心，他说，都疯了就好了，疯了就不想钱了。

描月扑哧一笑，确切地说，又是与老崔的会心一笑。描月有点不自然了，转过脸注视着李咏手里的小酒瓶。桌上的两只烧鸡只剩下半只了，李咏还在努力撕扯一只鸡翅膀，描月就用杂志捅了捅他。李咏回头说，怎么了，猴子的事又不是国家机密，报纸都登了，有什么不能说的？

描月说，谁管你什么猴子大象呢，我让你嘴下留情，人家买的烧鸡，倒全让你吃了。

咳，你在说什么呢，李咏说，我跟大哥谁跟谁？我吃了就等于他吃了，大哥你说对不对？

老崔的脸上停留着那种隐秘的笑容，他对李咏点着头表示赞许，手里的酒杯却出其不意地朝描月送过来，坐船无聊，他说，怎么样，你也来一口？

我不喝酒！描月几乎惊叫起来，她觉得自己推开酒杯的动作过于惊慌了，她的声音也过于尖锐刺耳，似乎老崔的酒杯里盛着毒药。描月意识到了自己的失态，她羞红了脸退到门边，看看李咏，又看看老崔，然后猛地打开舱门跑出去了。

灯光下的甲板半明半暗，描月站在暗处，心里乱糟糟的。江上的夜景一片昏朦，甲板上看夜景的人不多，他们说话的声音也淹没在水浪的轰响之中，按照原来的设想，她和李咏应该在这里一起看夜景的，但这次旅行变得有点莫名其妙了，现在她独自一人站在这里，眼前看见的却是一杯酒，老崔手里的那杯酒。描月想，也许自己太敏感了，也许那杯酒没有什么含义，他和李咏是那么好的朋友，会有什么含义呢？

夜幕沉重地垂在江面上，甲板上的人看见的夜景其实只是一片无边的黑蓝色，半轮月亮，点点繁星，还有远处近处散落的灯光，江风很大很猛，描月在风里站久了，觉得有点凉意，脑子里便突然掠过一个奇怪的念头，要是李咏现在来为她披上一件衣服，他们的爱情也许还有希望，可是她知道那只是一种浪漫的想象。

描月走回二等舱去拿衣服，到了门口突然长了个心眼，想听听两个男人的酒话，她把耳朵凑到门边，听见的却是一阵反胃的声音，不知是谁喝吐了。紧接着便听见了李咏的声音，女朋友算什么？兄弟是手足，女人是衣服，想脱就脱！描月怒不可遏，正想闯进去，门被打开了，老崔拽着烂醉如泥的李咏冲出来，看见描月他并不吃惊，他喝多了，老崔轻描淡写地说，拉他到厕所，让他吐，吐掉就好了。

描月跟着他们走了几步，看见李咏一只脚上有拖鞋，另一只脚是光着的，走了几步，李咏就吐开了，描月看见他嘴里喷出一摊污液，溅在走廊上。她本能地站住了，扭过头去喊道，恶心！

舱室里弥漫着一股酒气，描月挥着手徒劳地驱赶那股气味，挥了一会儿就罢手了，她从旅行袋里抽出一件外衣，匆匆逃了出去。经过厕所时她瞥见两个男人挤在里面，一个仍然在吐，另一个却抬起头，用一种明亮而尖锐的目光看着描月，描月低着头疾步而行，她听见李咏在喊她的名字，描月，描月，你在哪里，你怎么不管我？描月一边走一边冷笑，说，有你大哥呢，吐吧，吐完了继续喝！

描月无处可去，走着走着又回到了甲板上。有个船员在栏杆边忙着，一直抬头盯着描月，描月就冲着他发火，你看什么？我又不跳江！描月朝他翻了个白眼，靠着栏杆生闷气，描月在生李咏的气，也在生老崔的气，她不知道自己为什么会生老崔的气，也许仅仅与那杯白酒有关。

甲板上来了几个人，又走了几个人。有一对情侣在夜幕的掩护下紧紧地依偎在一起，那女孩的头发被江风吹乱了，男孩就用双手捧着它。描月后来一直偷偷地窥望着他们，心情渐渐变得湿润而沉重，她突然想起不久前的一个夜晚，她和李咏在街心花园也这么拥吻过，一样热烈，一样浪漫，可是仅仅过了几天，热吻的滋味已经无法回味，这一切竟变得虚假而陌生起来，描月不知道问题出在李咏身上，还是出在她自己身上。

夜航的轮船又驶过了一个港口，万家灯火一点一点地暗淡了，隐隐可以听见岸上哪台电视机的伴音，晚间新闻正告结束，更多的人离开了甲板，只有那对情侣和描月还留在甲板上。描月想着自己和李咏的事，那些事竟然越想越乱，她命令自己不去想它，就把十根手指一根根地掰开，一根根地数着，不知数了多少遍，描月发现一个人影悄然来到她身后，那不是陌生人，不是别人，是老崔。

别数了，老崔笑着说，怎么数还是十根手指。

描月看了老崔一眼，没说话，过了一会儿她说，他怎么样了？

睡下了，吐了一厕所，老崔说，别担心，醉酒没什么，吐完就没事了。

怎么不继续喝？你还没醉嘛。描月说。

我不容易喝醉。老崔说，你有没有听说过，好人一喝就醉，李咏一喝就醉，所以李咏肯定是好人。

我知道他是好人，你可不是好人。描月说。

我是坏人中的好人，可李咏绝对是好人。老崔说。

为什么跟我说这些？莫名其妙。描月突然笑了，扭过脸看着江面说，什么好人坏人的，这儿又不是道德法庭。

到处都可以作道德法庭。老崔说。

你要审判我？你凭什么审判我？描月昂起头直视着老崔，脸上是一种挑衅的表情。

我没资格审判你，我只是在怀疑你。老崔说。

怀疑什么？怀疑我是美国间谍吗？

你这么单纯的女孩做不了间谍。老崔沉吟了一会儿，一只手不停地拍打着栏杆，然后他说，李咏头脑简单，不懂女人，可我一开始就看出来了，你不爱李咏。

描月的心又咚地一响，她扭过脸看着更远处的江岸，为了掩饰某种慌乱，描月故作轻松地摆动她的肩膀，爱是怎么样的，不爱又是怎么样的？她说，这事跟你有什么关系？

有一点关系。老崔的脸上仍然保持着那种暧昧的笑容，他摸出烟盒，抖出一支烟叼在嘴上。李咏是个大好人，老崔说，他是我兄弟，你知道的，他很信赖我。

我知道他信赖你。描月说，你们男人喜欢说这句话，朋友有难两肋插刀，你现在准备捅我一刀吗？

老崔脸上的笑容现在看上去更神秘了，他的眼睛在夜色里明亮如灯。在一阵沉默之后，老崔用一种异常轻柔的声音说，不，谁要让我这么做，我会先用刀捅了他。

夜色遮蔽了描月脸上突然泛起的红晕，现在她丧失了正视老崔的勇气，别说了，她几乎是嗫嚅道，我已经懂了。

每当描月慌乱失措的时候，她就慢慢地数自己的手指，那天夜里老崔的目光明亮如灯，描月却看不见自己的手指，只看见老崔的那只手，那只大手从容不迫地伸过来，握住了她所有的手指。描月没有抗拒，唯一让她不安的是，这事情来得太快了。

描月任凭老崔握住她的手。描月说不出话。

明天就到武汉。老崔说，武汉没有神女峰，可有个黄鹤楼，武汉不如北京和上海，可也很热闹很繁华，你不想逛一逛吗？

描月说不出话，只是凝视着老崔的那只手，过了好久，她说，我小姨妈就在武汉，她一直写信让我去玩呢。

描月说完那句话时看见天上的月亮摇晃了一下，月亮大概钻进了云翳深处，甲板上显得更加空旷更加黑暗了，而船桅上的所有旗帜都迎着江风飒飒舞动，发出一种清脆的碎裂的声音。

船到武汉是在第二天傍晚，下船的人很多，他们所携带的行李也很多，因此船坞出口处显得异常混乱。不知过了多久，船和码头渐渐安静下来，岸上的职员关上了出口处的铁门，下客用的跳板被撤掉了，轮船驾驶员又拉响航行的汽笛，就在这时候我们看见了那个奇怪的青年，他衣冠不整，一副宿醉未醒的模样，从二等舱那里一路狂奔下来。我们看见他在走廊上撞来撞去，沿路高喊着一个女孩的名字，描月，描月，你在哪儿？描月，描月，你跑哪儿去了？

谁都能看出来那青年快急疯了，这很自然，要是别人的女朋友也这么失踪了，也会像他一样失魂落魄的。但旁观者总比当事人清醒，有人说，既然你们坐的是二等舱，为什么不去问问二等舱的服务员呢？

那个青年却似在梦里，木然地说，服务员在哪里？

于是一大群人就领着他去找服务员，幸运的是那服务员的工作非常称职，她对二等舱内的每一个旅客的情况了如指掌。你是说那个穿得像乌鸦的女孩？不是在武汉下船了吗，跟她男朋友一起下的船。说到这儿她突然意识到什么，用疑问的目光端详着李咏，说，我正要问你呢，你们舱里三个人，二男一女不是？那个女孩，她到底是谁的女朋友？

我们大家都用热切的目光询问着李咏。李咏面色惨白，鼻孔里呼呼喘着粗气，他慢慢地蹲下来，双手抱着自己的脑袋，先往左边扳，又往右边扳，拒绝回答任何问题。就这样他把大家都搞糊涂了。我们依稀记得与他同行的另一个男青年，穿着名牌衬衫打着名牌领带，有人在昨天夜里看见他和那个女孩一起在甲板上。一件简单的事也会变得如此蹊跷，我们当时真的糊涂了，那个名叫描月的女孩到底是谁的女朋友？

船过武汉才是真正往三峡去了。船上剩下的旅客大多是去三峡观光的。我们记得后来的旅程中李咏一直郁郁寡欢，只是在轮船经过著名的神女峰时，李咏突然露出一种难得而古怪的微笑，他盯着神女峰凝望了好久，最后说，操，这就是神女峰？

你丈夫是干什么的

孕妇和她的女友坐在阳台上，一个看上去很臃肿，一个却苗条得有些过分。孕妇从塑料椅子上艰难地站起来，她的眼光向下辐射，叹了一口气说，怀孕太难看了，我现在看不见自己的脚，我不知道自己穿着哪双凉鞋，昨天我从镜子里看见自己走路的样子，活像一只企鹅。

女友的脸上露出一种调皮的微笑，装什么蒜，她说，我看你心里很得意，把自己比作企鹅，企鹅多可爱，为什么不把自己比作一只鸭子？

鸭子就鸭子，反正都一回事。孕妇突然想起来什么，她问女友，你说你来推销什么？什么东西？

杀虫王。女友嘻地一笑。

就是灭害灵之类的东西吧？孕妇说，你怎么回事？好好的办公室不坐，整天东跑西颠推销灭害灵！

杀虫王。女友纠正说，不是灭害灵，是杀虫王，最新产品，是第六代杀虫剂。高科技产品，药效强烈，无毒无害。

反正都一回事，就是杀蚊子苍蝇的嘛。

还有蟑螂。女友说，天上飞的，地上爬的，见一个杀一个，害虫死光光。

你向我推销没用。我们家住高层，没这些害虫。孕妇抬起她的一只脚，又抬起另一只，忽然叫起来，我穿着鸳鸯鞋啊，黑色的是他的拖鞋！怪不得有点不对劲，你就看着我穿鸳鸯鞋？你就不跟我说一声？

你丈夫是干什么的？女友调皮地一笑，看着窗外，说，你丈夫，他是干什么的？

建筑设计。孕妇说，等会儿就回来了，他明天到深圳去见几个港商。你死了这条心吧，他帮不了你的忙。你丈夫呢，你丈夫现在干什么？

女友脸上的笑意一下就凝结了，她的架在膝盖上的腿撞到了一盆龟背竹，龟背竹的肥厚浓绿的叶子颤动起来。孕妇知道自己多嘴了，她其实已经猜到了几分，她本来决定不问的，但不知怎么那句话还是脱口而出了。

散了。女友说，他去年就滚蛋了。

孕妇负疚地看了女友一眼，将盆栽往旁边移动了一下。

为什么现在的人都喜欢养龟背竹？女友目光炯炯，她说，他也在家里养了一盆，比你们家这盆还要大，说起来也怪，他一走我看着龟背竹横竖不顺眼，我就觉得它是世界上最厚颜无耻的植物，有一天窗外一堆苍蝇嗡嗡乱飞，我就拿着公司的杀虫王冲出去，对着苍蝇就是一通扫射，我们公司的产品质量就是不错，看着苍蝇一个个落在地上，全死了。我摇了摇罐子，里面还是满的，我就想把一罐药都喷了。你猜怎么着，我想也没想，对着那盆龟背竹又是一通扫射，就像给它浇水一样，我把一罐杀虫王全用光了！

龟背竹死了吧？

那还用说？女友挥挥手说，别说是一盆龟背竹，就是个人，吃这一罐也半死不活了。

孕妇用一种惊悸的眼神看着女友，她张大了嘴，想说什么，但最后却被女友的情绪感染了，两个女人对视着，突然一起咯咯地大笑起来。

高层建筑外面的天空渐渐地变得灰暗。客厅里的电视机一直打开着，一个油头粉面的男播音员正指着气象云图，播送明天的天气预报。两个女人现在坐在沙发上，女友面对电视机，说，上海天气不错，我的运气也不错，到哪儿都是大晴天。

孕妇听见门外有什么声音，她侧着身子听，分辨了一会儿，说，怎么还不回来？这会儿该回家了。

女友说，不是你丈夫？

孕妇说，不是，他的脚步声我能听出来。明天要出差，他应该早就到家了，多半是让他买机票去了，他们单位女的多，老的多，什么事都落到他的头上。

深圳那一带也是晴天，不过就是热了一点。女友嗑着瓜子，说，他出差你给他收拾东西吗？

我从来不替他收拾。孕妇笑了笑说，倒是我出差的时候他愿意替我收拾，他属于那种很细心很有条理的男人。

你福气好。女友斜睨着孕妇，拉长声调说，就怕他对谁都很细心，都很有条理啊。

孕妇打了女友一巴掌，说，你少来挑拨我们夫妻关系，我对他很放心。

孕妇看了看墙上的挂钟，看得出来她有点心神不定。她从客厅走到厨房，又从厨房走到客厅，像一只企鹅或者像一只鸭子，然后她用一种决绝的语气对女友说，不管他了，我们吃饭。

就在餐桌上她们谈起了在上海的共同的女友小宁。孕妇起初对小宁的近况一无所知，她建议女友到了上海去找小宁，说她可以住在小宁那里，省下住旅馆的钱，孕妇发现女友的表情很怪，她还说，怎么啦，你跟小宁后来闹翻了？女友就大叫起来，你还问我怎么啦？你真的不知道小宁的事？你要让我住到监狱里去陪她呀？

就在餐桌上孕妇听说了小宁的事，女友还因此把她劈头盖脸地数落了一番，她说，亏你还算小宁的朋友，她的事情都上了全国各地的晚报，你现在连报纸也不看？

怀孕以后我很少看报，用眼过度对婴儿不利，孕妇说，急死我了，小宁到底出了什么事？

泼硫酸！女友几乎是恶狠狠地吐出了这三个字。

谁泼她硫酸？孕妇瞪大眼睛站了起来，她注视着女友的表情，又笨拙地坐了下来，说，吓死人了，你说清楚，到底是谁泼谁的硫酸？

她向人家泼硫酸。女友的声音低沉下去，她用筷子敲了一下碟子，喂，你别这样看着我行吗？是小宁泼人家硫酸，不是我。

吓死人了。孕妇说，不会是同名同姓弄错了吧？小宁，那么文静那么害羞的人，怎么可能泼——你让人怎么相信？

不相信也得相信。我给她母亲打过电话。女友看着桌上的一盆白糖西红柿，她说，这是上个月各地小报的头条新闻。上个月我在外面跑，沿路买小报消遣，看见的都是小宁的事，还有她的照片，就像电影明星的照片，放得好大，我攒下一大堆报纸，都是小宁的事，小宁的照片，厚厚的一堆，不知道拿它们怎么办，扔也不是，留也不是，我就把报纸理整齐了藏在火车行李架上了。

孕妇一直把手按在她隆起的腹部，似乎是怕腹中的婴儿受到这意外的惊吓，过了好久，她才恢复了冷静，对女友说，你吃饭，边吃边说。她泼的到底是谁？

一个女孩子，才二十三岁。女友说，用报纸上的话说，是一个无辜的纯洁可爱的女孩子，而且长得特别美。

三角恋爱？孕妇沉吟着说，我就猜到是三角恋爱。女人犯罪多半是为了爱情。

用报纸上的话说，不是什么三角恋爱。女友说，是小宁多疑，心胸狭窄，那女孩是她男朋友的同事，他们经常在一起，但两人之间并没有什么特殊关系——你别这么看着我，这都是报纸上说的，不是我说的。

我不相信小宁会这么没头脑，她是个聪明的人。孕妇说，假如不是三角恋爱，假如小宁不是爱得太深，她不会做出这种事。

谁管他们是三角还是四角？女友说，我奇怪的是小宁那么理智的人，怎么会对别人下这种毒手。我看见报纸上登的那女孩的照片，一张脸全毁了，不忍心看，我不明白，是什么样的男人值得小宁为他疯狂，做出了这种事。

我没见过那男人。孕妇说。

我也没见过。女友说，听说相貌堂堂，风度很好。

相貌堂堂的男人多半不会是什么好人。孕妇说。

电影里那种爱情骗子风度都很好。我就从来不相信什么风度。女友说。

对那个陌生男人的非议使她们轻松了一些，女友埋头喝下了半碗鸡汤，边喝边说，我那年去上海，小宁也为我煲了鸡汤，她喜欢在汤里放枸杞，汤有点发甜，不过也挺好喝的。

以后你再也喝不到她的鸡汤了。她判了十八年，出来头发都白了。孕妇注视着女友油润的嘴唇，她说，我还是想不明白，她为什么去泼那个女孩？假如她觉得男朋友背叛了她，应该去泼男的，换了我，我就泼那个男的！

换了我，我两个都泼！女友说。

她们被自己的语言震惊了，两个人对视一眼，忽然都笑起来。这时候门外的过道上响起了一阵细微的声音，孕妇立即站了起来，如释重负地舒了一口气，说，他回来了。我能听得出脚步，是他回来了。

丈夫在灯光下收拾行李，孕妇坐在床上看着她丈夫宽厚的背影，隔着虚掩的门，能够听见从卫生间里传来女友洗漱时的水声。

她怎么样？孕妇听着卫生间里的动静，说，是不是比以前漂亮了？

我不知道。丈夫笑了笑说，这要问你，你不是说女人才懂女人吗？

好像比以前性感了。孕妇说，这要问男人，你觉得呢？

我不知道。丈夫仍然笑着，说，她是不是性感，要问她丈夫。

孕妇欲言又止，卫生间的水声停止了，女友的脚步声懒懒地通向另一个房间。屋子里显得异常安静。

你明天走。她明天去上海，你们可以一起去机场。孕妇说。

不行。我们在单位集合，坐单位的车去机场。丈夫说。

那带上她嘛，有什么关系，你们的航班就差一个小时。孕妇说。

丈夫犹豫着，他把两双袜子卷起来放进箱子，说，行，让她搭车没问题。

孕妇仍然看着丈夫，她看见丈夫的背影在灯光下晃来晃去的，投在墙上，就像一幕单调的幻灯片。孕妇听见她丈夫答应了她的请求，但她很快就改变了主意。算了，算了，她说，你还是管你自己走吧，她还能多陪我一个小时。

随便你们。丈夫回过头问孕妇，你知道我的游泳裤放哪儿了？

带游泳裤？孕妇看上去有点意外，你们到深圳还要去游泳？

我们住小梅沙，那儿有浴场。丈夫说，怎么啦，深圳很热，下海游泳不很正常吗？

我没说不正常。我是说你们这次去一定很快活。孕妇笑了笑，走到门边把房间的门轻轻关上，然后她说，祝小姐也要去的吧？

她当然要去。丈夫说，深圳的项目是她联系的。

我知道深圳的项目是她联系的，你告诉过我。孕妇说，她当然要去，你们在那儿游泳肯定游得很快活。

你又来了。丈夫宽宏大量地笑了一声，他在抽屉夹层里找到了游泳裤，放在身上比着，他说，我胖多了，现在穿可能会嫌小。

胖什么？你还是很匀称。孕妇说，祝小姐还夸你体形好呢，你忘了？

你胡说些什么？丈夫又笑，她什么时候夸我体形好的？她从来不夸别人。

她不夸别人，可夸过你，你不要没良心。孕妇说，你其实记得这事呢，假装忘了，去年圣诞节聚餐时候她夸你体形好，你高兴得满脸通红，怎么就忘了？

好了好了，我说不过你。丈夫关上箱子，脸上是一种坦荡的无辜的表情，你该休息了，来了客人忙了一天，该休息了。他说，我看你今天有点兴奋，这样对胎儿不好，医生不是说你的情绪要保持稳定吗？

我很稳定，不稳定的是你。孕妇说，我看你这次出差特别高兴，好像小鸟飞出了笼子。

我说不过你，随便你怎么说。丈夫息事宁人地讪笑着，走到孕妇身边，把她的肩膀往下压，该睡了，他说，明天要出门，你朋友明天也出门，她已经睡了，我们也该睡了。

你们都出门，留下我一个人。孕妇说，明天我也走，到我妈妈那儿去，我才不愿意一个留在家里。

让你妈妈来。丈夫说，你身子不方便，不要出门。一切为了孩子，你自己说的。

他们很快就睡下了。两个人距离大约有一拳之隔，丈夫的手穿过妻子的头发和脖子，轻轻地揽着她的肩膀，另一只手关掉了台灯。房间一下就陷入了漆黑之中。

孕妇的眼睛执着地睁大了，仰望着天花板上的模糊的白光。她能听见丈夫粗重的鼻息和墙那边卫生间龙头的残漏声。孕妇意识到丈夫刚才说出了一个事实：她很兴奋。今天她确实很兴奋。今天她很想说话。

你记得小宁吗？孕妇说，上海的那个小宁，以前来过我们家，送我檀香扇那个，你还记得她吗？

哪个小宁？丈夫翻了个身，说，瘦瘦的戴金丝眼镜的？说话很腼腆的那个？她怎么啦？

她上了报纸。孕妇说，她成了新闻人物，你每天看报，怎么没看到小宁的事？她的照片都上了报纸，你怎么会没看到？

到底什么事？丈夫敷衍着孕妇，他说，说简单点，明天我要起早，我瞌睡得厉害。

我一说你就不瞌睡了。孕妇先卖了个关子，然后用平淡的语气说，她丈夫有外遇，小宁往她丈夫脸上泼了一大瓶硫酸！

丈夫的嘴里果然发出了一种类似惊叫的声音。他说，够残忍的，看不出来，那个女孩敢用这种手腕，她连说话都会脸红啊。

你大惊小怪的干什么？孕妇用胳膊捅了丈夫一下，你天天看报，这种第三者插足的悲剧没听说过？

听是听得很多，可没有认识的人干这种事，丈夫的手从孕妇肩膀上移开了，在哪儿挠了一下，然后他咂嘴感叹说，人不可貌相，那个小宁，她看上去那么文静，怎么下得了这种毒手？

狗急还跳墙呢。孕妇在黑暗中说，她是被逼急了。女人都一样，不能容忍欺骗。她情愿同归于尽。

愚蠢的女人。愚蠢。丈夫说，都是一念之差，要是冷静下来这种事就不会发生了，同归于尽？这是最愚蠢的解决问题的方法。

她丈夫欺骗了她三年。孕妇说，那个男人也够可恶的，我不同情她丈夫，我同情小宁，今天一天小宁的脸老是在我眼前晃。

再可恶也不能往人脸上泼硫酸。丈夫突然想起什么，说，我好像是看到过这个报道，不过和你说的不一样，是那个女的多疑，向她男朋友的同事脸上泼硫酸，被毁容的女孩子是无辜的。

你肯定看得不细致。孕妇说，都泼了，男的女的，都被小宁泼了硫酸。

我肯定看到过她的照片，可是我不知道她是小宁。丈夫说，照片不清楚，就是清楚我也不一定能认出她来。愚蠢。太愚蠢了。早点睡吧。太残忍了。睡吧。

丈夫说话的声音渐渐地疲惫了，很快孕妇听见了他的第一声呼噜。孕妇知道她现在说什么他都听不见了。她侧过脸在黑暗中观察丈夫的面容，他显得很疲倦，表情从容舒展，似乎并没有受到任何震动。这使孕妇感到莫名的失落，她用手指捅他的肚子，睡着了？孕妇压低声音骂道，没心没肺的东西，怎么就睡着了？

已经夜阑人静。孕妇是经常失眠的，但所有迹象都表明今天与以往不同，以前她能够借助胎儿的声音使自己恢复镇静，她总是能听见腹中生命的各种声音，今天她听不见了，她的耳朵里灌满了丈夫香甜的鼾声，只有他的鼾声。那种讨厌的声音加剧了她的焦躁，她坐起来，努力地把丈夫的身子转向一边，她的努力奏效了，丈夫的鼾声戛然而止，她听见他迷迷糊糊地说，早点睡吧。

孕妇无法入睡。她屏息倾听着胎儿的声音，却什么也听不见，胎儿一定是睡着了。他们都睡着了，可她却无法入睡，孕妇感到焦躁不安。她想与其这样不如起来去和女友聊天，女友反正是个夜猫子。她轻轻地下了床，穿过黑暗的房间和客厅，站在女友落脚的小房间门前听了一会儿，里面寂然无声，从门缝里漏出了一些灯光，证明女友还开着灯，她多半还没有睡。孕妇推了一下门，这才发现女友把门反锁了，她无从判断女友现在在干什么。孕妇对女友的行为感到意外，她为什么把门反锁上呢？难道在她家里有什么值得戒备的事情吗？

孕妇突然觉得很生气，她决定回到自己的床上去，靠自己的力量与失眠症作斗争。孕妇的脚被什么绊了一下，低头一看，是一只旅行袋，是女友把她的旅行袋放在门口了。孕妇在黑暗中盯着女友的旅行袋，依稀能看见袋子上的拉链松开着，露出里面的一个柱形的金属罐。孕妇知道那就是女友到处推销的什么杀虫王。

孕妇轻轻地将金属罐从袋子里抽出来，一点声音也没有。然后她蹑足走进厨房，打开厨房的灯，在灯光下仔细地打量那只金属罐。金属罐设计简洁流畅，红色黄色的色块中躺着一只苍蝇、一只蟑螂，还有几只垂死的蚊子。孕妇晃动着那只罐子，听见罐子里响起一阵压抑的液体流动的声音。孕妇不知道自己要干什么，她打开了金属罐的小阀门，孕妇并不知道自己要干什么，她对着水池开始喷射药液，孕妇知道自己家里没有苍蝇，没有蚊子，也没有蟑螂，但她对着水池开始了杀虫的工作，她闻到了杀虫液的芳香，听见了液体在压力下喷涌而出的声音，就是那种声音使失眠的孕妇感到无法言表的快乐和惬意。

大约是午夜两点钟，女友被客厅里杂乱的声音所惊醒，她披衣冲出去，看见孕妇和她丈夫挤在卫生间里，一个狂叫着，一个哭泣着，男的站在浴缸里，正用淋浴龙头冲洗他的脸部，他嘴里不停地叫喊着，你在梦游，你是在梦游！而孕妇站在她丈夫身边，手忙脚乱，一边哭泣一边用毛巾在他脖子上徒劳地抹着。

深更半夜的，你们在闹什么？女友大声地问。

孕妇受惊似的回过头，女友看见她满面泪光。孕妇指着卧室的方向，说话的声音因为发颤而模糊不清，蟑螂，孕妇说，一只蟑螂，我们家，有一只蟑螂。

别听她胡说，我们家没有蟑螂。丈夫在水龙头下面喊叫着，她是在梦游，她把杀虫剂喷了我一脸！

有一只蟑螂。孕妇仍然哭泣着，她的手始终向外面指着，就是有一只蟑螂，它在那儿爬，你们没听见，我听见了。

她是在梦游！丈夫叫着女友的名字，麻烦你把她扶到床上去，让她躺下，让她休息。她这么折腾对胎儿很不利！

女友是个反应敏捷的人，她很快意识到发生的事，于是她一手架住孕妇，一手把卫生间的门拉上，对里面说，好好冲洗，杀虫王药力很强，要想不落痕迹，起码冲洗半个小时。

女友把孕妇扶进房间的时候，看见她的杀虫王横卧在地板上。女友捡起罐子晃动了一下，发觉里面已经空了，女友吐了吐舌头，说，我的妈呀，六百毫升，让你一口气喷完了！

孕妇无动于衷，脸上的泪水已经凝结成一层灰暗的光晕，她把脑袋藏在被子里，一只手伸出来握住了女友的手。屋子里充满了杀虫剂浓烈的并不宜人的芳香，女友屏住呼吸握着孕妇的手，那只手冰冷冰冷的，很湿润，很柔滑。女友一直忍不住想笑，但是心却怦怦地跳，她认为自己现在应该说点什么，或者是开导的话，或者是安慰的话，但她就是想不出说什么，幸好孕妇在被窝里说话了，孕妇在被窝里哧地一笑，她说，六百毫升怕什么？我学过化学，六百毫升杀虫剂也比不上六毫升硫酸。女友一下子就放松了，她听了听卫生间的动静，对被窝里的孕妇说，可怜的人，他还在洗呢。孕妇沉默了一会儿，说，没关系，洗干净就好了，就当我跟他开了个玩笑。

妇女生活

娴的故事

汇隆照相馆坐落在街角上，漆成橘红色的楼壁和两扇窄小的玻璃门充分显示了三十年代那些小照相馆的风格。橱窗里陈列的是几个二流电影明星的照片和精心摆设的纸花。那些女明星的美艳和欢乐对于外面凄清萧条的街道显得不合时宜莫名其妙。从远一点的高处看汇隆照相馆，它就像一只打开的火柴盒子，被周围密集的高大房屋挤压得近乎开裂。有时候可以看见一只燕子从那里飞起来，照相馆的屋檐下曾有过燕巢。如果再注意后窗，还可以发现晾衣竿上挂着的女人的小物件和旗袍，没有男人的东西。

那是娴的家。娴的父亲去世后，汇隆照相馆由娴和她的母亲经营。娴那年只有十八岁，刚从女子高中毕业。她不懂照相业的经营之道，并且对此也不感兴趣。娴眼睁睁地看着家里这份产业破败下去而一筹莫展。有一天她梳妆打扮好准备去电影院看好莱坞片子时，母亲把她堵在楼梯上说，记住，这是最后一场电影，明天你要坐柜台开票了。我已经把开票的辞退了。娴说，为什么？她母亲说，什么为什么？你难道不明白家里的底细？没人上这儿来拍照，拿什么付人家工资？只有靠你和我自己了。

1938 年，娴在照相馆里开票。生意每天都很清淡，娴聊以打发时间的是各种电影画报。她喜欢看电影，但现在看得很少了，因为白天离不开柜台，而晚上出门又受母亲的种种限制，娴只能在画报上寻求一种缥缈的慰藉。她最喜欢的电影明星是胡蝶和高占非，还有袁美云。在女中曾有人说娴长得很像袁美云，娴淡淡地说，袁美云去我家照过相，她也这样说的。她喜欢披斗篷，很高级的英国货，上面有金线和珍珠。那时候娴被认为是见过世面的人，深受女生们的信赖和羡慕。现在当娴手握《明星》画报，枯想往事时心情不由烦躁忧郁起来。娴是个不安分的女孩。

外面刮着风，透过玻璃门，可以看见穿着臃肿的行人和漫空飞舞的梧桐树叶，街角上的美丽牌香皂和花旗参的广告画被风吹得噼啪作响。有一个人推开了玻璃门，摘下了头上的礼帽，他手中的银质司的克的光泽异常强烈。正是这种光亮让娴猛地从画报上抬起头来，她看见那个男人站在柜台前约五尺远的地方，手执礼帽向她颔首微笑。娴后来回忆当时的情景总说她有一种晕眩的感觉，她似乎预知孟老板的出现会改变她以后一生的命运。

先生，拍照吗?

不，我不拍照。

那么你取照片?把收据给我吧。

不。我不拍照。但我想给你拍一张。那人说。

娴看见孟老板把礼帽和司的克放在长沙发上，慢慢地从大衣口袋里掏出一只小型相机。他往后退了一步，对娴说，就坐在那儿，手放到柜台上，托着下巴。娴下意识地按照要求摆出了当时最流行的拍照姿势。镁光灯咔嚓一闪，她听见孟老板说，好了，多么自然的表情，太好了。

后来当娴的那张照片登在《明星》画报上时，她已经成为孟老板的电影公司的合同演员。娴放下了照相馆的工作，投身于梦寐以求的电影业。1938 年冬天，娴与孟老板的关系飞速发展，她与孟老板双双出入于舞厅和跑马场，引起了圈内人的注意。也就是这年冬天，娴拍了她一生最初的两部也是最后的两部片子。一部是清代宫廷片，娴在里面扮演一个聪明伶俐的小宫女，是配角。而在另外一部是很重要的角色，娴扮演一个卷入三角恋爱的摩登女性，最后悲惨地投河自尽。

娴很快搬离了她家的照相馆。孟老板为她准备了一套公寓房子，那是配有电梯的八层楼房，楼下有弹子房、舞厅和咖啡馆，孟老板经常在那里玩至深夜，然后乘电梯到八楼娴的房间来度过一个甜蜜的夜晚。娴知道孟老板是有妻室的人，知道她自己处于什么地位，但她无法顾及这些，那时候她想得最多的是角色问题，怎样与头牌明星争夺主角，怎么疏通摄影师，使自己略嫌瘦长的脸在银幕上光彩照人。

母亲经常打电话到公寓来，向娴叹诉照相馆生意的苦经。娴对此感到厌烦，她对母亲本来就没什么感情，更难以忍受她的絮叨。后来她抓过电话，只要听到是母亲的声音，就啪地挂上电话。

1938 年春天的一次出游，给娴留下难以磨灭的印象。娴和公司的女明星们一起到苏州春游，其中包括陈云裳和袁美云等大明星。她们坐在一条大木船上，一边啃甘蔗，一边欣赏河两岸初春的田园景色。船快到虎丘塔时，大批的记者蜂拥而至，照相机的快门咔嗒咔嗒响成一片，娴在这个时刻充分体会了荣耀和快乐。她后来一直保存着那次春游的照片。照片上娴和一群女明星坐在船头上，她们都在啃甘蔗。背景是虎丘塔和大片盛开的油菜花地。

娴在年老色衰以后经常从箱底找出那张照片，细细地端详。昔日的美貌和荣华随时光流逝一去不返，它们如此短暂脆弱，她甚至无法回忆 1938 年命运沉浮的具体过程。多少年来她已习惯于把悲剧的起因归结为那次意外的怀孕。另外，她也不能原谅孟老板的错误，有一次他坚持不肯用那种美国产的保险套，酿成了她以后一生的悲剧。

在娴的妊娠反应日趋强烈后，孟老板驾车把娴送到一家僻静的私人医院。娴坐在一张长凳上，等着医生给她进行堕胎手术。恐惧使娴浑身颤抖，她脸色苍白，无望地看了看孟老板。孟老板坐在旁边读当日出版的《申报》。他对娴说，别怕，一会儿就好了。当女演员的都上这儿来，朱医生的医术相当高明。娴摇了摇头，她说，我怕，我真的怕极了。

手术室内传来一种清脆的刀剪碰撞声，里面好像正在进行手术。娴听见一个女人凄厉地尖叫着诅咒着。她瞪大眼睛倾听着，整个身体颤抖得更加厉害，突然娴从长凳上跳起来，双手掩面冲出门外。孟老板追出去，拉住她的手说，你怎么啦？你跑什么？娴哭泣着说，我怕，我不做这个手术了。孟老板的脸沉了下来，他说，别耍小孩脾气，这手术非做不可。娴抓住汽车车门上的把手，头靠在车窗上哭泣，她说，送我回去，求求你送我回去吧。孟老板站着不动，他说，你到底怕什么？娴说我怕疼，我实在怕极了。孟老板沉默了一会儿，后来他拉开车门，将娴粗暴地推上车，娴听见他恶狠狠地骂了一句脏话，臭婊子。

娴就是从这一天失宠于孟老板的。当时她十八岁，在应付男人方面缺乏经验。她错误地幻想等腹中孩子降生后孟老板对她的态度会重新好转。娴后来闭门思过，她想如果那天做了手术，一切都会好起来。悲剧的另一个起因是她太年轻，她怕疼。就因为怕疼断送了以后的锦绣前程。

这年春天，日本人开进了城市。混乱的时局和混乱的秩序下人心浮躁。街道上人迹稀少，偶尔能听见远处传来的枪声。娴蛰居在公寓里，每天凭窗眺望灰蒙蒙的天空、街道和行人，心乱如麻。宽松的裙裾再也不能掩饰她孕妇的体态，她的脸上长出了一些褐色的蝴蝶斑。她不能也没有片子可演，终日无所事事，唯一盼望的事情是孟老板来。但孟老板几乎不来了。她打电话到公司到孟宅，甚至跑到楼下弹子房去找他，结果每次都失望而归。

有一天娴接到电影公司的电话，让她务必去公司一趟。娴不知道是什么事，她精心打扮一番叫了一辆黄包车。在车里她用小镜子不时地评判自己的容貌，担心会引起其他女演员的攻击。当她到达公司时，才发现气氛异样，到处乱糟糟的，服装、道具和损坏的灯架扔得满地都是。一个摄影师站在布景棚高高的横架上对她喊，散伙啦，散伙啦，赶紧去领最后一笔工资，去晚了就领不到了！娴慌慌张张地挤进抢领工资的人群中，她问一个女演员，孟老板呢？那个女演员没好气地瞪了她一眼，还提你那个孟老板，他卷走全部股金逃到香港去了。娴当时如遭巨石击顶，感到一阵强烈的眩晕，随即昏倒在嘈杂的人群里。

灾难不期而至地降临了。娴在公寓的床上度过了难挨的三天。她天天瞪着天花板，用所有肮脏的字眼咒骂着孟老板。她把孟老板的丝绸睡衣剪成一条一条，从窗口扔出去。第四天邮递员送来了一张汇款单，是孟老板从香港寄来的。娴瞥了一眼汇单上的数目，轻蔑地冷笑了一声，她对邮递员喊，谁要这几个臭钱，给我退回去。当邮递员疑惑地离开后，娴又后悔起来，她已经没多少钱了。她似乎看见黑暗的未来就埋伏在明天、后天，她以后该怎么办？这时候娴再次清醒起来，她突然想起在医院的事情。她想如果我不从医院里逃走，如果那天顺从孟老板而不是惹恼孟老板，情况就不会变得这样糟，也许这时候她跟着孟老板一起去香港了。娴揪着自己的头发，这时她深深地体会了一失足成千古恨的感觉。

公寓管理员登门的时候，娴从他尴尬的脸色中预感到了什么。她坐在床上一动不动，听着管理员絮絮叨叨地诉说他的苦衷。娴打断说，你对我说这些干什么。这房子不是付过款了吗？管理员说，是付过了，但付的是一年的租金。娴说，那就对了，不是说一年吗？我住进才半年呀。管理员面露难言之色，他搓着手想了想说，反正孟老板已经远走高飞了，我就向你抖个实情吧：你住进来之前孟老板已经租过半年了，那会儿是另外一个女演员住这儿。娴不再说话，她把枕巾抻了一下，捡起上面一根细细的发丝凝视着，她说，我明白了，你放心，我不会赖在这儿的。

一个初夏的早晨，娴离开了那座豪华公寓。天空高而清澈，微风吹动公寓门口夹竹桃的红色花朵。娴跟着脚夫走向黄包车前，她回头仰望着八层的那个窗口，天鹅绒的窗帘依然半掩，她听见窗内有人哭泣，那个女人就是她自己。娴用手捂住耳朵，哭泣声仍然持续。娴真的听见自己在八层公寓里大声哭泣，那不是幻觉而是另一种现实。

去哪儿？车夫回头问。

随便。娴说。

你想逛商店还是游乐场？车夫又问。

哪儿也不去。送我去汇隆照相馆。娴说。

小姐原来想去拍照。车夫疑惑地说，那小姐干吗要带两只箱子？

别废话了。娴突然尖叫起来，送我回家！回家！

娴提着两只箱子推开了汇隆照相馆的门。外面玻璃橱窗里的明星照片已经更换成花圈和寿衣，她没有注意，直到她走进店堂，看见一排各式花圈悬在半空中，娴才发出了惊叫声。寿衣店的老板认识娴，他说，你回来了？回来了就好。娴把箱子放下来，惊魂未定地说，这是怎么回事？寿衣店老板说，你母亲上个月就把店面盘给我了。她还在楼上住，你去问问她吧。

楼上原来放摄像架的地方现在放着一只煤炉。炉子上炖着一只砂锅。娴闻到了鸡汤的香味，她这才想起已经几顿没吃饭了。她揭开锅盖，不顾烫手就掰下了鸡腿送进嘴里。房门轻轻地打开了，娴不用回头就知道她母亲站在身后，娴仍然吃着鸡腿。

你怎么回来了？母亲说，不当电影明星了？

公司解散了。娴说。

你那个大老板呢？他不要你了？

死了。娴说。他死了，心脏病发作。

撒谎。把你的身子转过来，让我看看你的肚子。

有什么可看的？娴吐出一根鸡骨，她说，你不是也大过肚子吗？

贱货。母亲怒喝一声，让人把肚子搞大了回家下种吗？谁让你回来的？

这是我的家。娴走到原来她住的房门口推门，门推不开，里面上了插销。娴拼命推着门说，谁在里面？是一个男人吧？

门开了，果然是一个男人。娴认识他，是国光美发厅的老王，经常替她母亲做头发的老王。娴对老王笑了笑，然后又回头对母亲说，谁是贱货？你才是贱货。卖了家业在楼上藏男人，你才是个不要脸的贱货。她看见母亲的脸紫涨着说不出话，心中有一种复仇和得胜的快乐。她已经好多天没尝到快乐的滋味了。

娴从前的闺房现在弥漫着一股气味。她知道这是为什么。她现在非常痛恨这种气味。她走到窗前拉开了窗帘，猛然看见离家前随手放在窗台的那盆三色堇依然鲜活，小巧玲珑的花朵和纤细碧绿的叶子在阳光下静若处子。娴面对着三色堇潸然泪下，这是她的第一次哭泣。

在寿衣店楼上的小房间里，挂钟嘀嗒嘀嗒地走动，娴临窗而坐，计算着时间怎样慢慢地消逝。她无事不出门，害怕别人看见她怀孕的模样。娴无望地等待着产期的来临，这是她一生中最灰暗沉闷的时期。

娴看见楼下那些披麻戴孝的人从店里搬走一个又一个花圈，寿衣店的生意比照相馆红火多了，因为每天都会有人死去。娴不无辛酸地想，也许她应该买一个花圈祭奠她这一段绝望的生活。

整个夏季炎热多雨，雨点枯燥地拍打照相馆的铁皮屋顶。娴注视着雨中的街道，心如死水。有一天她看见一个小报童在雨中奔跑，狂热地向行人挥动手中的报纸。特大新闻，特大新闻，电影明星阮蝶自杀身死。娴想看那份报纸，她喊住那个报童，从窗口吊下去一只小竹篮和零钱，买了报纸。她看见了阮蝶最后的仪容，她的微笑因死亡变得异常美丽动人。娴把报纸细细读了一遍，叹了一口气，她想如果她一样地吞药自杀，舆论是不会这样强烈轰动的，没有几个人知道她的名字，她死去抑或活着对这个世界都无足轻重。

娴的产期将至，她母亲对她说，你准备在哪儿生这杂种？娴说随便。母亲说就在家里喊个接生婆吧，别出去丢人现眼的。娴说随便，现在我连死都不怕，还怕疼吗？

1938 年 10 月，娴在照相馆楼上生下了一个女婴。女婴只有四斤重，抱在手上好像一只可怜的小猫。

那个女婴就是芝。

娴曾经给孟老板去过好几封信，索要芝的抚养费，结果都是石沉大海。有一封破破烂烂地退回了，封皮上有查无此人的字样。娴恨透了孟老板，这种仇恨也影响了她对芝的感情。她很少哺乳，也很少给婴儿换尿布，她想婴孩也许活不长，她也可能活不长，没有必要去履行母亲的义务。很多时间娴在芝嘶哑的哭声中安然入睡，产后的娴更加慵懒了。

芝却以正常的速度生长着，她从早晨啼哭到深夜，但她活着。娴有一天细细地打量了芝，发现女儿的眉眼更多地像自己，而不像孟老板，这使娴动了恻隐之心，她把乳头塞进芝的小嘴里，拍着芝说，你为什么要像我？像了我以后没有好下场的。我是世界上最苦命的女人。

产后的娴不事修饰，终日蓬头垢面，她很长时间不照镜子。再次站到镜子前她几乎认不出自己，身材变得肥胖不堪，而那双曾备受摄影师称赞的凤眼也因嗜睡失去了光彩。她想以她这种模样是再也无法上银幕了。

理发师老王频繁地进出于娴的家中，娴看不起这个瘦小的女人腔的男人。她从来不跟老王说话，而老王总是有话无话地搭讪。在饭桌上老王一边赞美菜肴的味道，一边用膝盖轻轻地碰撞娴的腿。娴把腿缩回来，说，恶心。娴的母亲自然不知道其中的前因后果，她对娴说，嫌恶心你别吃，谁让你吃了？娴觉得这种情景很有趣，像电影中的场面，但却真实地出现在她的家庭生活中。另外，她也觉得母亲很可怜，活了半辈子后把自己托付给这个没出息的男人。娴还担心母亲会不会把积蓄倒贴给老王。如果是这样，娴不会听之任之，她会做主把老王赶走。

预料不到的是事情后来发生了奇怪的变化。

有一天老王对娴说，你的头发该做一做了，跟我去美发厅吧，我给你做个长波浪，包你满意。娴没有说话。老王又说，你放心，不收一文钱，跟你收钱不是见外了吗？娴摸了摸她的乱发，她想是该做做头发了。但是她不想出门。所以她还是没说话。老王最后说，你要走不开，我可以把工具带回来，凭我的手艺在家里也能做出长波浪，娴说了一句，随便。娴后来习惯于对人说这随便两字。

下午老王果真带了一包美发工具回来。娴洗好了头发以后就端坐在凳子上，起初她怀里抱着芝，老王让她把孩子放下，她就顺从地把芝放到了床上。娴端坐着恍惚想起上次做头发还是孟老板陪她去的，是一家最有名的美发厅。好像还看见了胡蝶，她也在那里做头发。现在想起来一切已经恍若隔世了。

你的头发很好，我就喜欢这种又软又松的头发。老王的手轻轻抚弄着娴的头发。

别奉承我了，没意思。娴回头说，你快点做吧。

做头发不能急。老王在后面笑了笑，好事都不能着急。

娴感到老王的手柔软地梳弄着她的头发，电吹风嗡嗡地响了起来。热风不停地吹向娴的头部，她觉得脑子里一片空白，昏昏欲睡，不知什么时候她警觉起来，老王的一只手开始顺着她的脖颈下滑，它已经停留在她的肩背处了。

老王，规矩点。娴说。

做头发都是这样的，尤其是在家里做头发。

胡说八道。我就知道你没安好心。娴在老王的那只手上狠狠地打了一记，她喊道，我可不是她，让你白吃了豆腐。你也不看看自己，配不配在我身上瞎摸?

这话说哪里去了？我可是一片好心。老王不羞不恼地嬉笑着说，亏你还拍过电影，这么不开化?

娴受到了伤心的一击，她的眼圈有点红了。同时娴的紧张戒备的身体开始松弛下来，她突然觉得老王的攻击无须抵抗。也许她已经没有资格对老王做这种抵抗。娴回头看了看老王的那只手，那只手与孟老板的具有惊人的相似之处，一样的硕大苍白，充满了情欲，娴心想男人与男人并无二致，随它去吧。

电吹风嗡嗡地响着，老王的手温柔地游弋于娴的敏感部位，娴渐渐呼吸急促起来，她觉得脸上很热，而身体像风中杨柳无力地战栗，奶汁被挤压出洇湿了内衣。她有一种快速坠落的感觉。当娴和老王倒在地上时，她听见电吹风仍然嗡嗡地响着，床上的芝哑声啼哭，她还听见楼下寿衣店里有人在大声争吵，好像是为了一只花圈的价格问题。

对于娴来说，这个午后不可思议，但是已成定局，娴后来总是回忆起一只苍蝇，那只苍蝇从窗外飞来，叮在老王白皙而瘦削的臀部上。

娴视一切如流水。当娴的母亲把老王揪出被窝时，娴只是把被子卷紧，没有任何表情。她看见母亲尖叫着追逐赤条条的老王，用扫帚抽打他的背部。娴笑了笑说，打吧，狠狠地打，这种男人该打。当时的场面不忍卒看，娴的母亲涕泪交流大发雷霆，理发师老王东躲西藏，而摇篮里的芝因受惊吓拼命地啼哭，只有娴静静地躺着，漠然注视着他们。娴的目光与母亲相遇。母亲的眼神里有一种冰凉的绝望的东西，这使娴心有所动，她翻了个身，把脸对着墙壁。墙上的白纸已经破裂，阳光透进窗子在纸缝里闪闪烁烁。这是 1939 年的秋季。

隔了几天，娴正在午睡，她听见母亲喊她的名字。娴觉得母亲的声音非常模糊，她好像隔着门跟娴说话。而娴始终没睁眼睛。

老王拿了我两只大戒指，你什么时候去要回来。

你给他的，你不会自己去要吗？娴说，真让人恶心。

我要出门了。我顾不上这些了。母亲最后幽幽地说。

娴听见了母亲走下楼梯的迟缓滞重的脚步声，她当时无法预知母亲从此一去不返，只是根据脚步声判断母亲离家时穿了一双高跟皮鞋。

母亲失踪的最初几天，娴没有往坏处想，她猜她也许去苏杭一带旅游散心了，甚至还猜测母亲会不会有另外一个男人，也许他们私奔去了什么地方。半个月后，娴被告知，她母亲的尸体在近郊的湖中被渔民的渔网捕捞起来，尸体已经发臭了。警察局的人对娴说，你去收尸吧。娴如梦初醒，她脸色苍白，摇着头说，不，我不去，随便你们处理吧。我最怕见死人了。警察说，可她是你亲生母亲呀。娴沉默不语，她掰弄着手指甲想着什么，最后她自言自语说，真不值得，为这个臭男人寻死，太不值得了。

娴记住了母亲最后的遗言。后来她抱着芝去了国光美发厅。在美发厅里娴充分地显露了她性格中泼辣的一面。她看见老王后扬手就扇了他一巴掌，美发厅里秩序大乱。众多的理发师和顾客围了上来，娴当众勒下了老王手上的那只金表，然后索要另外两只戒指。理发师老王窘迫至极，矢口否认两只戒指的存在。娴想它们肯定已经戴在哪个女人手上了，而且母亲一死死无对证，对此她早已有所预料。在一番相互羞辱以后，娴打了老王第二记耳光。她说，两记耳光换两只戒指，老王你又讨大便宜了。在众目睽睽之下，娴把那只金表往衣服上擦擦，戴在自己的左手腕上，然后她抱着芝从容不迫地离开了国光美发厅。

娴大闹国光美发厅的逸事被目击者谈论了好几天，过后也就被渐渐遗忘了，因为两个当事人都缺乏名望。

故去的照相馆老板娘给娴留下了五百块大洋和一小盒金器，

娴翻箱倒柜搜寻了家中的每个角落，最后确认她不会找到其他东西了。她冷静地盘算了一下，这些钱财最多能维持三五年的生活。娴对未来第一次感到深深的迷惘和忧虑。她站在窗前凝望外面繁华的街道，一家商店的留声机播放着金嗓子周璇的歌。一个她认识的女演员从皮货店里拎着貂皮大衣出来，上了一辆小汽车。一阵鞭炮声从广东饭店传来，那肯定是婚宴的场景。娴想她已经被外面的世界彻底抛弃了，现在她只有五百块大洋和一小盒金器。追根溯源，她不得不想到芝，某种程度上是芝酿成了她的悲剧。有时候娴听到芝在摇篮里饥饿的哭声，她让芝长时间地哭着，似乎这样使她的怨恨冲淡了一些。

到了秋末风凉的季节，娴结束了半年多的幽居生活。在一个阳光明媚的午后，她抱着芝从楼梯下来，倚着寿衣店的柜台和店员聊天。人们对她短暂的银幕生涯表现了强烈的好奇心。娴说电影都是假的骗人的东西。又说演电影没意思，哪儿有坐在家里舒服？不难发现娴的话是言不由衷的，她拿着那张和陈云裳袁美云一起春游苏州的照片，脸上是无可奈何花落去的表情，这一点娴无法掩饰。有时候她抱着芝坐在一只破藤椅上，母女俩散淡地观望街市的风景，1939 年就这样从她们身边无声地消逝了。

这是娴一生中最为颓唐凄恻的年代。

芝的故事

芝的容貌酷肖她的母亲娴。芝看上去要比实际年龄老一些，而娴正好相反，偶尔地芝和母亲一起出门，有人会误以为她们是姐妹俩。这使芝产生一种极不舒服的感觉，她不太愿意和母亲一起出门。另外，芝也不喜欢母亲的鲜艳别致的衣裙，她认为这与她的年龄不相称。

1958年芝从一所中等专业学校毕业。她学的是一种枯燥冷僻的专业：水泥制造。她的同学中多为男性，他们终日围着芝转，但芝总是恰如其分地表现出沉静冷淡的仪态，不为所动。其实那时候她已经看上了邹杰。芝和所有的男性都说话，唯独不跟邹杰说话。邹杰一直为此苦恼。直到两年的学校生活结束，临近毕业分配的时候，芝在食堂里问邹杰，你想去哪儿工作？邹杰说了一家水泥厂的名字，芝说，那我也去那里吧。芝又对邹杰说，你去那边窗口排队买菜，我在这儿买饭，我们一起吃吧。邹杰欣喜若狂。从这天起芝和邹杰的关系就明朗化了。

芝把她和邹杰的事瞒着母亲，但娴似乎对一切都了如指掌，每次芝和邹杰看电影或者溜冰回家，娴就用一种异样犀利的目光审视芝，芝感到一种莫名的惶恐。

你交男朋友了？

没有。芝摇了摇头。

别想骗我，我是过来人。这种事怎么逃得过我的眼睛？

你说有就有吧。芝觉得她的脸红了。

是什么人？干什么的？

同学。芝淡淡地说。

我是问你他家里是干什么的？

不知道。我没问过他。芝说，他家里跟我有什么关系？

不知道？你连他的家境都不知道就跟他好了？

我知道他是党员，他是我们学生中唯一一个党员。

就因为他是党员你就跟他好了？党员值多少钱一斤？

他思想觉悟高，他是篮球队长，他还会吹笛子。芝说。

这算什么本事？跟他赶紧断掉，世界上男人多的是，要慢慢地筛选，千万别随随便便去和男人好。

不。芝说。

你不懂男人好坏，以后我会给你找个称心的。你明天就去跟那个党员断掉。

不。芝咬着嘴，她的声音放高了。

娴当时正在剥花生仁。当芝说出第二声“不”时，娴突然大发雷霆，她把筐里的花生壳抓起来朝芝的脸上扔。芝仍然说，不。娴就把那只筐一起砸到芝的身上，她喊道，不听我的话就给我滚，贱货。芝躲闪到一边，她扶着门站了一会，忍着眼里的泪水。后来她说，滚就滚，我本来就不想在这个家里待。你以为我稀罕这个家吗？

芝走出家门，暗暗发誓以后不再回家。但是她一时不知道该往哪里去，她在学校宿舍的床位已经撤掉了，铺盖也拿回了家。她也没有特别要好的女友可以借宿。芝想，她只有找邹杰了。邹杰是她唯一依赖的人了。

邹杰的家很远，而且芝从来没去过，她只是凭着他抄给她的地址找到了邹家。天已经黑了，她站在一条很深很破败的弄堂里敲邹家的门，敲得很怯懦。芝希望开门的是邹杰而不是他家里的人，否则她会很尴尬的。当邹杰开门的时候，芝的眼泪一下奔涌而出，扑向邹杰的怀抱。

邹杰拉着芝的手让她进去，芝坚决不肯。芝在这种状况下仍然保持了她的矜持。她就站在弄堂里和邹杰说话，说着说着抽泣起来。邹杰说，这有什么可哭的？你离开那样的家庭也是好事，干脆住到我家来吧。芝又摇头，她说那怎么行，不明不白的让人说闲话。邹杰想了想说，那你住到我姐姐家去吧，那样就没人说闲话了，我们还可以经常在一起。芝说，可以是可以，只怕时间不能住长，在别人家总归是拘束的。邹杰说，干脆我们结婚吧，下个月我们就结婚。这时芝在黑暗中笑了一笑，她没有再说话。

1958 年芝所在的学校也开展了大炼钢铁的运动，操场上升起了一只简易高炉。芝偷偷地跑回家中寻找破铁锅和其他废铜烂铁。她是趁娴午睡时回家的，她不想被娴看见自己回家，但她翻找那只破铁锅时惊醒了娴。娴穿着背心和睡裤站在她身后看着她。娴说，你拿破铁锅去卖钱吗？能卖几个钱？芝头也不回地说，你一天到晚光知道钱，破铁锅能炼钢铁，你不懂。娴轻声地叹了一口气，她伸出手摸了摸芝的辫子，说，我是让你气死了，这两天饭也吃不下。明天回家吧，带上你那位党员同志，我做点好菜给你们吃。芝这时朝母亲看了一眼，她说，怎么又变了？你不是让我们断吗？娴做了个无可奈何的表情，娴说，随便你了，反正是你想跟他结婚，又不是我结婚，你要找谁就找谁吧，谁让我养了你这个宝贝女儿呢？

第二天芝带了邹杰回家。桌上摆了四只小菜，量虽少但非常精美。邹杰夹了一筷子红肠往嘴里塞，被芝打了一下，芝轻声说，到我家不能胡来，我母亲很重规矩。邹杰说，怎么香肠还有红颜色的？我从来没吃过。这时候娴走出了房间，一眼就可以看出娴精心打扮过了，她穿着蓝底黄花的丝质旗袍，腰部以上绷得很紧。娴的嘴唇也浅浅地涂了口红。

娴打量着邹杰，她的直露而奇怪的目光使邹杰很不自在，芝也一样。她忍不住对娴说，你别这样看人家，他又不是小偷。娴莞尔一笑，她说，看看有什么要紧？我看小邹长得不错，很像高占非。

高占非是什么人？邹杰有点局促地问。

你连高占非都不知道？娴想了想说，也难怪，他演电影出名的时候，你们还不知道有没有呢。

原来是演电影的。我不喜欢演电影的，他们都好吃懒做，他们都是资产阶级寄生虫。邹杰严肃地说。

芝捅了捅邹杰。邹杰说漏嘴了。芝以为母亲会变脸，没想到娴没有生气，娴点着头说，对了，他们都是寄生虫，你说得一点不错。不过，能过上寄生虫日子也要靠本事，这点你就不懂了。

娴后来婉转地问到邹杰的家庭状况，邹杰自豪地说，我们家三代工人，我是第一个有文化的人。娴听后脸上的表情莫测高深。后来她说，工人家庭也好，现在是新社会了，工人吃香，有钱有势的人反而不吃香了。

当芝把结婚的事告诉娴时，娴先是惊愕，过后她就哭起来，哭声持续了很长时间。芝茫然地看着母亲扭曲痛苦的脸，不知所措。娴对此的反应超出了芝的预计，芝猜不透她的心。娴进了厕所间，她插上门在里面一边哭泣一边摔打着东西。娴说，滚吧，就当我养了条狗。反正我也不要靠你，你别指望我会给你一分钱。芝觉得很滑稽，她说，我本来就没有跟你要东西。芝的心一下就冷了，她说完就走进了自己的房间，砰地撞上房门。

夏日的一天芝嫁到了邹家。芝没有嫁妆，带到邹家的只有一只磨损了的皮箱。箱子里是她的衣服，还有那些关于水泥制造的专业书籍。芝不想声张她的婚事，但邹家坚持要办两桌酒席。邹杰的母亲对她说，虽然你家没什么人，但我们的亲戚多，礼钱都收了，总归要热闹一下的。

在婚礼上芝穿着一件素色连衣裙，其神情落落寡合，满腹心事。来客都问邹杰，新娘为什么不高兴？邹杰说，她天生这样，她从来不笑。来客说，哪有这种道理？我们要听新娘唱歌。邹杰对芝说，你就唱一支歌吧。芝端坐不动说我不会唱歌。来客不依不饶，要新娘跳舞。芝又说，我不会跳舞。婚礼的气氛立刻沉闷起来，除了芝自己，所有的人都觉无趣。邹杰只好拿了笛子来，给大家胡乱吹了几支曲子。

邹家的房子很拥挤。邹杰的妹妹和父母合并到一起，才给邹杰和芝腾出了一个房间。房间很小，没有窗户，灯从早到晚是开着的，一盏 15 瓦的电灯昏黄地照着简陋的几件家具，照着芝的新婚生活。

最初几天，芝经常坐在床上垂泪不止。邹杰怎么哄也没用。他有点生气地说，我家是无产阶级，就这个条件，你应该有思想准备的。

不。芝擦着泪说，我不是为这个，我是害怕。

怕什么？有我在你怕什么？

我说不清。芝低下头看着地上的两双拖鞋，她说，也许我们太草率了，我对以后的生活心里没有底。我就是害怕以后，以后我们不好了该怎么办呢？

你这人小资情调太严重。邹杰叹了口气说，团支部没有批准你入团，就是这个原因。

芝当时已经和邹杰一起分到了水泥厂工作。工厂离家很远，他们几乎每天都是早出晚归，回家后疲惫至极。芝每天都是匆匆吃几口晚饭就上床休息了。芝把她的脏衣服塞到盆里用水泡着，但她总是忘了去洗。芝与邹家人的矛盾最初就是从洗衣服上产生的。芝有一天听见小姑在门外摔摔打打地说，耍什么小姐脾气？自己的衣服让别人洗。芝知道这是针对她的。她走出去，看见邹家人的脸色都很难看。邹杰的母亲把芝的衣服从盆里拎出来，她对芝说，你看，浸了两天都臭了，还是我给你洗吧。芝的脸涨得通红，她夺过那堆衣服，又把它们扔回盆里，一言不发地洗起来。那次芝又落泪了，她从中感觉到邹家人对她怀有某种敌意，也许直接原因就是她的家庭出身问题。

后来又出现了洗碗的问题。芝虽然洗了自己的衣服，但她每次吃完饭把碗一推就走了，邹杰家人看不惯。邹杰的母亲在饭桌上诉说她做新媳妇时的种种艰辛，芝并没有领会她的暗示，直到邹杰有一次对她说，你也该洗洗碗了，别老让人伺候你。芝这时深深意识到她与邹家的人格格不入。芝冷冷地说，不洗，我情愿不去吃饭也不洗碗。

芝果然两天没在桌上吃饭，她在街上吃点馄饨包子权作晚餐。到第三天，邹杰的母亲对芝说，你要是跟着我们吃不惯，就另吃吧，家里还有一只煤炉。芝说，我随便，我吃不吃无所谓的。邹杰的母亲说，邹杰就跟你吃了，邹杰最喜欢吃红烧肉。芝说，我不会做红烧肉，他想吃让他自己做。

芝的婚姻生活从一开始就有不愉快的插曲。她知道一方面原因来自她自身。另外一方面，她对邹家充满了鄙视情绪，她认为这个家庭庸俗琐碎，并不优于她和母亲组成的两人家庭。再者，芝怎么也不习惯使用马桶，她每次出门倒马桶都从内心感到厌恶透顶。

芝让邹杰打报告向工厂申请房子，遭到了拒绝。邹杰说，我是党员，怎么能带头向组织上伸手要房呢。再说我们现在有房子住。芝说，这也叫房子？连扇窗子也没有整天透不过气。反正这儿我住不下去了。邹杰说，这点困难你就克服不了？我早就知道你有娇骄二气，吃不了苦，你还不承认。芝说，随你怎么说吧，我不想住这儿了。明天我回娘家去，我情愿受我母亲的气，也不在这儿受你们一家人的气。邹杰的脸挂下来了，他愤怒地盯着芝看了好久，最后带着决绝的意味说，好吧，你走，你嫌弃这儿，我不嫌弃。芝这时候意识到争斗的结果将造成她和邹杰的分离，这并不是她的初衷。她疑惑地说，你不跟我走？邹杰背转身说，我不走。我不愿去你家，我讨厌你母亲。芝咬着嘴唇说不出话，她对邹杰感到深深的失望和记恨。

1958年，昔日的汇隆照相馆经改建重修后重营旧业，只是性质有了根本改变，现在它是国营红旗照相馆。红旗照相馆在楼下，楼上单独另开了一扇门，那扇门里住着芝和她的母亲娴，一层楼板把公共事业和私人生活严格地分开了。

芝回到娘家，娴的反应非常平淡，她说，我知道你会回家的，你毕竟是我的女儿。又问芝，是不是邹杰欺负你了？芝一声不吭，她显得倦怠憔悴，不愿意说一句话。娴很冷峻地打量着芝，突然说，你从来不把我当母亲看，早知道这样，当初我咬咬牙也就挺过来了。芝没听懂母亲的意思，她朝房间里走，说，求求你让我清静一会儿吧。她关门的时候又听见母亲说，我真后悔，我为什么会逃走？

芝也后悔。她后悔不该这么匆忙地嫁给邹杰，至少她要对邹杰的一切考察一段时间。终身大事是不允许任何感情冲动的。芝卧在原先睡的铁床上，看见白床单上那一小块发黄的痕迹，从前的未婚少女的气息梦一样地围绕着她。芝感到怅然若失，整个世界都变得黯然神伤了。

在分居的那几天里，芝躲避着邹杰。在水泥厂的简陋的办公室里，隔着一堵木板墙，她能看见邹杰乱蓬蓬的头发。邹杰的脑袋一会儿从墙上升起来，一会儿沉下去，芝装作没看见。有一天下班后邹杰骑着车跟在她身后，从工厂一直跟到红旗照相馆门口。芝仍然装作没看见，但他在照相馆的玻璃橱窗前站了会儿，又骑上自行车走了。芝一下觉得非常失望，心里像浇了一瓢凉水。

事实上芝等着邹杰去她家，但芝对此没有把握。芝在焦躁和无聊中过了九天。第九天芝怨恨交加，她想她只能再等一天了，如果邹杰明天再不来，她永远也不会和他继续过婚姻生活。芝其实是一个外柔内刚的女人。

第十天下雨。窗外的瓢泼大雨使芝心灰意冷。芝伏在临街的窗前扫视雨中的街道，看见一辆自行车犹犹豫豫地停在楼下，邹杰穿着雨衣跳下车，轻轻地敲门。芝的心中涌起一股暖流，她对着楼下喊起来，门没关，门是开着的！

邹杰带了条被子来，被子外面虽然用牛皮纸包了一层，还是被雨淋湿了。芝把被子晾到竹竿上，她说，你带被子来干什么？邹杰说，我睡自己的被子。我不睡你们家的被子。芝说，这是为什么？邹杰有点不好意思，脚臭，怕弄脏了你家的被子。芝捂着嘴扑哧笑了，你还挺自觉。

夜里雨仍然下着。芝难以成眠，她看着枕边的邹杰，邹杰已在梦里，他的嘴唇翕动着，下唇上长了一个水疱。芝摸了摸邹杰的脸，心中突然有些后怕。如果今天邹杰不来，他们之间将会发生什么样的事情？

邹杰的迁入使照相馆上这家人的生活改变了格局。娴把买米拖煤之类的家务交给了邹杰。这很自然，邹杰轻松地干掉了许多力气活，他不怕累。邹杰身强力壮，有着超人的充沛的精力。娴后来经常当着芝和邹杰的面夸奖邹杰能干。娴又说，我年轻的时候怎么就碰不到这样的男人？芝有点反感娴说这类话，芝反感娴在所有男人面前的轻佻言行。

有时候芝感觉到他们夫妻与娴同住一处的微妙细节，芝知道她的母亲是什么样的女人，她总是赶不走一个难以言传的幻觉，芝怀疑娴窥视他们的性生活，所以夜里芝每每要求邹杰的动作保持轻捷，不能发出任何声音。芝怀疑娴躲在门口偷听他们的动静。这种怀疑令芝感到羞愧，她没有办法向邹杰解释。

一天早晨芝被门外的响声惊醒，她睁开眼睛看见气窗上娴的脸一闪而逝，芝叫出了声。她的幻觉竟然被证实了。邹杰被芝的叫声惊醒，醒来看见芝脸色惨白地坐着发愣。邹杰问，你怎么啦？芝捂着脸重新睡下来，她说，没什么，我看见了一只老鼠。

第二天芝就将气窗玻璃用报纸蒙上了。第二天芝看见母亲时心里有一种厌恶的感觉。娴显得若无其事，她说，你们窗玻璃上有只苍蝇，我把它打死了。芝没说什么，她想，但愿真的是一只苍蝇。

芝敏感多疑的性格导致她对这件事情耿耿于怀，好几天闷闷不乐。邹杰不知其中缘故。他说，你这人怎么情绪无常，前两天不还是挺高兴的吗？芝烦躁地说，你别管我。我们没有自己的家，我是高兴不起来的。邹杰说，是你自己要住过来的，你要不想跟你母亲过我们就回家。芝摇了摇头说，那也不是我的家，不想去。就在这儿住吧，她迟早要死，死了就安心了。

以后的夜里芝做了许多类似的梦。其中有个梦是娴站在邹杰的背后替他整衣领。这也是芝唯一敢回想的梦境。这些梦折磨着芝，芝知道一切应了“日有所思夜有所梦”的民谚，她怨恨自己为什么老想这种无聊肮脏的事，况且那是不可能发生的事。即使她不相信母亲，她也应该相信邹杰。邹杰与母亲是格格不入的两种人。

后来芝想起那段时间自己古怪的心态，觉得很可笑。她只能把一切归咎于她内心根深蒂固的不安全感。它由来已久，芝记得她很小的时候经常被母亲反锁在屋子里，她害怕极了。她很小的时候，有个牙科医生经常到家里来，他一来母亲就让芝到另外的房间睡觉。芝一个人在黑暗里害怕极了，她光着脚跑去母亲那儿敲门，门始终不开。芝只能哭泣着回到黑暗中，她真的害怕极了。后来芝想起这些往事，她又把一切归咎于对母亲的记恨与恐惧。芝如果有了办法，她是决计要离开母亲的，可惜她没有办法。芝同时又是个孤僻而脆弱的女人。

1958 年，芝作为水泥厂的年轻女技术员投身于火热的“大跃进”运动。芝的纤瘦的穿着蓝布工装的身影在水泥厂工地非常引人注目。她参与了白水泥的试制生产，因之得到了一枚劳动奖章。芝很珍惜这枚奖章，她把奖章放在她的绿丝绒首饰盒里。盒子里还装着一条赤金项链和一只翡翠戒指，那是她结婚后娴给她的全部嫁妆。

有一天芝正想出门，被母亲娴喊住了。娴刚拔了一颗牙，她从嘴里掏出一个沾血的棉花团，对芝说，你还记得黄叔叔吗？他是个牙科医生，你小时候他经常给你吃巧克力的。

芝说，怎么不记得？他一来你就让我一个人睡。

我前天去口腔医院碰见他了，他还在当医生，就是他给我拔的牙，一点也不疼。

芝说，你到底想说什么？

黄医生还是那样风流倜傥，头发一丝也不白，腰板直直的，他妻子去年得败血症死了。

芝明白了母亲的潜台词，她不耐烦地说，你想嫁给他就嫁好了，我不管，我要去上班了。

等等，让我把话说明白了。娴又拉住了芝，她说，黄医生现在住宿舍，他要是来的话，你和邹杰就要出去了。

芝恍然大悟，愤怒和仇恨噬咬着她的心。芝咬着牙对娴说，他什么时候进来，我们什么时候出去，你别以为我们想赖在这儿。

以后的几天里芝和娴没有说过一句话。芝把这事瞒着邹杰，否则邹杰立刻就要回他的那间黑屋子去了。芝只有在厕所间里暗自啜泣。她痛恨自己生在这个阴冷的家庭里，她想也许她是世界上最不幸的女人了。

正当为今后的落脚点犯愁时，事情有了变化。娴有一天从外面回来，一进门就大骂黄医生是个色鬼，又骂世界上的男人都是色鬼，没有一个好东西。芝冷冷地说，到底怎么了？娴控制不住她的激愤情绪，尖声说，他跟一个护士勾勾搭搭。芝忍不住刺了一句，那你跟他不也是勾勾搭搭吗？娴把手里的草编提包猛地砸到芝的身上，你幸灾乐祸，你们存心把我气死，气死我你们就有好日子过了。男人不是好东西，女人也不是好东西。世界上就没有一个好东西。芝把母亲的提包挂到墙上，回过头看看她那种歇斯底里的样子，一方面，心里充满厌恶，另一方面，她又庆幸母亲这场恋爱的结局，这样芝就不需要另起炉灶生活了。

芝又以全部精力投入了白水泥的试制生产。到了 1958 年，跃进牌白水泥投产了。投产那天市里和中央的领导来剪了彩，最后和技术人员合影留念。后来那张照片登在《解放日报》的头版头条。芝也在照片上，她站在人群的左侧，手捧一束鲜花。芝拍照时不喜欢笑，即使是这样的欢庆场面，芝看上去仍然是心事重重的样子。

芝和邹杰结婚后一直没有怀孕。芝不解其中的原因，他们的性生活是正常的。芝对这种事没有太多的激情，但她也不想采用任何避孕手段，她的潜意识里是希望有个小孩的。她发现邹杰很喜欢孩子。在某次平淡的房事后，芝问邹杰，你想要男孩还是女孩？邹杰说，女孩。你呢？芝郑重其事地说，我不要女孩，我想要个男孩。邹杰说，想不到你还有这种封建意识，新社会男女平等了，男女都一样。芝摇摇头说，不是这个意思，我的想法一时也说不清楚。好多事情女人有感受，男人没有。你懂吗？

芝有一天绝望地把邹杰推开，她望着天花板说，算了，也许我们中间谁有问题，我们应该去医院检查一下。邹杰说，不会的，再说我们又不光是为了生孩子。芝哑着嗓子说，我只对孩子感兴趣。邹杰看着芝倦怠灰心的神情，感到很沮丧，他突然意识到芝是应付他的，芝的目的只是为了孩子。如果这样，我不成了一匹种马吗？邹杰想着，他觉得受到了某种伤害和污辱，他的旺盛的性欲因之被抑制了，以后的几夜邹杰一上床就自顾呼呼大睡。

1959年的一个休息日，邹杰陪着芝去了医院。他在外面等了很长时间，突然听见芝在诊疗室里哭起来。邹杰猜到了什么，他一下感到体内变得空空荡荡，伴随着一种深深的凉意。芝从里面出来时泣不成声，她目光呆滞地看着邹杰，什么叫输卵管阻塞？我为什么这样苦，谁都能生育，我为什么就没有这个权利？邹杰扶着芝朝医院外面走，芝的步子摇摇晃晃的，芝继续哭泣着说，如果我有孩子，我会对他好，我不会让他受一点苦，老天为什么就不肯给我一个孩子？

从医院回来后，芝的情绪低落到极点。几天沉闷伤心的日子过去，芝开始镇定下来。她站在镜子前端详着自己憔悴的脸，她的脸由于过多的哭泣变得浮肿起来。芝抓过一把梳子梳着头发，对邹杰说，你看我们该怎么办？

什么怎么办？邹杰说。

你考虑过离婚吗？芝沙沙地梳着头发，她说，你要是想离婚，我同意。我不愿意担上绝后的恶名。

别胡说了。邹杰很厌烦地说，我早就对你说过，事业第一，家庭第二，有没有孩子都一样。

现在这样想，时间一长就不同了。芝说，你总不能一辈子跟一个不会生育的女人在一起。

我拿你真是没办法。邹杰叹了口气，你老是自己折磨自己。难道你不相信我对你的感情？

一切都会变的，只有人的命运不会改变。芝把梳子扔到桌上，掠了掠头发，她说，我母亲把我生下来，就是为了让我承担她的悲剧命运，我恨透了她。我是一个私生女，本来就不该来到这个世界。所以我注定享受不到别人的幸福和权利。谁都能生育，我却不会生育，这是我的错吗？

芝那天说了很多。邹杰不耐烦地听着，他觉得芝流露了不健康的思想倾向，但他忽视了另外一种更为可怕的倾向。芝对生活感到了某种彻底的绝望，情绪低落到了极点。

1959 年秋天的一个夜晚，芝躲到厕所间吞下了半瓶安眠药，然后她安然地回到床上躺在邹杰身边。芝准备就此告别世界。在厕所间的墙上她用圆珠笔写了给邹杰的遗书：邹杰，别忘了付给母亲这月生活费五十元。我是爱你的。

早晨邹杰醒来时发现芝还在安睡，他推了推她，芝一动不动。邹杰想等一会再叫醒她。他去上厕所，看见了墙上那行字后猛地醒悟到了什么。邹杰去敲娴的房门，他失声大叫，快起床，芝寻短见了。娴在里面生气地说，大清早的你胡说什么，好好的怎么会寻死？要寻死的是我，不会是她。邹杰知道娴不相信，他就把芝从床上抱起来往楼下跑。在清晨的大街上，邹杰抱着芝挡住了一辆送豆制品的三轮车。车主说，这女的怎么啦？邹杰又急又恨地说，她活腻了。车主又说，那这车豆制品怎么办？邹杰愤怒地说，人比豆制品值钱！他把芝往那堆油豆腐素鸡百叶上一放，推开车主就骑上车往医院去了。

芝在灌肠后仍然睡了两天两夜。邹杰和娴轮流看护她。芝在第三天的薄暮时分醒来，看见邹杰伏在她的脚边睡着了。她伸出一只手抚弄着他的头发，眼睛看着病室的窗外。窗外的石榴树上有一只小鸟跳上跳下的，芝依稀觉得她的灵魂和小鸟一样在外面流浪着，跳上跳下的。

你先别跟我说什么。芝对邹杰说，你到街上去给我买一束康乃馨。如果买来了，我就不会死；如果街上没有康乃馨，证明我没有权利生活下去，我还会走这条路的。

邹杰跑遍了半个城市，买回了一束红色的康乃馨。他推开病室的门，看见芝的眼睛亮了一下，随之又恢复了原先的淡漠。

你把花插在药瓶里吧。芝轻声地说。

芝，你到底为什么？邹杰一边插花一边生气地说。

不为什么。我就是有点害怕。

你到底怕什么？你怎么能把生命当作儿戏呢？

我怕失去你。日子一天天过去，你对我的爱一天天淡下去，最后没有爱了，说不定会恨我。我害怕的就是这些，芝侧过脸看着窗外，泪水盈满了她的眼眶。

1959 年，邹杰发现妻子芝的行为越来越古怪病态。芝终日精神涣散，唯一的精力都用在对邹杰的严密控制上。芝不允许邹杰和年轻女性说话，她对邹杰的任何单独活动都表示忧虑和紧张。有一次他发现芝在检视他换下来的内裤，这种卑琐的举动使邹杰难以相信自己的眼睛。

医生认为芝患了忧郁症。邹杰不理解这种疾病的含义，他问医生，如果我们领养个孩子，她的病会不会好起来？医生对此不置可否，但他认为这个办法可以试一试。

到了年底，邹杰去儿童福利院抱领了一个弃婴。他想遵从芝一贯的意愿抱个男孩，但福利院中所有的弃婴都是女孩，没有男孩。邹杰觉得这种情况很不正常，他没有办法，最后抱回家的还是一个女婴。

邹杰给女婴取名为箫。他认为箫是一种有苦难言的乐器，就这样邹杰做了父亲，其实是箫的养父。

芝做了箫的母亲。她对箫的性别始终怀有不满的情绪。

娴做了箫的外祖母。娴说，就当养只波斯猫吧。

箫被抱回家的第二天，他们来到楼下的红旗照相馆，请熟识的摄影师照了一张全家福。摄影师让他们都要笑，邹杰和娴很自然地笑了，而病中的芝怀抱婴儿笑得略显茫然。后来这张合家欢就陈列在红旗照相馆的橱窗里，过路的行人都会朝它多看一眼，这是 1959 年冬季的事。

箫的故事

箫记得她小时候经常看见燕子。燕子在她家的门檐上筑了一个草巢。许多个早晨箫在燕声啁啾中醒来，她抱着一只破旧的布娃娃坐在铁床上，闻到一股熟悉的煎药气味弥漫了空间。楼梯上有人轻轻地走动。娴每天早晨把箫喊醒，娴的发髻散乱地披垂着，胸前挂着两朵白色的茉莉花。箫记得她起床后总是看见芝在水池边刷牙，芝的嘴角上凝结着牙膏的白沫，一柄塑料牙刷在芝的嘴里来回抽动，发出机械的沙沙的声音。

水池的左侧是煤炉。药煎在煤炉上噗噗地冒着热气，药味浓郁而古怪。箫知道再过一会儿，那罐药将被端下来，娴把药用纱布滤成一碗黑水，端到芝的手中，芝每天都要喝这种黑水。娴又把一锅泡饭端到炉子上去。箫在上学前必须吃掉一碗泡饭，外加半块腐乳或者一条酱瓜。

箫有许多日记本。在历史最早的一本日记里箫这样写道：我生长在一个资产阶级家庭里。我的童年是不幸福的。我母亲患有精神病。她从来不关心我。我的外婆一把年纪还要打扮得妖里妖气。她每天让我吃泡饭，我没有办法，我只好天天吃泡饭。

箫回避了她的养父邹杰的存在。对于邹杰，箫从来不提。从十四岁那年开始，箫就害怕回忆养父邹杰的脸。在她的整个成长过程中，邹杰一直是她心灵上无法抹去的一块阴影。

1972 年，箫十四岁。箫对十四岁前的记忆都是模模糊糊的，到了这一年，箫的经历就变得如泣如诉了。

箫那天玩得很累，晚上一上床就睡着了。大概是半夜时分，箫被突然惊醒。她看见一个黑影站在她的床头，箫想叫，一只手迅捷地捂住了她的嘴。箫认出了邹杰。她听见邹杰压低声音说，别叫，你把被子蹬掉了，我在给你盖被子。邹杰说完朝门外走去。箫发现邹杰是光着脚的，他的光脚在幽暗中泛出寒光。箫害怕起来，她跳下床去关门。门被邹杰抵住了。邹杰又闪了进来，他穿着短裤和棉毛衫，身上有一种膏药的气味。邹杰说，箫，你千万别叫，你是我抱回家的，我喜欢你，我不会欺负你。箫推着邹杰，你出去吧，我要睡觉。邹杰说，她有精神病，我不能和她离婚，可我也是个男人，箫，你懂男人和女人吗？箫快哭出来了，她摇着头说，我不懂，我要你出去，我要睡觉。她看见邹杰颤抖着，眼睛里有一点火光在跳动。她的手在空中挥舞着，碰翻了箱子上的一只水杯。

水杯清脆的碎裂声唤来了芝和娴。她们在外面敲门。箫听见了芝尖厉的声音，邹杰，你这回总算让我抓住了。箫听见邹杰开门的声音非常沉闷，然后电灯亮了，灯光很刺眼。箫终于尖叫了一声，随后她捂住了自己的眼睛。她不知道死气沉沉的家里为什么突然发生了这场变故。

箫记得出事的第二天她仍然去上学了。那天有体育课，跳小山羊。箫怎么也跳不过去，脑子里总想着夜里发生的事。她看见娴出现在操场那一端，娴提着草编挎包朝箫招手。箫意识到有什么重大的事情在等着她。

跟我去铁路口。他卧轨了。娴说。

箫的脸色发白。她僵立着说不出话。

他装得像个正人君子，干这种下流事。他这是自食其果。娴说。

箫跟着娴赶到铁路道口，邹杰的尸体已经被拖走了。铁轨上有一大摊血，在阳光下呈现出奇怪的紫色。风吹动路上的灌木丛和杂草，箫凝视着那摊血，浑身颤抖。她感到一切都如在梦里。

芝坐在枕木堆上，她双手捧着一只被血溅红的解放鞋。邹杰的丧生使芝的精神有所缓和。芝对着鞋子说了许多话。

邹杰，你不该和我结婚。芝说。

邹杰，我不该吓你。我说要去告你，我其实是吓你的，你是个大男人，为什么就害怕了？芝说。

箫站在风中。一列黑色的货车从她的身边轰隆隆地疾驰而过。箫注视着那列货车远去。最后消失在天边，什么也看不见了。只有三个女人站在铁路上面对那摊紫色的血。这是 1972 年的一天，箫十四岁，箫十四岁的时候开始成熟了。

箫十六岁那年自愿报名去了农场插队。箫本来可以留在城里，但她一心想离开芝和娴，还有红旗照相馆楼上的阴暗潮湿的家。这是她早就酝酿过的。箫的选择充满了时代意识，因而受到了普遍的赞誉。箫自愿下乡接受再教育的通讯报道发表在1974年的《解放日报》上，与当年芝在水泥工地上的照片刊登时间相隔十六年。

箫去了农场以后才发现她陷入困境之中。在苏北荒凉的盐碱地上，生活的艰苦和劳动的强度远远超出了箫的想象范围。箫在水田里插秧时觉得自己像一只迷途的小狗，她的纤弱的身体无法承受农场生活。箫想回家，但家已经变得模糊而遥不可及了。许多个夜晚，箫在茅棚里听见大风吹过苏北贫困的原野，她想着红旗照相馆楼上的家，想着芝和娴的脸，竟然什么也想不起来。箫感到一种真正的孤单和恐惧。

箫下定决心回城。她采用了一个女友传授给她的病退方法，用冰块在膝盖上长期摩擦。女友说，咬咬牙，坚持一个月你去医院，医生就会诊断你有关节炎了。1976年冬天，箫抱着一块冰躲进农场简易漏顶的厕所，她仰望芦席棚顶上露出的灰暗天空，用冰摩擦着双膝。箫忍不住失声痛哭起来，她对自己说，既有今日，何必当初呢？

箫后来拖着两条僵硬的腿返回城市。她真的患上了可怕的风湿性关节炎。在肮脏拥挤的乡村公共汽车上，箫坐在她的简单的被包上想象回城后的生活。她感到一片茫然。当车窗外的田野农舍最后消失时，她意识到自己的青春时光已经提前耗费光了。

箫的经历与她的同时代人基本相似。后来她一直在一家综合菜场的猪肉柜台上卖肉。对于这门职业箫没有嫌弃之心，她有思想准备。与箫前后病退回城的知青觅得的工作五花八门，有剃头的，炸油条的，烧锅炉的，还有一个女孩去殡仪馆当了化妆师。他们对箫说，你算是有福气的，卖肉这行当不错。箫说：我知足，你们以后买肉都来找我吧。

初上猪肉柜台的那几天里，箫老是从自己的衣服上闻到生猪肉的气味。这种气味就像植物一样在她的指甲、头发和鼻孔里生长，挥之不去。箫每天都去对面的公共浴室洗澡，但也无济于事。她没有办法了。随它去吧。箫想猪肉味总比农场生活易于忍受一些。箫后来就不去洗澡了，不去洗澡也就过来了。箫从中总结了对付生活的无为而治的新经验。

箫回城后发现芝的忧郁症病状日趋严重。芝终日坐在背光的窗前，手捧亡夫留下的一只解放鞋喃喃自语。每逢星期三的上午她离家出门，去铁路道口祭奠邹杰的亡灵。箫知道星期三是邹杰的忌日。想起邹杰她的心中就有一种浮冰的凉意。箫不希望留存邹杰的任何记忆，但她始终无法忘记十四岁那年的重大事件。邹杰留在铁轨上的那摊紫色污血在十年以后仍然散发着悲怆的气息。

箫的男朋友小杜有一天在铁路道口看见了芝，芝对亡夫的刻骨铭心的眷恋使他颇为感动，同时他也担心芝的安全，第二天小杜与箫在公园约会时提及此事，他发现箫的反应极为平淡。

你别让她去铁道口了。那里很危险。小杜说。

她有病。她要去，我有什么办法？箫说。我不管她。

你应该管管。虽然她不是你亲生母亲，但也是养母。你不管谁管她？

我不记得她是怎么养我的，我不知道自己是怎么长大的，所以我不领谁的情。箫低下头咬着嘴唇说。

小杜看见箫的眼圈有点发红，他知道箫对她家的事是讳莫如深的。但是好奇感促使小杜紧追不舍，他谈了一会儿闲话，突然又问，箫，你的养父是怎么死的？

箫沉默不语。她转过脸看着别处，过了好一会儿说，你为什么要打听这些？这跟我们的事有什么关系？

小杜说我只是随便问问，你要不想说就不说。

那天箫借口上厕所不辞而别离开了公园。箫和小杜的约会经常出现这种尴尬局面，许多次不欢而散，然后又再次见面。他们的恋爱不冷不热地持续着，其中一个重要的原因是双方都不想轻易地放弃对方。小杜三十一岁了，是同济大学毕业生，想结婚但没有房子，而箫也二十八岁了，箫是个卖猪肉的营业员，她在红旗照相馆的楼上有永远的房产继承权。他们都逾越了浪漫年龄，一切要从实际出发。

箫和小杜准备登记结婚的前夕开始着手处理养母芝的问题。

箫为此调休一天，专程去芝以前工作的水泥厂商量。她直截了当地提出了送芝去精神病院的要求。水泥厂方面很吃惊，他们说，为什么要去那里？芝的病很轻，完全可以在家里调养。箫说，你们不了解情况，她经常去铁路道口，出了事怎么办？谁负这个责任？水泥厂方面说，你是她女儿，你当然有责任照顾她。再说她病休二十几年，厂里付的医药费已经够多了，住院的费用是付不出了。箫说，你们不肯付难道让我付吗？我一个月八十元工资，还要准备结婚，我拿什么付？箫说着说着就哭起来，许多伤心事一齐袭上心头，箫最后已是泣不成声。水泥厂方面因而动了恻隐之心，同意将芝送到郊外的精神病疗养院去。

一个春光明媚的周末上午，箫提着网兜和一口皮箱把芝送上了吉普车。芝一手抱着她最钟爱的红色康乃馨花束，一手抱着亡夫留下的解放鞋走上汽车。她没有做任何反抗，箫看了看芝的宁静木然的脸，轻声劝慰说，去吧，养好了病我再接你回家。

箫结婚的时候，娴已经瘫痪在床上了。箫和小杜的新婚之夜，娴不停地用棍子敲打墙壁，这让小杜感到非常扫兴，他说，她想干什么？箫说，可能又想吃东西了，别理她。她一天到晚躺着，光想吃。小杜说，老这样敲不是办法，你去看看她吧。箫说，不去，让她敲，她存心不让人安静，我恨死她了。小杜无奈地听着墙壁上的反弹声，他说，这样敲我们什么时候才能睡？你不肯去我去吧。

小杜披上毛衣推开娴的房门。娴躺在昏暗的荧光灯的光圈里，她的脸色微微发青，酷似一只苍老的苹果。

你想喝水吗？小杜站在门口问。

娴没有回答，她在翻看一本发黄的影集。

你想吃点什么？小杜又问。

娴抬起头看了眼小杜，然后指了指影集说，你知道吗？我从前是个电影明星。

箫结婚后的第二个月物价就上涨了。她事先得到消息后首先想到的是贮备食品，她买了许多猪肉、鱼、鸡蛋之类的东西，腌在坛坛罐罐里。厨房里放不下，箫让小杜把腌鱼腌肉放到桌子底下、阁楼上面。箫在家里走出走进，到处闻到从腌鱼缸里散发的腥臭，她厌恶所有不良气味，但她没有办法。箫当家，她必须精打细算，她必须每个月往银行里存一百块钱，才有可能在两年内置备电视机、冰箱和洗衣机。别人有的东西箫也想拥有，而这个目标的实现必须靠箫的努力。

箫裁减了所有不必要的开支。她首先减免了娴的牛奶。娴喝了几十年的牛奶，第一天喝速溶豆浆晶时她把碗摔在地上。娴说，我的钱呢，钱都到哪里去了？连一瓶牛奶也不给我喝了。箫说，坐吃山空，你的钱都让你吃光了。我反正一分钱没拿到你的，给你豆浆喝算我孝顺了。娴躺在床上又哭又闹。箫不为所动，后来她把豆浆碗拿走，说不喝也行，你就跟我们吃泡饭吧，我已经吃了三十年泡饭了，我连速溶豆浆也没喝过。

箫的第二步计划是逼小杜戒烟。小杜起初坚决不同意，小杜说，我活在世上就好个烟，你不能剥夺我抽烟的权利。箫说，什么权利不权利？你烧的不是烟，是钱。我们现在不需要权利，需要钱。我们需要电视机和冰箱，一切都需要钱，等有了钱置齐了东西，你抽不抽烟我就不管了，到那时候你再要回抽烟的权利吧。小杜惊异于箫思维的直接和轻灵。他顺从了箫。他深知箫限制的实际是他买烟的费用，所以小杜后来就成了个专门蹭烟抽的人。研究所的同事讥笑小杜怕老婆。小杜不承认，他说，我不是怕她，我其实是可怜她。她要钱我满足她，男人就应该满足女人的各种愿望，否则世界和人类就不会延续下去了。

后来的一次食物中毒使小杜对腌肉产生了深深的恐惧。小杜吃了家里最后那坛腌肉后腹泻不止，他知道是肉没腌透，时间一长就变质了。小杜硬撑着跑到医院去挂了一瓶盐水，他一个人躺在观察室里想到婚前婚后许多事，忽然感到婚姻的某些前景是黯淡的。后来箫急匆匆地来了。她坐在床边对小杜的病情百思不得其解。

食物中毒？箫不相信，她说，我也吃了腌肉，我怎么没中毒呢？

可能你吃惯了变质的东西，肠胃功能好。

别胡说。箫沉下脸说，如果你不想吃腌肉可以直说，也不用拿中毒来吓我。

小杜再也按捺不住，他说，从来没见过你这样庸俗无知的女人。

箫瞪大眼睛看着小杜，她回味着小杜的话，过了一会儿她低声哭泣起来。箫说，好吧，我庸俗，我无知，我害得你食物中毒，这个家我不当了，你愿意吃什么就买什么。

小杜说，这跟谁当家没有关系。

箫继续哭泣，她突然从皮包里掏出一叠钱摔到床上，箫说，这个月的工资给你，你来当家吧。我本来就不想当这个穷家。箫说完就站起身走了。走到门边，箫回头看看床头挂着的盐水瓶，意识到小杜是在输液。箫又慢慢地走回来，坐在床上。但她是用背对着小杜的，所以小杜看不见箫是否还在哭。小杜面对的是箫的后背。箫的后背浑圆有力，显示着女性柔韧的意志。小杜认为这种意志缺乏依据但却是难以抗拒的。

箫，我有一种奇怪的想法，好像是我嫁给了你，而不是你嫁给了我。小杜平静下来后对箫这样说。

箫没有听见，或者是听见了不想回答。她仰望着透明的输液管里慢慢流动的液体若有所思。箫在二十八岁上结了婚，箫有着所有已婚女人对生活的忧虑和幻想。后来她低头从指甲缝里抠出一块油污，弹在地上。

我有一种更奇怪的想法。箫突然说，我为什么不是个男人？我不喜欢女人的生活。你们做男人的不知道做女人有多苦，有多难。女人不一定非要结婚，可她们离不开男人，最后都会结婚。我不知道为什么，所以我瞧不起女人，我也瞧不起自己。小杜，你瞧得起我吗？

小杜躲避着箫的视线，他不愿意回答这个问题。箫怀着一种绝望的心情拧她丈夫的手臂，她说，你说呀，说实话，你瞧得起我吗？

瞧得起怎样？瞧不起又怎样？小杜歪过头去闭上眼睛，说，婚都结了，你都怀孕了，还能怎么样？

箫怀孕四个月的时候听说了小杜在外面的风流韵事。有个女友告诉她，看见小杜和一个女的在咖啡馆里喝咖啡。箫起初不相信，她说，小杜每月只留五块钱零花，他哪儿有钱请女人喝咖啡？女友说，你真傻，哪个男人没有私房钱？你就相信他只留五块钱？箫想了想说，我无所谓。他要在外面胡来，我也可以，一报还一报，可惜我现在怀孕了，这副样子太难看了，没有男人会看上我。

有一天小杜穿了一套西服出门，说是去参加朋友的家宴。箫从丈夫的神色中一眼看出了问题。她坐着织毛衣，淡淡地说，你去吧，早点回来。小杜刚下楼梯，箫就放下了手里的活计。她尾随其后，跟着小杜来到暮色渐浓的街道上。箫穿着睡裙和拖鞋，满腹狐疑地走在繁华拥挤的街道上。她看见小杜站在一块公共汽车路牌下，好像在等车。箫正在犹豫是否要跟他上汽车时，一辆汽车靠站了，小杜没有上车，他只是急切地扫视着从车上下来的人。他是在等人。箫这样想着就到路边小摊上买了一袋瓜子。她倚在广告牌后面，一边嗑着瓜子，一边注视着街道对面的小杜。小杜在暮色中的脸苍白而模糊，他的焦灼期盼的目光像剑一样刺着箫的心。箫觉得她的心正一点点慢慢地下坠，一种深深的凉意在她脆弱的体内荡漾开来。箫看了看天空，天空也正在一点点慢慢地黑下来，整个世界空空荡荡。

从车上下来的是一个穿杏黄色裙子的女人。箫看见了她的脸和身材。那是个和箫年龄相仿相貌平平的女人。箫很快对她作出了这个判断。她并不比我漂亮。箫想。她朝前走了几步，又往后退了几步。她犹豫着是否要走过去对他们说点什么。小杜和那个女人相拥着朝这面走过来了。箫听见了那个女人清脆快活的笑声。正是她的笑声最后激怒了箫。箫决定不再回避，她突然站在他们面前，不动声色地嗑完了最后几颗瓜子。最后箫响亮地清了清嗓子，朝他们脚下吐了一口痰，然后她把手里的瓜子壳全部扔到小杜的脸上。箫对小杜冷笑了一声，你的酒宴吃完了吧？吃完了就跟我回家，外面流行性病，你可别染上了。

箫始终不去正眼注视那个女人，这是表明她鄙视她的最佳手段。她扭着腰肢朝前走了一段路，回头再看他们，小杜僵立在路上，一动不动，而那个女人已经汇入大街上的人群，匆匆离去。箫站住等小杜过来，但小杜仍然不动。箫低声咒骂了一句，骚货。她自己也不清楚咒骂的对象是小杜还是那个女人。

那天小杜在外面待了很长时间才回家。箫不知道那段时间小杜在什么地方，她闻到了小杜身上有股强烈的酒味。小杜昏昏沉沉地爬到床上来，嘴里发出酒嗝的声音，身体散发出浑浊的热气，使箫感到厌恶透顶。她踢了小杜一脚，给我去洗个澡，你怎么这样臭？你要让我吐了。小杜没有吱声，他仰面躺着，呼呼地喘气。箫又踢了他一脚，快给我滚下床去，你这个下流男人，你有什么脸躺在我的床上？箫的脸上猛地挨了沉重的一击，她恍然意识到那是小杜的拳头，她不相信。箫头晕目眩地跳下床，她想找台灯的开关，却怎么也找不到了。她抓过一本书朝小杜身上砸去，她尖声叫起来，小杜，你敢打我，你有什么脸，竟然敢打我？小杜在黑暗中躺着，他说，打的就是你，你让我丢尽了面子。箫说，你还要面子？你要面子就别干下流事。小杜这时候冷笑了一声，我干下流事？我再下流也没跟自己的养父睡觉。你这种女人，你有什么资格来干涉我的自由？箫站在黑暗中颤抖着，她不知道是谁把这个致命的隐私告诉了小杜。箫的眼泪无声地淌过脸颊，绝望和悲愤使箫咬破了嘴唇，她站在冰凉的水泥地上无言以对。事到如今，什么都不用说了。箫想，不要解释了，事到如今，什么都不要解释了，她需要的只是报复伤害她的男人。

箫婚后一年，小杜提出了离婚要求。箫对此有足够的思想准备。当小杜阴沉着脸说出“离婚”这个不祥的字眼时，箫粲然一笑，她用讥嘲的口吻说，你是个大学生，怎么连婚姻法都不懂？女方怀孕期间，男方不能提出离婚要求。小杜说，那好吧，就等孩子出生后再离吧，反正我决心已定，你我无法再共同生活了。箫说，这事可不是全由你定，离不离婚还要看我高兴不高兴呢。小杜说，你到底什么意思，你不是也想离吗？箫看着小杜的脸凝神思考着什么，最后她说，离是要离，但我不会让你太便宜了。

此后就是长达三个月的分居。小杜住在单位的集体宿舍里，他重新回到了从前单身汉的快乐时光中，日子过得轻盈而充实。有一次他和女友一起骑车路过红旗照相馆，看见箫在路边菜摊上买莴苣。箫没有看见他们，她和菜贩耐心地讨价还价，最后拎着一篮莴苣满意地离去。小杜看见了箫的腹部沉重万分，想那里孕育着他的骨血，小杜感到惘然若失。他对女友说，你知道吗？婚姻其实是一只巨大的圈套，只要你钻进去，生活就变得莫名其妙。

1987 年的夏天异常燠热。这年夏天有许多老人死于酷热的气候，娴就是其中的一员。当七月将近的时候，昔日汇隆照相馆的楼上已经热如蒸笼，娴在病榻上辗转反侧，她预感到死神正在渐渐逼近，但她除了大量吞食雪糕和冰水，没有其他办法反抗。娴得了褥疮，她时常哀求箫给她做全面的清洗，但箫只是敷衍了事地给擦洗一番。箫捂着鼻子，她对娴说，我这样也对得起你了，你看我挺着大肚子，我也很累，我也想让人给我洗一下呢，可我没这个福气，我在这个家里从来就没得到一点好处。娴后来又要求箫去买冰放到房间里，箫终于忍不住叫起来，够了，你别再烦我了，电扇一天到晚吹着，天天一度电，你还要冰，既然这么怕热，你当初怎么不跟那个老板去香港，香港有冷气，再热也不怕，还有用人伺候，你为什么不跟他去？

娴老泪纵横。娴在弥留之际经常沉湎于往事的辛酸回忆中。一本发黄的影集就放在枕边，但她已经无力去搬来欣赏，影集里有她年轻时留下的美丽倩影，这是她一生中唯一为之骄傲的事情。娴觉得她的一生像纸片一样被渐渐风化，变成碎片。她想起 1938 年与孟老板短暂的欢情，想起对那次堕胎手术的逃避，又一次心如刀绞。

我怕痛。娴说，就因为怕痛，断送了我的一生。我要是做了手术，不会有芝，也不会有你，我就会过上好日子了。我要是跟他走了，现在也用不着看你脸色挨你骂了。

那不一定。女人永远没有好日子，这跟男人没有关系。箫一针见血地回答了娴的臆想。

娴在弥留之际好像被一种可怕的意象折磨着。她让箫给她拿一把刀来。箫说，你要干什么？娴的脸色潮红，双眼炯炯发光。箫走到厨房里，拿刀回来，正好看见娴微笑着溘然而逝。箫听见窗外飘来一阵如泣如诉的歌声。这是送娴去黄泉之路的唯一仪式了，箫想她为娴作了解脱，而女人与女人的心其实是相通的。女人的共同敌人是男人，但女人却是为男人而死，箫想这不是一件公平的事。

1987 年的夏天箫独自居住在照相馆楼上。她每天中午从菜场回家，一半时间倚窗冥想，另一半时间用在拖地板楼梯这类家务事上。箫拖着沉重的身子，拎着水桶拖把来往于楼上楼下，重复着同一种单调的擦洗动作。从窗户门缝里挤进了 1987 年热闹的街市声，但是箫对外面的世界无动于衷。

箫现在是一个人生活了。她竭力把小杜留下的所有痕迹都抹去，其做法酷似当年被抛弃后的娴的做法。最后她站到椅子上，摘下墙上的结婚照。她取出照片细细端详了一番，用剪刀把照片剪成两半，一半是她自己，另一半是小杜。箫把小杜的那一半剪成许多碎片，捧着它们扔进抽水马桶，然后她很利索地放水冲掉了那些碎片。想到小杜的照片已经混迹于粪便和污水之中，箫憔悴的脸上第一次出现了稚气的笑容。

箫怀孕八个月的时候去医院做最后一次围产期检查。医生认为箫有早产的迹象。箫的神色立刻变得忧心忡忡。医生说，你别着急，不管是否早产，婴儿都能活下来。箫说，我不是这个意思，我是担心没有时间，我还有一件更重要的事情没办好呢。医生说，还有什么事情比分娩更重要呢？箫轻声地笑了笑，她说，当然有，不过这事我不能告诉你。

第二天箫像往常一样去菜场工作。她卖掉了很多肉，很快肉案上就空了。箫用抹布擦了擦刀，跑到别的肉摊上割了一块五花肉。她对同事说，晚上小杜回家，我要招待他吃红烧肉。箫后来就把那块肉连同刀一起塞进包里，有同事好奇地问，这么重的刀你带回家去？箫说，这刀快，好用，我带回家派用场。

箫在公用电话亭里给小杜打了电话。小杜很吃惊，因为箫从来没给他挂过电话。箫在电话里的声音柔弱而自然，她说，等会儿你回家吧。我请你吃饭，谈谈我们离婚的事情，这事不能再拖下去了。

傍晚时分小杜如约而至。他带来了一筐橘子和一袋话梅，那都是箫最爱吃的东西。箫的表现很平常，她在炉边忙着炒菜煨汤，她对小杜说，你别客气，现在还没离婚，我们还是夫妻，夫妻之间没什么客气的。

小杜的心情忐忑不安。他认为箫的邀请有所企图，所以一直等着箫的实质性话题。但箫始终不提，她只是殷勤地给小杜夹菜盛饭。小杜终于忍不住了，他说，箫，你想提条件尽管说吧，我会尽量满足你。说吧，你想要多少钱？箫从容不迫地盯了小杜一眼，她说，为什么提钱的事？我如果要十万元你拿得出吗？你拿不出，我也不想要你的钱。小杜说，那么孩子由我来付抚养费吧，每月八十元够吗？箫摇了摇头说我生的孩子我自己养，跟你没关系，孩子也用不着你抚养。小杜感到疑惑不解，他看着箫平静从容的脸，突然觉得她是一个完全陌生的女人。小杜说，我真的没想到你对我这么宽容，那么你到底还希望我做些什么？箫这时候妩媚地笑了一笑，她凝视着小杜的脸，过了很长时间，最后她用一种轻松自如的语调说，你今天睡家里吧，我跟你情义未断，今天夜里做最后一次夫妻吧。最后一次，一了百了，以后我们各走各的路，谁也别管谁。

夜里十点钟左右，小杜茫然地爬上了床。小杜与箫大约保持着一拳之隔的距离躺着。他再次温习了箫的身体所散发的女性气息，想起他的这段短暂的婚姻经历，小杜痛切地感受到生活中的种种矛盾。有许多话想与箫谈，但箫对空泛抽象的话题从来是不感兴趣的。小杜偷偷地观察箫的睡姿。箫侧卧着，脸朝向他这一边。借着月光可以看见箫的眼睛是闭着的，刚刚烫过的头发无力地鬈成一团，遮盖了她的一半脸部表情。小杜想她也许很累了，而他也很累了，他们都需要睡觉了。因为该说的话都已经说完，该做的事也都已做完。

凌晨两点，当窗外第一辆送牛奶的三轮车哐当当地驶过时，箫轻轻地下了床。她走到镜子前，借着那一点幽暗的反光整理了一下凌乱的头发。箫看见自己的眼睛在黑暗的房间里闪着灼热的光亮。她在房间里来回踱了一圈，最后从书架上抽出那把割肉刀。也就是这时候，箫感觉到了分娩前最厉害的阵痛，她的整个身体都在这种异常的痛楚中下坠，箫挣扎着朝床边走过去。她一直想在分娩前完成这件重要的事情。但现在不行了，分娩前的阵痛使箫脆弱乏力，她的意志也在这一瞬间迅速崩溃，箫举着她用惯了的割肉刀，她知道她已经无法下手了，也许她本来就缺乏这种力量。绝望、恐惧和疼痛交织在一起噬咬着箫的心，箫猛地爆发出一声凄厉的哭声，她看见自己的持刀的手颓然垂下，“当”的一声，那把刀沉沉地掉落在地。

小杜惊醒时看见箫哭泣着朝门外挪。小杜说，你怎么啦？箫听见小杜的声音后放声大哭，她断断续续地说，送我去医院，我的羊水破了，我要生了。

箫在市妇产医院产下了一个女婴。箫在分娩时不停地哭泣，助产士们以为她是怕疼，她们当然无法分辨产妇们哭泣的内容，其实每一种哭泣的内容都是不尽相同的。

小杜作为家属在产科病房里照顾箫和婴孩。箫从产床上下来后没有同小杜说过话。到了第三天，护士们把婴儿车从里面推出来，箫一眼就认出了她的女儿，她指着婴儿车对小杜说，左边第三个，去抱来吧，那是你的女儿。

箫的奶水很足，她给婴孩喂奶的动作协调而熟练，这让小杜很吃惊。小杜坐在一边，看箫给婴孩喂奶。阳光从病房的百叶窗折射进来，箫憔悴而苍白的脸上浮现出一种隐隐约约的金黄色，箫凝视着她的孩子，目光柔情似水，旁若无人。小杜倏然发现箫原来也有着一种美丽，小杜又想，哺乳的女人也许都是美丽的。

后来箫终于说话了。箫一边轻轻拍着熟睡的婴儿，一边淡淡地问，你看见地上那把刀了吗？

看见了。小杜狡黠地一笑，他说，其实那天夜里我根本没睡熟，我知道你有阴谋。

你知道我想干什么吗？

知道。我还知道你下不了手，所以我一点也不害怕。

如果不是这孩子，说不定我就下手了。我豁出去了。

如果这样就会发生格斗。你怎么打得过我呢？一般来说，女人都敌不过男人。

我不相信。走着瞧吧，小杜，我不会轻易地放过你。

这是 1987 年的深秋。这一年许多青年妇女在打离婚，箫只是其中的一个。

另一种妇女生活

作为老字号店铺的简家酱园已经不复存在，昔日的后院作坊现在是一个普通的居家院落，长满了低矮的杂草和沿墙攀援的藤蔓，晾衣绳上挂着一些浅色的女人的衣裳，唯一让人想起往事的是五六只赭红色的古老的酱缸，它们或者摞在一起，或者孤单而残破地倚在墙角，缸里盛着陈年的污水和枯枝败叶。两扇被钉死的木门将院子和店堂严格地隔离，也将简氏姐妹清净枯寂的生活和嘈杂尘世划了一道界线。

店堂里仍然卖着酱油，是用黄鱼车从酿造厂拖来的统货，按照成色分甲乙两等价格出售，除此之外还有菜油、食盐、米醋、白酒和各种酱菜，店堂里终日洋溢着酱制品的酸甜而醇厚的气味。三个女店员卖酱油都卖了一段很长的历史，她们的头发、手指和皮肤上也沾满了酱油的气味，她们对此已经习以为常。正午以及午后时分这里经常是空寂而索然的，三个女店员头顶上的楼板便吱吱嘎嘎地响起来，那是简氏姐妹在楼上走动和打扫房间发出的声音。她们往往是轻轻的、小心翼翼的，即使这样，女店员也能从中判断简氏姐妹离群索居的每一个生活细节。尤其是顾雅仙，她能准确地分辨楼上的姐妹在马桶里解手的声音，甚至听得见针线从绣花绷架上坠落在地板上的声音。

但是女店员们很少看见简氏姐妹。简氏姐妹进出走一扇旁门。那扇门异常地低而狭小，恰恰是为纤细小巧的主人特意设计的，男人进门必须低头弯腰，但是从来没有哪个男人走进那扇门里去。整条香椿树街的居民都知道简少贞和简少芬从未婚嫁，多少年来姐妹俩一直离群索居在酱园的楼上。只有卖酒酿的人经常看见她们，他知道她们喜欢酒酿，每次在酱园前敲打竹梆时，他会看见姐姐或者妹妹的苍白模糊的脸在楼窗上一闪而过，然后是一只同样苍白模糊的手，从窗内放下绳子和吊篮，吊篮里放着一角钱和一只蓝花细瓷的小碗。

天气时阴时晴，又是南方的梅雨季节了，从街角垃圾堆孳生的苍蝇一路追逐着空气中酱制品和咸鱼的气味，嗡嗡地飞入酱园来。趁午后店堂清闲了，三个女店员拿起了苍蝇拍到处追打讨厌的苍蝇，经常有被拍死的苍蝇掉进酱油缸里，她们就用手把它们从里面捞出来。这些行为是不符合墙上张贴的食品卫生条例的，但是眼不见为净，买酱油的人从来不计较酱油是否含有细菌。

三个女店员中粟美仙是资历最老的，她从十七岁来酱园后一直就守着这爿曲尺形的白木柜台，她看着店门上方的“恒福酱园”的牌匾雨打风蚀，最后颓然断裂，差点砸到酱园前摆摊修鞋的老皮匠头上。有时候粟美仙以一种饱经风霜的语调向顾雅仙和杭素玉发牢骚，说现在的酱油和乳黄瓜在从前都是上不了恒福酱园的柜台的，顾和杭都不屑于接粟的话茬，并且觉得这种牢骚发得莫名其妙。顾说管那些干什么，又不是你一个人在吃酱油，好坏大家一个样就没什么可埋怨的，杭则刻薄地说，你嫌它不好就别吃，还省得天天把个酱油瓶带出带进的。杭素玉的话锋直指粟美仙顺手牵羊的陋习，粟美仙难堪地沉默了一会儿，突然就用苍蝇拍在柜台上猛拍一记，对着虚拟的苍蝇说，你跑店里来拉屎吗？你以为你很干净吗？

她们之间的关系是微妙而多变的，三个女人互相不睦，但爆发嘴仗的往往是在粟和杭之间，一旦发生口角粟和杭都习惯于争取顾的支持。顾雅仙通常是袒护杭素玉的，但也有例外的时候，因为顾雅仙不想真正地得罪粟美仙，粟美仙的嘴惹人憎厌，手却巧得令人羡慕，她的针线活在香椿树街的妇女群中是数一数二的，顾雅仙有时候要托她给儿女缝衣裳做棉鞋。

酱园也有个店主任，叫孙汉周。孙汉周主要是街西糖果店的主任，兼职领导酱园的三个女人。每逢星期日他就到酱园来站柜台。孙汉周是个不太严肃的男人，喜欢和顾雅仙动手动脚地打闹，前来买油盐的居民在夏天曾经看见一个滑稽的场面，顾雅仙追着孙汉周要扒他的短裤，而孙汉周在黄酒酒坛和酱油缸之间绕来绕去，他的短裤不时地被顾雅仙扒下一部分，露出一块雪白的皮肉，然后又在尖叫和哄笑中掩上了。他们的游戏不愠不恼，而粟美仙和杭素玉在一边观望，脸上没有什么明显的表情。这种事情自然会在香椿树街上张扬出去，有妇女在街上拉住匆匆路过的粟美仙，向她刺探顾雅仙与孙汉周的关系，粟美仙微笑着站住，她的神情是洞察一切的。会咬人的狗不叫。粟美仙说，说完意味深长地一笑。好事的妇女干脆把粟美仙拉到自己的家里，她也不推辞，拎着只人造革的蓝包坐下来，一边嗑葵花子一边娓娓道来。

其实顾雅仙跟孙汉周倒是清白的。粟美仙说到这儿就把话头打住，边上的人急于知道下文，但她把那只人造革包的两根褡手打了个结，站起来又要走了。她说，还要回家做晚饭呢，不在这儿嚼舌头了。

那么孙汉周到底跟谁呢？妇女们追着粟美仙到门口问。

你们自己猜吧，酱园里有三个女的，你们猜是谁？粟美仙边走边说。总不是我吧？我都老得像根酱瓜了。

结论是不言而喻的，有关杭素玉和孙汉周的风流韵事就这样在香椿树街不胫而走。几天后杭素玉的丈夫老宋操着把菜刀闯进酱园，直冲孙汉周而去。杭素玉和顾雅仙两个人合力抱住了暴怒的老宋，孙汉周脸色煞白，摊着两只沾满酱汁的手说，这是怎么啦？好端端的怎么要砍我？老宋从柜台上抓起几块玫瑰乳腐朝孙汉周脸上掷去。我砍不死你就要去告你，告你利用职权玩弄女人，老宋放开嗓门怒声大喊，看你还敢不敢碰我的女人。孙汉周苦笑着抹掉脸上的污渍，他看了眼杭素玉说，杭素玉，你当着大家的面说，我什么时候碰过你？我什么时候玩弄过你？杭素玉的眼睛里一半是泪水，一半是怒火，她夺过丈夫手里的菜刀，在柜台里烦躁地走了一圈，最后她站在粟美仙身边不动了。杭素玉朝粟美仙耳边嘀咕了一句脏话，猛地就将手里的菜刀砍定在白木柜台上。杭素玉厉声说，大家都听着，谁要再敢造我的谣，我就用这把刀把她的舌头割下来，割下来塞她的 × 缝。

这类事情搞大了也就收场了，并没有彻底澄清的必要。说到底香椿树街也非恪守礼仪之地。后来顾雅仙在谈论此事时采取了一种豁达宽容的态度，她对粟美仙悄悄地说，他们其实也就是掐掐摸摸那一套，你别大惊小怪的，比起肉联加工厂的那些骚货，我们酱园真该竖块贞节牌坊了。

孙汉周后来离开香椿树街，在城北的一家煤店当店主任，那里的人都知道孙汉周是因为生活作风问题调动工作的。他自己也不忌讳这个话题，口口声声说，跟女人在一起有苦说不出，被杀了头都不知道脑袋是什么时候落地的。并发誓说他的煤店再也不要女工了。奇怪的是后来孙汉周的煤店里也是清一色的女工，而且又闹出了类似的风波。这当然是另外的故事了。

酱园的柜台里仍然站着三个女店员，在店主任空缺的情况下由顾雅仙负责。有一天顾雅仙给顾客打完一舀酱油，突然想到什么，扑哧一声笑了起来。旁边的杭素玉问她笑什么，顾雅仙说，我想起了孙汉周那个倒霉蛋，他是酱园的第几个店主任了？杭素玉白了她一眼，没有说话。而粟美仙很认真地掰着手指算了算，最后说，从公私合营到现在，有十六七个了，我记得很清楚。顾雅仙收敛起笑容，若有所思地说，也奇怪，男人到我们这里都待不长。她边说边扫视着两个女同事，又抬头看了看头顶上的铺着报纸的楼板，楼上有简家姐妹轻缓的脚步声。顾雅仙说，大概这酱园的阴气太盛，是男人就不该来酱园吧？

透过窗外的霏霏雨线，可以俯视香椿树街的雨中风景。简少芬看见有一辆嫁妆车披红挂绿地经过泥泞的街道，两边有人打着伞遮蔽雨点。简少芬站了起来，她想看看那个在雨天出嫁的新娘，但新娘乘坐的车子也许已经过去了，她只看见一群孩子淋得湿漉漉的，追着那辆嫁妆车疯跑。

你在看什么？简少贞说。

结婚。有一辆嫁妆车过去了，六条被子，好像都是真丝和软缎。简少芬听见街东的方向有鞭炮声稀稀落落地响起，她说，好像是学校隔壁那家，那家有五个儿子。

这种阴雨天，结了婚也要倒霉的。简少贞的手在绣花绷架上拍了拍，语气很厌烦地说，把窗子关上吧。

简少芬应声关上了窗子，这样房间里的光线一下子就变得暗淡了，淅沥的雨声也被隔绝在外面。她重新坐到绣花绷架旁，分理着绞成一团的彩色丝线。她看见姐姐苍白的有点浮肿的脸上残存着一丝愠色。

开灯吧。简少贞又说，逢上阴雨天我就看不清丝线的颜色，听见下雨声我的心里特别烦。

简少芬就拉了拉身边的灯绳。楼上的这间大房间被昏黄的灯光映照着，显现出一种古典的烦琐的轮廓。笨重的红木家具环绕四壁排列，镜台上的座钟嘀嗒嘀嗒地响着，北墙上挂着已故的简老板夫妻的发黄的遗照，照片下面就是那张庞大的红木雕花大床，灯光乍亮时简少芬看见一只老鼠从床底下蹿出来，最后消失在墙角不见了。

这样幽暗沉闷的生活年复一年，日复一日，简少芬这一年四十六岁，她记得姐姐比自己大八岁，那么姐姐已经是五十四岁了。有时候她静静地注视姐姐佝偻的瘦小的背影，心里就有一种对垂暮之年的惶恐。简少芬在发现自己提前绝经时，坐在马桶上哭了整整一个黄昏。这是一个衰老和灭亡的信号，预示她作为女人的某种权利已经丧失。她觉得自己对此是有心理准备的，但她无法抑制从心里喷发出来的哀愁。泪眼蒙眬中她看见姐姐站在布帘旁边，无言而关切地注视着她。后来简少贞以一种淡淡的语气说，你怕什么？还有我呢。

你怕什么？还有我呢。简少芬记得幼年时姐姐经常这样劝慰她。她记得从前总是被姐姐搂着睡觉，尤其是在父母双双亡故后，姐妹俩总是相依相偎度过每一个漆黑阴沉的夜晚。这种亲昵的习惯一直持续到简少芬十六岁那年，有一天夜里简少芬梦见一块巨石压在她胸前，使她喘不过气来。等她大汗淋漓地醒来，发现巨石原来就是姐姐的手，那只手正沉重而无知无觉地按在她双乳之间。简少芬搬开了姐姐的手，她的初隆不久的乳房有胀疼的感觉，这使她又惊又羞，从此她不愿意再和姐姐睡一个被窝了。她记得她搬了床棉被睡到小床上去，但是黑暗的空间和噩梦加深了恐惧的感觉，她当时十六岁，却无法离开姐姐单独睡眠。几天后她又回到了那张红木雕花大床上，她采取了一个折中的办法，她睡大床的内侧，让姐姐睡在外侧，每人盖自己的被子，姐姐没有反对，她只是略含幽怨地望着妹妹说，随你怎么睡。简少芬知道姐姐对她是宠爱有加的，特别是在从前。于是姐妹俩分而不离的睡眠习惯就这样延续至今。

简少芬记得从前经常有一些亲戚和邻居来敲门，他们大多是来提亲的。起初是给姐姐提，姐姐总是以各种理由拒绝，其中最重要的一条是有关自己的。简少贞说，我不嫁人，我嫁了人让少芬怎么办？少芬离不开我。他们又提出几个愿意入赘的人选，简少贞还是摇头，她说，我们家不要外人进门。等到客人离去后，简少芬看见姐姐在厨房间摔摔打打的，脸色很难看。你别以为这些人是好心，他们都盯着爹娘留下的财产呢。简少贞冷笑着对妹妹说，我这辈子就没打算嫁男人。我这清清白白的身子为什么要去送给那些臭男人？及至后来，简少芬长成了一个小巧玲珑如花似玉的大姑娘，每次去刺绣厂送加工的绣品时，香椿树街上有几个男人的目光灼热地追逐她的背影，她走路时习惯低着头，习惯沿着路边房檐下走，但她还是感觉到了那种目光。她有点惶惑，有点惊喜，更多的则是犹如芒刺在背的不适应。简少芬背着装满绣品的包袱走在香椿树街上，脸忽红忽白，当她走过石码头空地时，她的眼神是一只惊慌的小鹿，阳光一无遮拦地直泻在简少芬身上，人们注意到她的皮肤在阳光下泛出雪白的光泽，就像又薄又脆的蜡纸。酱园简家的小女儿因此给人留下了美丽而又脆弱的印象。

后来上门提亲的几乎都是为简少芬而来的，他们耐心地劝说简少贞让妹妹出嫁，而简少芬就躲在房里，她用手指塞住耳朵，塞了一会儿又松开，她想听听外面的谈话，却又害怕听见任何实质性的内容。

你到底想不想嫁？简少贞曾经这样逼问过妹妹，她的表情是严肃而深思熟虑的，你要是想嫁我也不拦你，我会给你置办一份像样的嫁妆。

不。简少芬摇着头说，我害怕，我不嫁。

主要是没有合适的，没有合适的还不如不嫁。简少贞凝视着妹妹的脸，深深地叹了口气，她说，他们就是容不下我们简家，非要把我们姐妹拆散了才罢休。你别看他们脸上热心，把那些男人吹得天花乱坠，其实都在骗人，我才不相信他们的嘴，我只相信自己的眼睛。

我也不相信，我只相信姐姐。简少芬说。

简少芬处处依附姐姐，这在姐妹俩多年的幽居生活里成为一种坚固的定式，而她们有别于常人的生活方式也渐渐消解了岁月和香椿树街上的流言蜚语，直到红颜消逝，不再有人频繁地踏响酱园残破的楼梯。

一个雨后的早晨，简家姐妹打开了朝西的窗户。西窗是用油毡封钉的，平时从来不开。简少芬擦拭着窗户上的灰尘和毛茸茸的霉斑，忽然发现院子里的那棵桃树上结了果子，两只淡黄色的镶有红彩的桃子就悬挂在窗外，伸出手就可以摘到。她很惊奇，那棵桃树从来是只开花不结果的，你来看，两只桃子。简少芬又让姐姐来看，她发现姐姐站在窗前的眼神是疑惧不安的。简少贞对着桃树凝视了片刻，最后果断地抓起剪刀，探出窗外剪掉了两只桃子。她们听见两只桃子坠落在院子里，正好落在一口老酱缸的积水中，扑通一声，声音显得空洞而绵长。

怎么剪掉了？简少芬不满地看着姐姐手里的剪刀，她说，好端端的两只红桃，为什么要剪掉呢？

你不懂，这是恶花。简少贞俯视着酱缸里的那两只桃子，然后她关上了擦到一半的西窗，我记得爹娘死的那一年，院子里的桃树也结了两只桃子。

可是我喜欢那两只红桃，你不剪它们最后也会掉枝的，为什么不留在枝上让我看几天呢？简少芬的手指拨弄着榫形的窗栓，她申辩的声音很低沉，因为她突然有一种哭泣的欲望，那是睹物伤情的悲哀。她忍着从胸腔慢慢上涨的呜咽声，以背部抵御姐姐敏锐的目光，幸好房间里的幽暗掩盖了颊上的泪水。

简少芬从小就容易哭泣，到了后来，她的哭泣会由各种契机引发，无法止住，更无法控制。简少芬的脸因此也像她姐姐一样，经常是浮肿的，皮肤的褶皱里布满了晶莹的水花，那其实是眼泪留下的痕迹。

月末酱园关门盘点，顾雅仙发现了店里钱账上的问题。她怀疑两个同事中必有一个贪污了柜台上的钱。这种事情不宜多声张，以免打草惊蛇。顾雅仙在账目上做了点手脚，把钱账交上了，但从此就多了个心眼，她开始暗中盯紧两个同事的手脚，她觉得她必须抓到证据才能说话。

顾雅仙起初怀疑粟美仙，怀疑她的那只人造革的蓝包，她偷偷地摸掐那只包，结果里面除了酱油瓶，连一个硬币也没有。粟美仙收钱找钱的动作也是明快而一目了然的，从来不在钱箱那里多做停留。在多日的冷眼观察中，顾雅仙不得不佩服粟美仙几十年养成的职业习惯。剩下来的目标是杭素玉，杭素玉从不往店里带酱油瓶，她说她讨厌在菜里放酱油，那种味道熏都熏怕了。顾雅仙想也许这就是一个聪明的骗局，也许她带回家的不是零拷酱油，而是钱柜里的钱呢？顾雅仙相信“知人知面不知心”的道理。

顾雅仙又开始盯紧杭素玉，盯了几天后就心灰意懒了，杭素玉住得近，上班连包也不带，而且她站柜台从来都是懒洋洋的，只要柜台边有别人，她甚至不愿意去接顾客的醋瓶和酱油瓶。顾雅仙没有从她身上发现任何蛛丝马迹，她想这到底是怎么回事，明明有贼，但这个贼却怎么也抓不到。

时断时续的黄梅雨落在外面的青石板路面上，空气潮湿而凝重，酱园的地板上每天都是湿漉漉的，洇满了顾客的泥脚印和水渍。顾雅仙的心情很烦躁，有一天轮到杭素玉休息，顾雅仙不知出于什么心理，竟然把她的发现告诉了素有隔膜的粟美仙。她没有指名道姓，但在这种状况下谈及此事，目标无疑就是杭素玉了。

我早就猜她手脚不干净。粟美仙的反应是平淡无奇的，她望了望门外雨中的街道和路人，挨近顾雅仙的身边说，你想想，她哪来这么多钱，买这么多皮鞋？买这么多的衣料？你没听说她家还要翻盖楼房吗？她要不偷哪来这么多的钱？

偷钱盖楼房倒也不会，少了不过十几块钱，顾雅仙打断了粟美仙的联想，她突然有点后悔把事情告诉粟美仙，于是又收口了。没有抓到证据，也不好随便冤枉人家。顾雅仙板下脸告诫说，美仙，你可别出去瞎说，说出去你自己负责，反正我没跟你说什么。

你怕她，我又不怕她。粟美仙自得地冷笑了一声，她说，她仗着和孙汉周那一手，以为自己是 × 王，连公家的钱也敢朝家里拿了，我还就看不下去。

没有证据，你别再说她了，就算我轧账轧错了吧。顾雅仙说。

我不信抓不到她的贼手。粟美仙最后恨恨地说，她的眼睛里闪烁着某种热切的光亮。

几天后酱园里爆发了一场罕见的殴斗。殴斗是在粟美仙和杭素玉之间发生的。那时候天已黄昏，香椿树街上的店铺正在纷纷打烊，人们听见酱园店里响起女人尖厉的叫骂声。他们透过虚掩的铺板朝里张望，看见粟美仙和杭素玉扭打在一起，让人惊奇的是粟美仙的手，它固执地伸到杭素玉的裤腰下，掏着什么，杭素玉尖声咒骂着拉扯粟美仙的头发，用指甲掐她的手，而顾雅仙在一边劝架。但是谁都可以看出她的劝架是不得力的，或者像一种做出来的姿态。

我让你掏！我让你来捉赃！杭素玉突然大叫一声，从裤腰下抽出一条紫红色的卫生带，抡高了朝粟美仙脸上打去，粟美仙猝不及防，脸上溅了几点脏血，一时愣在那里，杭素玉这时咯咯笑起来，她说，这回你找到我偷的钱了吧？

旁观者起初目瞪口呆，紧接着都掩嘴笑起来。在香椿树街女人之间的干戈之争是常见的，但这种场面人们还是头一回目睹。后来是顾雅仙跑出来赶走他们，并把门关上了。他们隔着门板，听见三个女人的声音在店堂里吵成一片，渐渐地就难以分辨吵架的内容。以后数日余波在扩大，杭素玉用卫生带抽粟美仙成为香椿树街一时的新闻。

顾雅仙向中心店的主任汇报了酱园店员不团结的状况，她认为这种状况是多年来形成的，粟美仙和杭素玉积怨已深，双方都负有一定的责任。她还向领导倾诉了自己的难处，她说她夹在粟美仙和杭素玉之间，很难开展工作。

你觉得应该怎么解决酱园的不团结问题呢？中心店主任这样征求顾雅仙的意见。

调走一个人。顾雅仙慎重地考虑了一会儿，她说，不是菜场和肉店都缺人吗？酱园有两个人其实也够了，只要组织上需要，我可以不轮休，可以天天连轴转的。

那么该把谁调离酱园呢？中心店主任又问顾雅仙。

这我就不好说了，要得罪人的。顾雅仙显得满腹疑虑，试探地说，要是组织上为我保密，我就谈谈我的意见。

你别怕，我们会保密的，再说调人都是由组织上决定，你用不着怕得罪谁。

那就调杭素玉吧，她工作一贯吊儿郎当的。顾雅仙最后说。

杭素玉从酱园调去肉店的事就这样初步决定了。中心店主任直接找她谈了话，谈着谈着杭素玉号啕大哭起来，她觉得这是顾雅仙和粟美仙联合整她的阴谋，杭素玉指责中心店主任听信一面之词，而且以死威胁说，你们要是让我去肉店，我就死给你们看。

连续几天，杭素玉在柜台里对新的仇敌顾雅仙恶语相加，她总结了顾雅仙整她的原因，不外乎是嫉妒自己和前店主任孙汉周的亲密关系，杭素玉好几次把醋瓶往顾雅仙面前送，你爱吃醋，你给人家打醋吧。杭素玉看看对方佯笑的脸，越发觉得她心里有鬼，干脆把一坛子米醋抱到顾雅仙面前，她说，我买下这坛醋，送给你回家慢慢喝吧。顾雅仙终于无法保持宽容大度的姿态，她猛地扬起手，狠狠掴了杭素玉一记耳光。你以为我怕你？顾雅仙说着用抹布擦了擦手，扇你的臭嘴我还嫌脏了自己的手。

现在杭素玉恨透了顾雅仙，回到家洗菜烧饭时也在不断咒骂顾雅仙，她觉得顾雅仙可笑之至，只不过代理几天店主任就摆开了主任的架子。她决定让丈夫去报一箭之仇。

杭素玉的做建筑工的丈夫老宋这次故伎重演，他再次操起菜刀闯酱园，当着顾雅仙的面把刀砍定在白木柜台上，老宋瞪着两个神色紧张的女人，用手掌拍击着刀背说，我反正从山上三进三出了，你们要是敢欺负素玉，我饶不了你们，最多再过一次山门。

从某种意义上说，是杭素玉的刁蛮泼辣阻遏了这次调动，事情就这样耽搁下来，最后不了了之。酱园里依然是人们熟悉的三个女店员，只是她们的阵营有了明显的变化，现在顾雅仙和粟美仙经常是结盟的，而杭素玉则是相对孤立的，杭素玉对别人说，我才不在乎她们，我就是不离开酱园，我为什么要让她们称心？对于顾雅仙和粟美仙的关系，杭素玉也做出了判断，她说，你别看她们现在合穿一只鞋子，说不定哪天也会翻脸的，两个人都不是好东西。

简少芬拎着一只竹篮下楼，竹篮里装了好几只瓶子。虽然楼上楼下一板之隔，但她习惯于一次性地把油盐酱醋买齐了，这样可以尽量少地和酱园的女店员们搭讪说话，简少芬不喜欢和这些叽叽喳喳的女人说话，也不知道该怎么跟她们说话。

听楼板的响声，我就知道是你下楼了。顾雅仙笑容可掬地接过那些瓶子，她说，刚到了一盆甜面酱，味道很鲜，你买半斤吧。先尝尝吗？说着就舀了半勺送过来。

那就买半斤吧。简少芬说。简少芬的眼睛看着甜面酱。

好久没见你姐姐了，她怎么就不下楼散散心？换了我成天闷在楼上，肯定要闷出病来的。

她是有病，简少芬淡淡地说，心脏不好，最近关节炎又犯了，天天在煎中药喝呢。

怪不得我闻到一股药味呢，顾雅仙恍然大悟，关切地望着简少芬说，服中药管用吗？要不要我介绍一位医生，专门治关节炎和心脏病的，我女儿的心脏病就是他开刀治好的。

不用麻烦了。我姐姐只相信中医，只相信城东胡老先生的药方。简少芬委婉地谢绝了顾雅仙的建议，她从一只黑丝绒钱包里拈出钱，轻轻放在柜台上。买货不需要找钱，这也是简家姐妹购物共同的习惯，她们从来不去触碰别人的手，不管营业员是男的还是女的。

她们看着简少芬无声地闪出门外，她衬衫上的那股樟脑味也随之淡去了，少顷酱园的楼梯就发出了轻柔的响动，简少芬已经回到楼上，她正从三名女店员头顶上经过。女店员的头顶上就是那个幽闭的不为人知的世界了。

她走路怎么这样小心？她像怕踩死蚂蚁似的。顾雅仙突然笑起来，她说，她们姐妹从来就没正眼看过别人。

那是家教，粟美仙以一种知情者的语气说，你不知道简家的规矩有多少，简老头活着的时候就不准两个女儿出门，少贞上学都是由女用人接送，上的是教会办的女子学堂，到少芬长大，女子学堂没有了，简老头就没让少芬上过学，当初大概是让她们守妇道的，没想到简老头死了几十年，两个女儿还守在这爿破酱园里，像守着个金库一样。

可怜死了。顾雅仙感叹着，突然想到什么，凑到粟美仙耳朵边说了一句悄悄话，那姐妹俩活了大半辈子，大概连男人的那东西都没见过吧？

粟美仙咯咯地笑起来，她拍了拍顾雅仙的肩膀，说，那也不一定，只有天知道啦。

粟美仙和顾雅仙的仪态引起了柜台另一端杭素玉的注意，杭素玉正在剪指甲，她怀疑两个同事正在说自己的坏话，就朝地上响亮地啐了一口，谁在放闷屁？杭素玉使劲抽着鼻子，一边把柜台上的指甲屑掸下来，她说，屁放得不响，倒是挺臭的。

楼上锅铲碰撞的声音穿过楼板的缝隙懒懒地掉下来，简家姐妹在准备她们的午餐了，不用抬头去看店堂墙上的挂钟，现在肯定是中午十二点钟。女店员们熟谙简家姐妹的生活规律，十二点的钟声把楼上枯寂的一天分成两半，一半是沉闷的早晨，另一半是更加沉闷更加漫长的午后。简家姐妹的岁月就在绣花绷架下一成不变地流逝了，作为同样的女性，酱园的女店员们觉得简家姐妹的生活是不可思议的，也是无法捉摸的，她们对此充满了猎人式的心理。

简少芬看见姐姐无声地站在她身后，姐姐的手里端着一碗发黑的药汁，凑到唇边。简少芬下意识地转过头，看着锅里的冬瓜汤。她不知道自己是怎么回事，特别害怕看见姐姐喝草药汁的动作，她害怕看见姐姐紧皱的眉头和药汁从唇边淌溢的痕迹，害怕听见那种痛苦的吞咽的声音。她也不知道姐姐为什么总是捧着药碗走到自己身边来，似乎这样能减弱草药的苦味。

你刚才下楼碰到谁了？简少贞把药碗合扣在桌上，突然问妹妹。

没碰到谁，我能碰到谁呀？

你怎么去了那么长时间呢？就是去酱园，怎么要那么长时间呢？简少贞用清水漱完嘴里残留的药汁后又问。

时间长吗？简少芬诧异地望着姐姐，她疾步走到房里看了眼座钟，钟表证实姐姐的话是荒谬的，她从下楼到回来只不过花了三到五分钟。简少芬说，姐，你怎么啦？我去了不过三分钟呀。

我觉得有老半天工夫了。简少贞轻轻摇了摇头，她说，大概一个人待在屋子里面是会有错觉的，你每次下楼，我一个人在家都觉得时间特别长，心里特别空，绣针也捏不住，我也不知道这是怎么了，好像是怕，又说不清怕什么。

你的身体太弱了。姐，以后你别拼命绣了，那些加工活我一个人绣得完。简少芬沉默了几秒钟，有点胆怯地瞟了姐姐一眼，她说，再说我们也不靠加工活过日子，我们不刺绣，靠爹娘留下来的家产也能活下去了。

这些鬼话是谁告诉你的？简少贞的脸上立刻有了愠怒之色，她摊开双掌逼问道，家产呢？家产在哪里？酱园早就是公家的了，娘留下的金器也被抄家抄走了，你说那些家产在哪里呢？难道是我偷藏了？我偷藏了又有什么用？

我不知道，我只是听表姐她们说的，街上的老人也这么说过。简少芬嗫嚅着避开了姐姐咄咄逼人的目光。

你总是相信别人。简少贞轻蔑地哼了一声，她说，我一直在对你说，不要去相信别人，可是你总是不听我的。你情愿听那些长舌妇的，也不听我的。

简少芬起初没有辩解，她把冬瓜汤盛到碗里，然后端到桌上，她听见姐姐仍然在絮絮叨叨地埋怨自己。你情愿听别人的也不听我的，你总有一天会上当，简少贞说。简少芬突然失去了一贯的耐心和逆来顺受的性情，她猛地把一只碗摔在地板上，尖声叫道，我听谁的？我听谁的？我听了你一辈子的废话，你却还在嫌我不听你的。你到底要我怎么样呢？难道我的日子就过得舒心吗？

瓷碗破碎的声音同样传到了楼下的酱园。三个女店员惊讶地抬起头望着楼板，以前她们从未在头顶上听见过类似的破坏性的声音。

你听，楼上好像吵起来了？真的吵起来了。顾雅仙说。

不会吧？哎呀，真的吵起来了。粟美仙说。

狗拿耗子多管闲事。杭素玉说。

梅雨骤歇的日子里，简家姐妹来到酱园的后天井，趁午后的太阳晾晒她们的衣物和布料。那些色彩淡雅的丝绸和棉布在阳光下闪烁着平静的光泽，使院子里的杂草和酱缸产生了新的意味。简少芬戴着一顶老式的式样古怪的遮阳帽端坐在一旁，一边刺绣一边看守着天井里的东西。这是姐姐关照的，她害怕酱园里的人从窗栅栏里伸进手，轻易地偷走绳子上的丝绸。

简少芬觉得初夏直射的阳光有点晃眼，刺绣的速度明显地放慢了，尽管这样，户外的劳作还是带来了某种新鲜而舒畅的感觉。她甚至想以后如果天气适宜，她就可以经常在天井里绣，绣所有的花鸟和流水，绣所有的荷叶和鸳鸯。简少芬把彩色的丝线挂在绳子上，那些丝线就随风轻轻拂动了，她发现丝线的颜色在户外的太阳下也显得分外美丽动人。简少芬换了个方向坐下，这样可以避免刺眼的阳光，她看见酱园的窗后有人在注意自己和晾晒的东西，她就朝那扇窗子微笑了一下。

窗后的女人是顾雅仙。她对简少芬已经观察了好久。顾雅仙思忖着怎样和她搭第一句话，猛然看见了简少芬手里的那幅绣品，她的眼睛就亮了。

多巧的手呀！顾雅仙赞叹地说，两只鸳鸯绣得活灵活现的，就像在水上游。我还从来没见过这么好的绣品哪。

简少芬又朝她微笑了一下，她的微笑是友善的，但是她什么也没说。

绣这么一件活儿能挣几块钱？顾雅仙问。

挣不了多少钱。简少芬含糊地回答。

我儿子快结婚了，到哪儿都买不到像样的枕套。顾雅仙叹了口气，少顷，她又说，要是福生的喜床上铺了你的绣品，那就有福气了。不知道你能不能帮我绣一对枕套？就绣一对戏水鸳鸯好了。

行啊。简少芬随口应允了。

这个午后简少芬的心情很好，与顾雅仙的隔窗谈话随着阳光渐渐淡去而遗忘了。简少芬万万没有想到一句随意的承诺导致了未来生活的巨大动荡。

第二天一早简家的临街小门被咚咚地敲响了。简少芬以为是抄电表的人来了，打开门发现来者是顾雅仙。顾雅仙的腋下挟着一对天蓝色的的确良枕套，手里攥着一绞彩色丝线。顾雅仙没有在意简少芬尴尬的脸色，她说，东西都带来了，你替我绣一对鸳鸯好了，你的手艺我是绝对称心的。简少芬掩饰了内心厌嫌的情绪，心里很是懊恼。

在为顾雅仙绣枕套时简少芬受到了姐姐的多次责备。简少贞厌恶地看着那对蓝的确良枕套。她说，你揽下她们的活计？以后等着吧，什么人都会来找你绣这绣那的。简少芬愁眉苦脸地说，我也没办法，我不过是随口答应一声，没想到她就当真了。简少贞说，什么真的假的，她们是存心来搅事的。我让你别去搭理这种女人，你偏不信，你迟早会害在她们手上的。

简少芬避人耳目地把绣好的枕套交还了顾雅仙，顾雅仙察觉到她的用意，她说，你放心好了，我不跟她们说这事，这些人脸皮厚着呢，要是让她们知道了，说不定会拿什么东西麻烦你呢。简少芬无言地点点头，很快就从酱园拥挤的店堂里挤了出去。她发现柜台里的杭素玉用一种戒备的目光盯着她，她觉得有点莫名其妙。从酱园回到家，简少芬的心情轻松了一些，一个恼人的负担毕竟卸掉了。她没想到黄昏时顾雅仙再次敲响了临街的小门。

顾雅仙提着一只尼龙包，笑嘻嘻地站在门口，从包里拎出一盒糕点和几只苹果。简少芬知道对方是来登门酬谢的，她推挡着那些礼物，脸一下子就红了。简少芬缺乏这种应酬的经验，她觉得非常为难。你要是嫌礼轻了，等我走了你再扔。顾雅仙佯装生气地说，然后她提着礼物兀自朝楼梯上走去，简少芬跟在她身后，简少芬突然意识到自己成了一个木偶，被顾雅仙绕的线团牵住了，一切都身不由己。

简家姐妹就这样迎来了造访的客人。顾雅仙端坐在一张旧式太师椅上，在矜持而冷淡的气氛中并无局促之感，双眼朝向简氏姐妹和幽暗的房间顾盼生辉。简少芬倒了一杯茶，顾雅仙从杯口上嗅到了一股刺鼻的霉味，但她还是喝了一口。茶叶不知道放了多少年了，她想，这对可怜的姐妹就这样招待客人，也许她们并不知道茶叶已经发霉了。

现在的酱油臭烘烘的。简少贞突然对顾雅仙说了这句话，说完她就离开了客厅，在走进卧室时随手拉上了门帘。

她说什么臭烘烘的？顾雅仙回味着简少贞的话，她无法判断这句话的确切含义。

她说酱油呢。简少芬小声地解释道，我姐姐脾气怪，看什么东西都不顺眼，你千万别见怪。

我怎么会呢？顾雅仙朗声笑起来，她说，我猜她是在楼上闷坏了。说实在的，我真为你们姐妹俩担心，就这样闷着过下去，到老了可怎么办呢？

现在已经老了，过惯了清静日子，也就没什么可怕的。简少芬低着头，同样的话她已经对人说过许多遍，现在不得不再说一遍。回答别人的这些问题几乎已成为简少芬的一种义务，简少芬记恨这些问题和同情的目光，奇怪的是她经常在等待它们，等待那种语言的钝器带来的痛楚，这时候她总是无法把握脸上的表情和舌齿间慢慢滑出的声音。

花布门帘后的咳嗽声无疑是含有逐客意味的。顾雅仙终于站了起来，她微笑着抓住简少芬摊在膝上的手，翻过来看那只苍白小巧的手掌。我会看相。顾雅仙长长的指甲在那只手掌上划来划去，她说，吉人天相，少芬你快要交好运了。简少芬还没来得及说什么，就被顾雅仙拉到了楼梯口，顾雅仙说，我差点把正事忘了，我家福生礼拜天结婚，酒席是我请厨师在家办的，你可一定要来喝喜酒。简少芬连连摇头说，不行，我们从来不到外面吃饭的。再说我手上活计忙，也没有空。顾雅仙仍然握着简少芬的手，焦急地拍打着，你就再赏我一次脸吧，顾雅仙恳切地望着简少芬，她说，我又不是谁都乱请的，我是真心请你来喝这杯喜酒，难道要老姐姐跪下请你吗？顾雅仙想到了什么，又补充说，少贞要是肯赏脸，让她也一起来吧。简少芬仍然摇头，苦笑着说，我姐姐就更不会去了，她也不会让我去。顾雅仙朝屋里瞟了一眼，神色有些不快，她撇了撇嘴，你连这也要听她的？活了大半辈子，你就不能给自己做一回主吗？

简少芬把顾雅仙送下楼，打开门发现外面的天色又晦暗下来，雨丝已经斜挂在狭窄的街道上，那些未带雨具的行人从酱园门口匆匆而过。顾雅仙啪地打开黑绸布雨伞，她朝简少芬的胯部轻轻拍了一下，连嗔带怨地说，你怎么就不肯爽快地答应一声呢？记住，礼拜天来我家喝喜酒，你要是体恤老姐姐，到时就别让我再上门三请四请的了。

那就去吧。简少芬望着街上湿漉漉的石板路面和低凹处的水洼，眼睛里是一种茫然而顺从的幽光，她的手将那扇小门的手柄拉了一下、两下，门轴就发出了吱吱嘎嘎的响声。她说，那就去吧。

礼拜天的早晨简少芬在燕声啁啾中醒来，看看桌上的钟才五点钟，但她还是起床了。她从姐姐的被窝上越过去，听见姐姐在问，起这么早干什么？今天别去菜场了。

简少芬走到窗边打开了西面的窗子，她看见一只紫黑色的燕子从屋檐的泥巢中飞起来，在院子里盘桓飞行。她想是她把燕子吓着了，于是她轻轻离开窗边，到厨房去打开煤炉的炉门，然后把一锅草药端到炉子上熬着。简少芬在干这些事时脑子里仍然想着那只燕子，燕子笨拙而慌张的飞行姿势使她联想到自己。她经常觉得巢里的燕子是她整个生活的一种写照。

你真的要去顾雅仙家喝喜酒吗？简少贞在床上大声问。

她是一片真心。简少芬说，看来不去是不行的。

你以为那喜酒是随便喝的吗？你要去就要送礼，我生来就讨厌那种拉拉扯扯的应酬，什么喜酒丧酒的？都是想从别人口袋里捞钱。

她说不收我的礼。如果一定要送就送吧，我去时带上十元钱好了。简少芬怏怏不乐地说。

不兴那样送礼的。要送就要赶在婚宴前送，否则人家拿了你的钱背后还要骂你。简少贞在床上窸窸窣窣地穿衣服，语调中带有明显的愠怒。她说，你非要喝那喜酒就去喝吧，不过你趁早把钱送给人家，人家等着呢。

简少芬没再说什么，她对姐姐的话半信半疑，但一种受骗的感觉还是像阴云一样浮上心头。简少芬看着药锅里的黑色药汁渐渐翻沸起来，用筷子在药锅里猛烈地搅了一下。不去了，不去了。简少芬听见愤怒而尖厉的声音从嘴里滑出来，她被自己惊呆了，不相信那是自己的声音。

不去了？简少贞已经站在水缸边刷牙了，她的嘴角沾满了牙膏泡沫，不时地因牙刷的深入而发出干呕的声音。不去就行了吗？简少贞又说，顾雅仙能放过你？你不去她会上门来请的。不信你就试试我的嘴巴。

烦死人了，你到底要不要我去？简少芬紧锁双眉地打开桌上的梳妆盒，盒子里是两把细齿木梳，一瓶三花牌头油和一支白银条簪。简少芬准备给姐姐梳头了，这也是姐妹俩每天早晨要干的头一件大事。多少年来简少贞始终如一地梳着旧式的圆髻，每次都是简少芬替她梳的。

简少芬手里的梳子嵌满了姐姐灰白色的长发，它们纷乱无序地缠在梳齿间，就像一堆枯草。她看着那些落发，突然觉得一阵辛酸，手就迟滞地按在姐姐的头顶上不动了。她说，可怜，都要掉光了。

你说什么？简少贞回过头看了看妹妹，我没说不让你去，你想去就去好了，何苦要拦着你呢？

我是说头发，你的头发快掉光了，我的手快抓不住了。

掉光了才好。简少贞冷笑了一声说，掉光了你就用不着天天替我梳头了。

我不是这意思，我有点害怕。简少芬说。

你怕什么？我都不怕。就是真掉光了也不怕，反正我不出门。简少贞又回头看了看妹妹的齐耳短发，很快收回了视线，她说，你的头发还黑着呢，你怕什么？

不知道，我说不清楚。简少芬茫然失神，手中的梳子停留在半空中，她突然觉得梳子很重，而自己的手臂更加沉重，习惯和理智迫使梳齿靠拢姐姐灰白的长发，但她的心在抗拒那些难看的失去了弹性的白发，不管是缠在梳齿间的，还是依然残存在姐姐头上的，她差点发出呕吐的声音，这些复杂的心情她永远说不清楚，简少芬对此感到非常惶惑。

从中午开始简少芬有点心神不定。她倚窗观望外面的香椿树街，等待那辆披红戴绿的嫁妆车经过，但嫁妆车迟迟没有出现，她猜想它是从另外一个街口通过驶到顾雅仙家去了，后来她隐隐地听到远处有鞭炮声炸响，禁不住舒了一口气。她突然意识到这一天的牵挂就是这样热烈持久的鞭炮声。

顾雅仙果然上门来请简少芬了。顾雅仙先是在简家的小门上敲了一阵，没人下楼开门，她就从酱园里绕进去，打开了素日封死的那扇门，直接站在天井里对着楼上喊。简少芬苍白的脸后来出现在窗口，一半是茫然一半是感激地望着天井里的女人。顾雅仙向她挥着一只油腻的袖套喊，六点钟开席，你可一定要来。我忙得腿都抬起来用了，别让我跑第二趟。简少芬对她笑了笑。顾雅仙又说，你在忙什么？今天就别绣了，打扮打扮来喝喜酒吧。简少芬的身子朝窗外探了探，欲言又止的样子，最后她只是轻轻地说了一句，那就来吧。

这天顾雅仙家门口挤满了前来赴宴和看热闹的人，所有过路的人和车辆都必须小心翼翼地穿过这些欢乐而无所事事的人，他们看见了酱园楼上的简少芬跟在顾家运酒水的黄鱼车后面。简少芬穿着一件颜色和式样都显得奇怪的丝绸衬衫，低着头走进拥挤的新婚人家。他们对简少芬的到来感到意外，目光都追逐着那个矮小的背影，后来有一个女人以知情者的口吻解开了人们的疑团，她说，她跟雅仙是很要好的。

简少芬一进去就后悔了。顾雅仙家里蚂蚁般的人群和乱哄哄的气氛都使她害怕。她不知道该坐在哪里，也不知道该跟谁说话。她看见顾雅仙在天井的临时搭就的厨房里搬着碗碟，就走过去了。来啦？去喝杯喜茶吧。顾雅仙嘴里招呼着，手却不停地在忙着什么。简少芬涨红着脸从提包里拈出一个红纸包，放在一只碟子上。你看你，这么客气干什么？顾雅仙佯嗔道，我让你别送礼，你还是送了，反倒让我难办了。简少芬摇了摇头，她看了四周围一眼说，真热闹。顾雅仙朗声笑起来，结婚喜日就要这份热闹，少芬，你去福生的新房玩玩吧，新郎新娘都在里面呢。简少芬走到新房的门口，看见里面人更多，喧哗的声音也更加热烈，她又折身离开了。她的内心再次充满了受骗的感觉，整个顾家没有一个适宜于她的地方，她不知道她为什么要来这儿。

开席时顾雅仙找简少芬入座，竟然不见她的人影了。有人说看见她已经走了。顾雅仙跺了跺脚，骂道，这个神经病女人。骂完就追了出去。顾雅仙在药店门口追到了简少芬，她把她往回拉拽着说，少芬，你这是干什么？我要是怠慢了你你可以骂我，你怎么能走呢？简少芬窘迫地低下头，任凭顾雅仙拽着她走，她嗫嚅着说，我只是有点害怕，人太多了。这样的场面我不懂该做什么该说什么。顾雅仙拍了拍大腿说，咳，你这个人呀，我是请你喝喜酒的，你什么也不说还不行吗？你走了可不行，今天我还要介绍你认识一个人呢。

简少芬回到顾家，邻座的客人都用揣测的目光望着她。顾雅仙拉着简少芬的手从六张桌子间穿梭而过，最后把她按在一张空凳子上，好了，你就坐在章老师旁边吧。顾雅仙在简少芬肩上用力一按，说，章老师也是个老实人，你们互相照顾，随便聊聊吧，谁也别客气。简少芬从眼角余光中判断那是个四十来岁的男人，戴了副眼镜。她低下头，从提包里掏出一小团酒精棉花，将杯碗筷都擦了一遍，她的目光触及了章老师的两只脚，那两只脚上套着一双硕大的解放鞋，这种不合时宜的穿戴使简少芬无声地笑了笑。简少芬没有再朝章老师的鞋看，后来她看见章老师的手小心翼翼地伸过来，往她的碟子里夹了一块咸肉，听见他用同样小心翼翼的声音说，你吃。简少芬讨厌吃咸肉，但她还是很有礼貌地说，你吃，我吃不下。简少芬始终没有正眼看章老师，她想起顾雅仙刚才丢下的话风，脸上一阵一阵地发热，她悄悄地把用过的酒精棉花扔到地上时，听见章老师又说了一句话，讲卫生是很有好处的。这句话给简少芬留下了深刻的印象。后来简少芬回忆她与章老师接触交往的过程，她对他产生的好感也就是从那句话开始的。

杭素玉上班时路过绸布店，看见架子上新到了几种丝绸，她绕进去看了一会儿，后来就迟到了。她走到酱园门口，看见店堂里已经有人在打酱油了。柜台里顾雅仙和粟美仙都在，杭素玉想她干脆去铁匠铺看看，她托老铁匠打磨的剪刀是否已经弄好，反正已经迟到了，反正她们已经在考勤卡上做下记号了。杭素玉后来提着一把新磨的剪刀再回来，正好听见粟美仙嘴里蹦出一个敏感的名字：孙汉周。杭素玉的心往上拎了一下，站在门外偷听，但粟美仙的声音突然低下去了，怎么也听不清楚。虽然听不清楚，从店堂里传出的窃笑声中，杭素玉判定粟美仙又在背后说她的坏话。

杭素玉走进去，店堂里的人一下子噤声不语了，神态各异地望着她。杭素玉乒乒乓乓地撞进柜台里面，佩上围裙，戴上袖套，然后她突然把那把剪刀往柜台上一拍，谁再在背后嚼蛆，老娘就用这把剪刀剪了她的舌头，说剪就剪，老娘不怕吃官司。

杭素玉的嘴唇颤抖着，她的目光充满了暴怒的挑衅，逼视着粟美仙。粟美仙却不看杭素玉，若无其事地把一包萝卜干塞进一个女人的菜篮里，她说，今天天气不对头，又闷又热，我看见公厕里的蛆爬得到处都是，恶心死了。

整整一天杭素玉就靠在货架上一动不动，偶尔视线落在粟美仙身上，她的眼睛有一点明亮的光焰。杭素玉的情绪有些异常，顾雅仙和粟美仙都注意到了这点，但谁也没有更多的戒备，酱园女店员之间的口角是经常发生的。下午四点多钟，香椿树街又热闹起来，从工厂下班的人从酱园门口成群地经过，有的就拐进了酱园，杭素玉这时候离开了柜台，她在门口拉住一个男人问，我家老宋回来没有，那个男人说，回来了，在家门口跟人下棋呢。杭素玉笑了笑，回过头对顾雅仙说，我先走了，今天又迟到又早退，你都给我记上吧。

顾雅仙打开考勤卡，在杭素玉的名字后面又重重地打了一个×，她说，没见过这样厚脸皮的人，调她走不肯，留下来又不干活。顾雅仙气咻咻地抱怨着，突然发现柜台上的那把剪刀，她顺手把剪刀收了起来。这个泼货，她把剪刀带来干什么？顾雅仙说，怪吓人的，她什么事都做得出来。粟美仙在一边说，你别动剪刀，就放那儿，让大家看看这个泼货。我就不相信她敢对我动剪刀。粟美仙话音未落，就看见酱园的门被踢开了，杭素玉和她丈夫老宋一前一后冲了进来。

粟美仙，我剪了你的舌头就去吃官司。杭素玉高叫着去抓柜台上的剪刀，顾雅仙想夺已经来不及了，她把粟美仙朝里面的仓库推，美仙，你快躲一躲。粟美仙踉跄着退到仓库，下意识地想拉住顾雅仙的手，但杭素玉已经冲了过来，整个身体抵住了仓库的门。杭素玉对她丈夫喊，你这个笨蛋，你快来揪住她，我要剪了她的烂舌头。老宋就过来捉住了粟美仙的双臂。杭素玉又喊，掰开她的嘴，我剪了她的烂舌头。老宋去掰粟美仙的嘴时手上被狠狠咬了一口，几乎是同时他的下身也被粟美仙捏了一把，老宋疼得跳了起来。粟美仙腾出了身子，和杭素玉扭打在一起，这时候她听见了顾雅仙尖厉的喊声，杀人啦！杀人啦！

人们从街上拥进酱园，阻挡了老宋夫妇对粟美仙的袭击。有人从杭素玉手中抢下那把锋利的剪刀，从仓库的窗户扔进了简家姐妹的天井里。当事人被一个个地架开了，除了老宋没有明显的外伤，杭素玉和粟美仙的脸上都留下了形状不同的抓痕和血印。酱园里挤满了人，他们望着三个当事人，对事态的发展议论纷纷。

顾雅仙严厉地指责了哭丧着脸的老宋，她指着老宋的鼻子说，你看你多没出息，女人间的臭事要你个大男人来瞎搅，你们杀了人难道不要偿命吗？

没想杀她。素玉只说要割她的舌头，她拖着我来我只好来。老宋捂着裤裆，有气无力地回答说。

割舌头就是要杀人。什么事情不好解决，非要动刀杀人吗？

杀人，杀人，你才在瞎搅。老宋很不耐烦，他的手在裤裆处摸了一下，突然苦笑着说，她也够狠的，连汗毛也没碰到她一根，倒把我的卵蛋给捏碎了，不信脱下来给你看看？

店堂里的人都笑起来，顾雅仙也忍俊不禁地捂住了嘴。想想又不该笑，于是正色道，素玉和美仙这样闹下去不行，我要向领导反映的。我是酱园的负责人，万一出了人命我可负责不了。

这天酱园到很晚才打烊，等人去店空了，顾雅仙发现货架上的瓶装酱菜和味精、盐袋少了许多，明显是被人趁乱卷走的。顾雅仙想想就迁怒于杭素玉和粟美仙身上了，这些损失应该让她们两个人一起赔偿。

简少芬到天井晒衣服，发现地上有把剪刀，她把它捡起来放到一只倒卧的酱缸上，并没有把丢弃的剪刀和前几天酱园的那场殴斗联系起来，她从来没有观望邻里斗嘴打架的习惯，这也是简家古老的家规之一。那天黄昏，楼下的喧闹她是听见的，她想下楼看被姐姐阻止了。

不知谁在天井里丢了剪刀。简少芬上楼时顺便把剪刀带回来了，她试了试刀锋说，还是把新剪刀呢。

放厨房里吧，剖鱼剪菜能用得着。简少贞说。

简少芬就把剪刀挂在了墙钉上，她不知道这把剪刀是怎么落到她家的天井来的，想想这件事情似有蹊跷之处。

几天来简少贞一直埋怨她的热伤风。伤风诱发了她的头疼病，也使她的脾性变得更加阴郁和易怒。简少芬建议姐姐脱掉那件蓝布罩衫和玄色裤子，她说，这么闷热的天，又不出门，你捂那么严干什么呢？在家穿什么都没有人看见的。简少贞对她的建议置若罔闻，她躺在大床上懒懒地摇着蒲扇，枕边放着一台老式的木壳收音机。收音机里传出越剧《碧玉簪》哀怨的唱腔，正好是“三盖衣”那个著名的片段。

什么三盖衣？简少贞突然关掉了收音机，鼻孔里哼了一声说，严小姐是个蜡烛货，自轻自贱的蜡烛货。

那是戏文，不能当真的。

说来说去男人更可恶。简少贞叹了口气，在额角上擦了一点薄荷油，然后她说，我头疼得厉害，好像是热火发不出来的样子，少芬，你来给我刮刮痧吧。

简少芬应声走出去端了一碗凉水，她走到床边替姐姐把衣服脱了。姐姐的雪白的松垂的上身就这样袒露在她的目光中，手指触摸之处是微凉而柔软的，鼓出的脊椎两侧还留有上次刮痧的红印。简少芬噙了一口水喷到姐姐的后背上，姐姐端坐着一动不动，简少芬自己反而战栗了一下，她的手在空中犹豫了好久才落下来，用指关节扯动着姐姐后背上绵软的肌肤，看见红色的淤痕一点点地显露出来，简少芬的手指也莫名地战栗起来，她觉得心里有一种重压下的疼痛的感觉。

你重一点，刮轻了起不出痧，没有用的。简少贞的嘴里发出轻轻的呻吟声，她用扇柄在床上敲了敲，你今天是怎么啦？干什么都心不在焉。

我也不知道，我觉得有点累。简少芬嗫嚅着侧过脸去，她望了望窗外，又看了看自己的手指，它们仍然微微地战栗着，简少芬摇了摇头，把她的失去主张的手继续放到姐姐的背上，她说，天又暗下来了，衣服晾在天井里，我怕会下雨。

窗户半掩半合，从外面挤进来潮湿和闷热的南风，一只苍蝇也从窗外飞进了简家姐妹的房间，后来就是这只讨厌的苍蝇点燃了简少芬心底潜伏的无名怒火。

简少芬看见那只苍蝇嗡嗡地飞来，它就在简少芬的头顶上耐心地盘旋着，她用手去赶，苍蝇飞高了一些，仍然不肯离去，简少芬又挥手驱赶，如此重复了几次，那只苍蝇仍然固执地在她头顶半尺的空中嘤嘤嗡嗡，简少芬忍无可忍，她朝着苍蝇怒声叫了一句，讨厌的东西，快滚。

一只苍蝇，随它去。简少贞对妹妹的小题大做觉得不耐烦，她说，别管苍蝇了，继续刮吧。

不，我要拍死它。简少芬突然从姐姐手里夺过蒲扇，她咬着牙将扇子朝苍蝇挥去，苍蝇在屋里低低地盘旋着，最后终于飞向了窗外。简少芬扔下扇子追了过去，她对着窗外那个远去的黑点骂了一句刺耳的脏话，操不死的烂 ×。

简少贞惊诧万分，她猛地回过头注视着妹妹苍白失血的脸，目光里掠过一道疑虑和恐惧的光。简少贞说，少芬，你在骂脏话，你怎么骂起脏话来了？

我骂什么了？我骂脏话了？简少芬恍惚地反问，她缓缓地走回来坐在床上，她想把姐姐的身体扳过来继续刮痧，但简少贞把她的手推开了。

真丢人，你骂这样的脏话！简少贞的嘴角浮出一丝讥讽的微笑，她说，你现在跟酱园的那帮女人一模一样，这种脏话你怎么说得出口？

我也不知道怎么回事，我恨死了那只苍蝇。

恨苍蝇？简少贞冷笑了一声，开始拾起衣服往身上穿，她说，我知道你跟顾雅仙那种女人搅到一起去了，顾雅仙一向喜欢指桑骂槐，你现在学会了。我哪儿害了你，让你这么恨我？

我骂的是苍蝇，我没有骂你。简少芬沉默了一会儿，突然跳起来对姐姐尖声大喊，我没有骂你，我怎么敢骂你？然后简少芬呜呜地哭起来，她的哭声听上去喑哑而又空洞，伴随着贫乏重复的哭诉，我怎么敢骂你？她说，我怎么敢骂你？我骂的是苍蝇，我骂我自己。

简少芬哭得像个泪人似的，情绪才渐渐稳定下来。她走进厨房去洗脸，看见姐姐倚着墙用毛巾擦眼睛，她明显也是刚哭过的，眼睛还红肿着。简少芬摘下自己的毛巾就退了出去，顺手把门重重地关上了。她对着墙上的圆镜审视着自己的面容，镜子里的自己总是愁眉苦脸的，也许这样的表情经年不变地滞留在脸上，只是她自己不知道而已。而双颊的湿润的泪光使简少芬产生了深深的自怜，她抬头抚摩着脸部，疏淡而纤细的眉毛，浮肿的略显松弛的眼睑，精巧挺拔的鼻梁以及柔软的失血的双唇。这是何苦呢？简少芬突然又哽咽了一声，她伸出食指在镜子上画了一个叉，不知什么时候开始，她对镜子里的脸有了一种怨恨的情绪。

下午顾雅仙又来敲门，简少芬犹豫了一会儿，终于在姐姐的侧目而视下去开了门，听敲门声就知道是谁来了。

我腿都站酸了。顾雅仙总是这种容光焕发的高兴样子，她朝简少芬挤了挤眼睛说，你们姐妹俩待在楼上，难道也有什么好事做？

不知道是你。简少芬听那话刺耳，脸色就有点难看。

好了，我这张臭嘴该打。顾雅仙伸手在简少芬脸上捏了一下，她说，别生气，我闹着玩呢。我是给你送戏票来的。

什么戏票？简少芬蒙在鼓里。

新丰戏院的越剧票，都是名角。我好不容易弄了两张票，晚上我在戏院等你。顾雅仙说着就把一张戏票往简少芬手里塞，是我请你看，晚上七点钟，我们不见不散。

我不怎么爱看越剧，你还是请别人吧。简少芬推让着，她捏住戏票觉得有点手足无措，你知道我晚上是不出门的。

别客气了，我成天听见你们楼上收音机响，尽是才子佳人的绍兴戏。顾雅仙脸上露出某种暧昧的笑容，她抓住简少芬的手摇了摇说，就是要请你去看。本来我们可以结伴的，但我还要到女儿家绕一趟，你就自己去吧，反正你这么大个人，也不怕谁把你拐跑。

简少芬不再做无益的申辩，她想了想什么就把戏票收进了丝绒钱包里。演的是哪出戏？她突然轻声问，是《碧玉簪》还是《楼台会》？

反正是出好戏。去了就知道了。顾雅仙抿嘴一笑。

晚上简少芬往拎包里塞卫生纸和手帕时注意到姐姐冷冷的目光，但简少贞没有开口探问。姐妹俩每次争执后都有这么一段僵持阶段，少则一两天，多则一个礼拜。这次是简少芬首先打破了沉闷的气氛，她拎起布包对姐姐说，顾雅仙约我去看戏，我去了，药在炉子上煎着。姐姐拧着脸没有搭腔，简少芬走到楼梯上，听见背后传来姐姐咬牙切齿的声音，你的魂让顾雅仙勾跑了，还管我的煎药？

简少芬提前一刻钟到了新丰戏院，她依稀记得还是小时候跟母亲来这儿看过戏，一晃几十年过去了。她站在戏院的门厅里等顾雅仙，直到开场的铃声响了，仍然不见顾雅仙的人影。简少芬疑疑惑惑地走进去，找到座位刚坐下来，突然看见那个章老师也正朝这边挤，章老师的手里抓着两瓶汽水。

这时候戏院的灯光恰巧暗下来，黑暗掩饰了简少芬尴尬的表情，她看见章老师在旁边笨拙地坐下，章老师穿着件洗旧了的白衬衫，简少芬闻到一股男人的淡淡的汗味，她悄悄地朝下看了看，章老师的脚上仍然穿着那双解放鞋。

我以为是雅仙呢。简少芬的脸有点发烫，身体下意识地往边上挪了挪。

喝汽水，天够热的。章老师递来一瓶汽水。

不渴，才在家里喝过水的。简少芬推了推汽水瓶子说，你自己喝吧。

我也不渴。汽水是为你买的，既然你不喝就放一边吧。章老师自嘲地笑了笑，把两只汽水瓶子往座位下一塞。

事情已经很清楚，是顾雅仙擅自安排了这次约会。简少芬看着紫红色的帷幕渐渐拉开，舞台上红男绿女渐渐热闹起来，她的思绪却是乱纷纷的，有一个模糊而尖锐的声音来自看不见的地方，它在命令她离开此地，但简少芬发现她的身体不能履行这道命令，她无法起身离去。她努力地去关注戏台上的男女卿卿我我的剧情，看见那个小姐用一块绿丝帕半掩红唇，悲悲切切诉说衷情，简少芬的眼圈莫名其妙地红起来，眼泪也就挂到了面颊上。

这种戏就是骗女同志的眼泪的，女同志一般都心软。章老师在一边轻声说，我到现在也没看出个名堂来，不知道台上到底是怎么啦。

我也不知道是怎么了，我一看这种戏就要哭。简少芬从布包里掏出手绢擦着眼睛，突然想起什么，她说，不知道会演到几点，我怕到时赶不上末班公共汽车。

没关系，我用自行车驮你回去。章老师说。

那不行，到时再说吧。简少芬说着又把视线转向舞台，她听见自己的心跳声很响很急，整个夜晚这种六神无主的感觉伴随着她。幕间休息的时候灯光又亮起来，简少芬看见前排有人回头朝这里望，心里突然有点害怕，她在膝上卷弄着那只布包说，不早了，我想回家了。

才演了一半呀。章老师诧异地望了望简少芬的脸，他说，我知道你出来一趟不容易，既然来了就看完吧，不管多晚我都要送你回家，这也是顾大姐吩咐的。

那就看完吧。简少芬犹犹豫豫地说，我就是有点担心我姐姐，她一个人在家。

这有什么可担心的？章老师笑起来说，她也不是什么小孩子，再说，你也应该有你的自由，你姐姐不应该限制你的自由。

我们家的事别人是不懂的。简少芬沉默了一会儿说。后来直到散戏她没再说一句话。章老师对此很惶惑，他不知道是哪句话刺伤了她。

散戏后果然没有公共汽车了，简少芬不肯坐章老师的自行车。章老师只好推着车跟在她后面走。两个人在夜晚空寂的大街上忽快忽慢地走，只听见两只未开封的汽水瓶子叮叮咚咚地碰撞着，两瓶汽水现在挂到了章老师的自行车龙头上。快到香椿树街口时，简少芬问了章老师几个问题，都是实质性的问题，章老师反而舒了一口气。

你妻子哪年过世的？简少芬问。

前年，是出的车祸。章老师说。

你孩子今年几岁了？简少芬又问。

都上高中了，孩子平时跟着他外公外婆过。

可怜，简少芬叹了一口气，然后在一盏路灯下站住了，她用手指抠着木质电杆说，看来你也是个可怜人。

不出所料，顾雅仙隔天就来探问简少芬对章老师的看法，她们就在楼梯下面谈话，为的是避开简少贞警觉的耳朵。简少芬的眼神是躲躲闪闪的，说话也总是绕开正题，这使顾雅仙有点气恼，顾雅仙拍着大腿说，我拿你这样的人真是没办法，你既然不表态就算了吧，就当我这一片热心肠是狗屎，就当我是狗捉老鼠多管闲事吧。

简少芬被顾雅仙激将了一番，终于吐出了实话。简少芬低下头慢吞吞地说，他人挺好，也挺老实的。

那不就行了？顾雅仙笑起来，压低了嗓音说，那就选日子再见一次面？

不要见了。简少芬的表情倏而变得很痛苦，她说，我已经这样过了大半辈子了，就这样凑合下去吧。

不行，你能过下去我还看不下去。顾雅仙激愤地摇着头，她朝楼梯上瞟了一眼，少芬，你怎么这样傻？你就甘心一辈子做她的使唤丫头？她愿意受苦不说她了，可她凭什么拽着你一起受这份苦？

你们都误会了。简少芬的眼睛里已经沁出泪影，她扭过身子朝楼梯上迈了一步，仍然是低声地说，我也不光为了我姐姐，主要是我自己害怕，我从小就害怕男人。

少芬你错了。顾雅仙又暧昧地笑起来，她说，我还就觉得男人最好弄，男人一点儿不用怕，男人都觉得女人可怕呢。

简少芬往楼梯上跨第二步的时候衣角被顾雅仙抓住了，顾雅仙朝她专注地看了一会儿说，礼拜天在群众公园再见次面，好不好？简少芬站在楼梯上发怔，一只手下意识地护住被拽的衣角，最后她给顾雅仙丢下至关重要的一句话，那就再见一次面吧。而顾雅仙当时就预感到这回的媒人又做成功了，她很惊喜，尽管她已经无数次地充当过这个角色。

梅雨季节好像快要过去了，雨水一天天地稀落，阳光则一天天地强烈起来。窗外的蝉声从早晨聒噪到夜晚，使凝滞的空气陡增了一分炎热，也使窗外的人陡增了一分烦闷的心情。到太阳落山的时候打开临街的楼窗，可以看见香椿树街头已经出现了乘凉的人群和形形色色的卧具。

酱园的楼上闷热无比，从天井的那些旧酱缸里孳生的蚊子穿过残破的窗纱，绕着白炽灯泡混乱地飞旋着，简少芬只好早早地就点燃起蚊香，就在点燃蚊香的一刹那间，简少芬鼓起了非凡的勇气，将一个艰难的话题向姐姐和盘托出。

简少贞起初没有说话，她的眼睛像细针一样盯紧了妹妹的脸，忽而闪亮，忽而又黯淡下去。她一直在听，等到妹妹终于说不下去了，她拧过身子，对着窗外发出了一声冷笑。

这么说是二婚头，你要做他的填房？

他人好，又老实又有文化，我就图这些。

这么个人你也要嫁？

他人好。简少芬几乎要哭出来，她嗫嚅着说，再说我也没有资格去挑挑拣拣了。

你就这么着急要嫁人？

什么叫着急？你说这话就昧了良心了。简少芬突然呜呜地哭起来，她跪在地板上，用手拍打着地板，边哭边说，我四十几岁的人了，你还说我着急，你怎么还说我着急？我要着急早就嫁了，何苦陪着你过这种没滋没味的日子？

那你就去嫁吧，我不要你陪，我从来没让你陪。简少贞从藤椅上站起来，她的嘴唇哆嗦着，双手径直伸过来抓住简少芬的手臂。现在就去嫁，现在就从简家滚出去吧。简少贞架住妹妹把她朝外面推，她说，现在就滚出去，去跟你的男人过吧。

简家姐妹就这样扭在一起，两个人的脸同样地苍白失血，同样地充满绝望和悲怆之色。酱园陈旧开裂的楼板因此颤动不止，板壁上简老板夫妇的遗照砰地坠落在地。简少芬这时候用力推了姐姐一把，看着她跌坐在床上。然后她掠了掠被汗水湿透的短发，走过去捡起了相框，相框玻璃上出现了一道裂缝，简少芬把相框重新挂好，这时候她又哽咽了一声，她说，你这样反而让我铁了心了。

简少贞坐在床上沉重地喘着气，眼睛里也噙满了泪。她从枕边摸出一个药瓶，连续吞咽下三颗药片。简少贞一边干呕着一边开始咒骂顾雅仙。简少贞说，这个搅家精，我让她不得好死。

你用不着赶我走，到时候我自己会走的。简少芬又说。她用丝帕蒙住脸走到窗前，看着下面黑黝黝的天井，那棵石榴树在夏季枝繁叶茂，像一把巨大的黑伞罩住了酱缸、草蔓和其他杂物。从酱缸里飞出的萤火虫在天井里萦回低旋，简少芬看见了那道微弱的蓝光在夜色中掠过，一切都应和了她此时此刻凄清的心境。

这天已经调离酱园的孙汉周又回到了旧地，他还是那副油头粉面轻轻松松的样子，倚着柜台和女店员们瞎聊了半个上午，惹得她们时而哄笑时而叱骂。孙汉周走的时候把黑包忘在了柜台上，是杭素玉追出去把黑包给他的。粟美仙因此发现了孙与杭重续旧情的蛛丝马迹。她觉得这样的小诡计是根本瞒不过她眼睛的。在杭素玉离柜的短短一分钟内，粟美仙与顾雅仙迅速地交换了狡黠的眼神，她将耳朵贴在临街的窗上尽量偷听，希望能听清一点实质性的内容。

在约地方鬼混呢，这个骚货。粟美仙朝顾雅仙眨眼睛。

你想捉奸吗？顾雅仙哂笑着说，真要约地方，你怎么听得见呢？

肯定是在仓库里。以前我在仓库里发现好多卫生纸，都是用过的脏纸。粟美仙说这句话时表情很暧昧。

仓库倒是个偷鸡摸狗的好地方。顾雅仙仍然嘻嘻地笑着，她抬头朝楼板顶棚瞥了一眼说，你要是从楼上简家绕到天井里，捉起奸来就更方便了。

我今天倒要试试，我就不信抓不到那骚货的把柄。粟美仙咬牙切齿地说。

这天夜里很闷热，简少芬刚洗完澡，正在洗衣服的时候听见了那阵轻轻的敲门声，她以为是顾雅仙又来了，下楼开门一看却是粟美仙。

少芬，我有样东西掉在你家天井里了，让我进去拿一下。粟美仙说着就径直走了进来，她的手里捏了只手电筒。

简少芬觉得粟美仙的神色很怪，她就跟在后面往夹弄走。通往天井的门开在夹弄里，平时是锁着的。简少芬打开了锁，疑惑地问，是什么东西？怎么会掉天井里呢？粟美仙这时候抿嘴一笑，她压低嗓门说，跟我来，有好戏看了。简少芬还是疑惑不解，她说，到底怎么回事？你把我弄糊涂了。粟美仙嘘了一声，示意她不要说话，然后她拉着简少芬的手，蹑足往天井里走。粟美仙很轻易地推开了平日封死的那道门，进入酱园黑漆漆的店堂。小心，千万别出声。粟美仙附在简少芬耳边轻声叮嘱，她拉紧了简少芬的手走到仓库的门前，自己先蹲下来，扒在锁眼上朝仓库里望。简少芬听见了粟美仙喉咙里压抑的笑声，紧接着她的头部也被粟美仙朝锁眼上按。你来看看里面是什么好戏?

起初简少芬只看见仓库里发黄的灯光和一些装满瓶罐的木条箱，当她终于看清楚地上的两个人时不由得发出了一声惊叫。简少芬从来没有见过这样的场景，她的第一个反应就是逃离现场。她跌跌撞撞地奔出酱园的店堂，一路踢翻了地上的几只玻璃瓶子，发出乒乒乓乓的巨响。

少芬，你别走，你是证人哪！粟美仙在后面喊了一声。

简少芬满脸燥热，她跑到院子里，听见酱园里已经响起最初的嘈杂声，好像是粟美仙和杭素玉隔着门在互相谩骂，其中还夹杂着一个男人沙哑的嗓音。简少芬看见姐姐也下了楼，姐姐站在天井里听了一会儿，走过去把通往酱园店堂的大门砰地关上，然后在门上别好了插销。

恶心。简少贞朝地上啐了一口，她说，通奸的和捉奸的都不是好货。

第二天粟美仙捉奸成功的消息就在香椿树街不胫而走，到酱园来买东西的妇女特别多，她们在柜台上没有看见杭素玉的人影，有人问顾雅仙，杭素玉呢?顾雅仙含笑答道，休病假啦。粟美仙在柜台里显得神采奕奕，当有人询问捉奸过程时，她便不厌其烦地重复一句话，从锁孔里看见的，楼上简少芬也看见的。

谁也没有预料到这件事情后来导致了闻名一时的香椿树街凶杀案。几天后香椿树街的居民听到了一个耸人听闻的消息，街西的老宋用一把菜刀砍死了妻子杭素玉，然后就把血淋淋的菜刀夹在自行车的后架上，骑车去了城东的煤球店，在那里老宋当着好多人的面砍了孙汉周五刀，最后他把菜刀扔到煤堆上，对旁边惊呆的目击者说，我马上去公安局自首。如果你们谁家的女人也偷汉子，赶快告诉我，我顺便也砍了他们。

杭素玉死后顾雅仙去吊了唁，原来粟美仙也跟着去的，但她刚刚走进灵堂就被人推了出去，死者的姐姐跺着脚对她喊，都是你搅出来的事，你还有脸来吊唁？粟美仙脸上很难堪，她在门口站了一会儿，后来就挟着一条被面离开了。留下的顾雅仙在灵堂里哭了很久，她掀起死者脸上的白布，发现杭素玉的遗容经过化妆后更显风韵，只是眉宇之间仍然留存着怨恨的神色。

那种事情谁都会沾点边，有什么大不了的？顾雅仙诚恳地对死者亲属说，怪只怪素玉苦命，嫁了这么个禽兽不如的男人。顾雅仙后来又回忆了多年前的往事，她说，当初素玉要嫁老宋时我就劝过她，她没肯听我的话，现在想想真可怜，素玉这条命也送在他手上了。

这个夏天香椿树街的居民在街头纳凉时经常谈起杭素玉之死的话题。他们普遍认为粟美仙是一个间接杀手，当粟美仙下班时总是有人在背后指指戳戳，而杭素玉娘家的亲戚对粟美仙都是横眉竖目的，他们骂她是个害人精。

在对凶杀案进行常规性调查时，酱园楼上的简少芬曾被传到居民委员会质询。简少芬面色惨白，坐在椅子上不停地打战，她只是一味地说，我不知道，我没看见，我什么也没看见。

到了秋风初起的九月，简少芬终于和小学校的鳏夫章老师结婚了。事情是在相对保密的状态下进行的，因为简少芬不想让更多的人知道。顾雅仙自然而然地成为新娘的女傧相，在喜庆日子里陪伴左右，婚宴上多为章老师的亲戚，他们对婚礼冷淡拘谨的气氛早有思想准备，所以当新娘后来躲在饭店卫生间长时间哭泣时，并没有人进去劝阻她。

第二天顾雅仙在酱园向某些人散发了喜糖。据顾雅仙描述，简少芬那天化了淡妆，穿了红色的呢裙，看上去并不显得太老，只是眼泡因为长久哭泣而浮肿着。顾雅仙又说起章老师的那个上了中学的儿子，她说，那孩子犟头犟脑的，大家都让他喊妈，偏偏他就不肯喊，最后拗不过了，就板着脸喊了声阿姨。

楼上的足不出户的简少贞就是这时候走进酱园的，简少贞穿着黑衣黑裤，脑后的发髻上插着一朵白绒花，是一副守丧打扮，她手里抓着一把剪刀悄悄地站在门口，以一种睥睨的目光盯着顾雅仙不停翻动的嘴唇，顾雅仙猛然刹住了话闸，她抬起头吃惊地望着简少贞，那个老女人苍白的扭曲的脸使她感到心悸。

搅家精，烂舌头。简少贞扶着柜台慢慢挪过来，她朝顾雅仙挥舞着那把剪刀，我要剪了你的烂舌头。

边上的人把顾雅仙推进了里面的仓库，顾雅仙躲在仓库里尖声叫骂，这个神经病的老 ×，我看她真是发疯了，她妹妹要嫁男人怪我什么事？我是好心，好心真是没好报。

围观者都看见了简少贞手里的那把剪刀，但谁也没有想到它就是死去的杭素玉用过的那把剪刀。他们听见简少贞又恶狠狠地嘟囔了几句，然后她深深地叹了口气，蹒跚地走出了酱园的店堂。围观者目睹那个苍老的背影离去，不由得议论纷纷，他们觉得简少贞的神经真的是出了毛病，也许是她老糊涂了，也许是被气出来的。

从此后简少贞几乎天天重复她的古怪乖张的行动，她总是在正午时分悄悄地来到酱园，身上穿戴着黑白两色的丧服，手里抓着那把半新半旧的剪刀。她盯着顾雅仙的两片嘴唇，只要顾雅仙开口说话，简少贞就会嘟嘟囔囔，搅家精，烂舌头，我要剪了你的烂舌头。顾雅仙后来对此习惯了，也就熟视无睹。有时候她对人说，她有神经病，我理她干什么？有时候想想又很怨恨，说，我真是倒大霉了，好心撮合了一门婚事，十八只蹄髈没有吃过，反而结下了这个倒霉的冤家。

简少芬婚后回来过几趟，每次都被姐姐骂出了家门，她带来的水果被姐姐一只一只地扔到大街上。有一次她和章老师一起回来，刚走上楼梯，简少贞就开始往楼梯上砸东西，先是脸盆凳子之类的，后来是垃圾，最后是一只马桶滚了下来，粪水溅了夫妻俩一身。简少芬站在门口哭起来，她抽泣着对章老师说，这下我死心了，我再也不回来了，除非哪天来给她收尸。

简少芬没有想到她一谶成真，冬天她重回香椿树街果然是来给姐姐收尸的。说起来及时发现简少贞死讯的还是顾雅仙。冬至那天简少贞没有下楼对顾雅仙履行常规的威胁性行为，简少贞没有来酱园，顾雅仙竟然有点心神不定，她对粟美仙开玩笑说，老东西今天怎么不来？会不会翘辫子了？那样我就省心了。顾雅仙说完朝头顶上的楼板扫了一眼，楼上好像是一片死寂，她看见楼板上糊的旧报纸颜色有些怪，有一块是红色的，椭圆形的，而且它在隐隐地放大，颜色也越变越深。不好了，楼上真的出事了。顾雅仙带一群人闯进陌生的简家，他们在楼梯上就闻到了一股酸酸的血腥味。

简少贞作为闻名香椿树街的怪人，她选择的死亡方式也是奇怪的出人意料的。简少贞用无数绣花针扎破了她的动脉血管，她就这样坐在绣花绷架边，坐在一张已被磨出白光的红木椅上等待血液流光，直至安静地死去。

匆匆赶来的简少芬把姐姐冰凉的身体搬到了床上，从她眼睛里已经看不到昔日的泪光。简少芬后来用手绢蘸上水，一遍一遍擦拭衣服上的血迹，顾雅仙也在旁边帮她的忙。顾雅仙猛然听见简少芬说了一句不堪入耳的话，她说，这个神经病的老

×，死也不肯好好地死去，死了还要拖累别人。这句话听起来非常熟悉，但顾雅仙不相信它出自简少芬之口，顾雅仙不相信短短半年之内，简少芬竟然起了如此惊人的变化。

酱园楼上的简氏姐妹其实都是颇有名气的刺绣艺人，现在姐姐简少贞已经故世了，妹妹简少芬仍然活着。简少贞的最后一幅绣品没有完成，而且当时就已经被损坏。那是绣品中比较罕见的人像，绣的是一个女人脸部，模样酷似楼下酱园的店主任顾雅仙。被损坏的部位主要在女人的两片粉红色的嘴唇上，据简少芬回忆，她最初见到那幅人像绣品时，有一把剪刀插在女人的嘴上，丝绢上因此出现了一个无可挽回的伤口。

图书在版编目(CIP)数据

以她之名 / 苏童著. — 杭州 : 浙江人民出版社, 2020.10（2021.4重印）
ISBN 978-7-213-09824-6

Ⅰ.①以… Ⅱ.①苏… Ⅲ.①中篇小说 – 小说集 – 中国 – 当代②短篇小说 – 小说集 – 中国 – 当代 Ⅳ.①I247.7

中国版本图书馆CIP数据核字（2020）第154038号

以她之名
YI TA ZHI MING
苏童　著

出版发行	浙江人民出版社（杭州市体育场路347号　邮编 310006）
责任编辑	卓挺亚
责任校对	杨　帆
封面设计	尚燕平
电脑制版	飞鱼时光
印　　刷	河北鹏润印刷有限公司
开　　本	880毫米×1230毫米　1/32
印　　张	8.25
字　　数	157千字
版　　次	2020年10月第1版
印　　次	2021年4月第2次印刷
书　　号	ISBN 978-7-213-09824-6
定　　价	48.00元

如发现印装质量问题，影响阅读，请与市场部联系调换。
质量投诉电话：010-82069336